Die Töchter der Elemente

Dieses Buch widme ich meinem geliebten Mann,
dem Künstler Alexander Retzdorff, und danke Evelyn
Goßmann und Dieter Schilling für ihre Unterstützung.

CHRISTIANE RETZDORFF

Die Töchter der Elemente

Teil 2
Das Böse kehrt zurück

Bibliografische Information der Deutschen Nationalbibliothek:

Die Deutsche Nationalbibliothek verzeichnet diese Publikation
in der Deutschen Nationalbibliografie; detaillierte bibliografische
Daten sind im Internet über http://dnb.dnb.de abrufbar.

Coverbild: Evelyn Goßmann
Satz, Umschlaggestaltung, Herstellung und Verlag:
BoD – Books on Demand

ISBN: 978-3-7460-7377-4

Prolog

Flamina, die Tochter des Geistes des Feuers, Windröschen, die Tochter des Geistes der Luft, Welline, die Tochter des Geistes des Wassers, und Sandessa, die Tochter des Geistes der Erde, müssen die ersten 16 Jahre ihres Lebens in der Abgeschiedenheit einer unterirdischen Höhle nur in der Gesellschaft ihres weisen Lehrers Balising verbringen. Die Planetin Giaium wurde vom Bösen heimgesucht und die Mutter der Mädchen, die mächtige Magierin Amalaswinta, beschützte sie, indem sie ihre Töchter in Obhut Balisings gab und sie unter die Erde schickte.

Als die jungen Frauen an die Oberfläche der Welt zurückkehren, lernen sie die dort lebenden Mapas kennen und leben zuerst mit diesen in ihrer kleinen Siedlung. Dort verlieben sie sich – Flamina in Sorbas, Windröschen in Tore, Welline in Jami und Sandessa in Urso. Da ihre Mutter und deren verstoßener Bruder Ramos verschwunden bleiben, müssen sie sich ohne Anleitung mit ihren magischen Kräften auseinandersetzen. Und so unterschiedlich ihre Väter sind, so unterschiedlich entwickeln sich auch die Persönlichkeiten und Wünsche der jungen Magierinnen.

Das Böse, genannt Etug, versammelt derweil mit Verführung und Drohungen ein Heer von Mapas um sich. Damit will er eine große, reiche Siedlung am Meer erobern. Flamina lässt sich von Etug betören und lernt auf dessen Festung seinen Ziehsohn Kerdo kennen, der ihrem Sorbas aufs Haar gleicht.

Schließlich greifen Etugs Leute die kleine Siedlung an, entführen die Bewohner, sperren sie in der Festung ein und verlangen Gehorsam als Handwerker und Soldaten von ihnen. Welline, die sich von ihrem Jami betrogen fühlte, tritt schon vorher eine Reise ins Unbekannte in ihrem Element, dem Wasser, an. Dank Balisings Vorahnung machen sich Sandessa und Windröschen in Begleitung von Urso und Tore auf den Weg zur großen Siedlung am Meer. Flamina wohnt mittlerweile in Etugs Festung und ist in Kerdo verliebt.

Schließlich treffen sich die Schwestern in der großen Siedlung am Meer, die nicht weit von Etugs Festung liegt, und beschließen, ihre Freunde aus den Fängen des Bösen zu befreien. Noch ungeübt als Magierinnen helfen ihnen dabei die Gaben, die ihnen ihre Väter vererbt haben. Der Plan gelingt, Etugs Festung stürzt ein und die Befreiten werden in der großen Siedlung aufgenommen.

Doch Welline und Jami, der sich zu einem großartigen Bootsbauer entwickelt hat, zieht es hinaus aufs Meer. Flamina schließt sich ihnen an, denn sie möchte Kerdo, dessen Boot mit der gesamten Besatzung vom Wind hinaus aufs weite Meer getrieben wurde, wiederfinden.

Und Balising ahnt, dass Etug nicht besiegt ist.

1. Kapitel

Nachdem die Befreiung der Mapas aus Etugs Festung gebührend gefeiert worden war, galt es nun Unterkünfte für die Befreiten zu finden. Im Steinhaus des Häuptlings der großen Siedlung fanden zuerst Balising, Emalia, ihr Sohn Cormo und dessen Gefährtin Mimiti eine Bleibe. Auch Lirno, der Vater der Zwillinge Sorbas und Kerdo, wurde eingeladen, zögerte aber zunächst in seiner ihm eigenen Bescheidenheit und ließ sich dann doch überreden. Damit waren alle Räume belegt.

Auch die anderen Bewohner der großen Siedlung bewiesen Gastfreundschaft, doch bald stellte sich heraus, dass es unmöglich war, alle Geflohenen aufzunehmen. In allen Ecken der Gassen hausten nun Mapas. Und auch die üppigen Nahrungsmittel gingen bald zur Neige. Der Häuptling sah sich gezwungen, die Lebensmittel sorgfältig einzuteilen. Ein Umstand, der für viele ungewohnt war und Unzufriedenheit nährte. Nach vielen Jahren stellte sich der Häuptling deshalb zum ersten Mal wieder auf den großen Platz vor seinem Haus und hielt eine Rede:»Liebe Freunde und Bewohner unserer Siedlung, wir stehen vor großen Herausforderungen, die wir mit Zuversicht und Freude meistern können. Nach den Zeiten des Überflusses müssen wir nun lernen zu teilen. Immer schon hat unsere Gemeinschaft gern anderen gegeben und geteilt, doch jetzt sollte es mit Sinn und Verstand erfolgen. Wenn jeder gibt, was er entbehren kann, werden wir alle noch mehr zusammenwachsen. So wird es für die Zukunft notwendig, dass alle mit ihrem Einsatz dazu beitragen, Nahrung zu beschaffen, Felder zu bestellen und Häuser zu bauen. Das mögen ungewohnte Tätigkeiten für eine Gemeinschaft sein, die sich um nichts zu sorgen brauchte. Aber in dem Schaffen für sich und andere wächst auch der Stolz auf das Erreichte. Wenn wir diese Aufgaben gemeinsam anpacken, wird es nicht lange dauern und wir leben wieder in einer Gemeinschaft, die nichts entbehren muss. Also möge sich jeder nach seinem Wollen und Können für unsere Siedlung einsetzen.«

Einige Zuhörer jubelten und klatschten begeistert in die Hände. Doch anderen war deutlich anzusehen, dass ihnen der Vorschlag wenig behagte. Sie trauerten dem Müßiggang hinterher und bereuten es insgeheim, die befreiten Mapas aufgenommen zu haben. Nun kam es auf die Flüchtlinge an, als Erste mit ihrer Tatkraft die anderen Bewohner der großen Siedlung zu überzeugen.

Sandessa und Urso hatten sich gleich einen Platz hinter der Grenzmauer am Rande der großen Ebene gesucht. Dort wollten sie ein Haus für sich bauen. Das war umso leichter, weil sich herausstellte, dass keine Nachtdrachen mehr die Gegend unsicher machten. Urso wusste, wie er ein Haus aus Holz zu bauen hat, und war sich der Hilfe seiner Freunde gewiss. Doch es gab zu wenige Bäume in der Siedlung und es war verboten, diese wenigen abzuhacken. Feuer wurde mit trocknem Gras und braunen Steinen gemacht, die die Kleinster lieferten. Hinter der großen Ebene lockten riesige Wälder, aber das Holz musste über einen weiten Weg bis zur Siedlung transportiert werden. Sandessa und Urso beschlossen, einen Erkundungsritt auf den Hortas zu unternehmen. Wie die meisten Tiere vertrauten die gehörnten Wesen der jungen Magierin. Schnell wie der Wind trugen sie Sandessa und Urso über die Ebene. Und dort entdeckten sie bald die großen, zottigen Tiere, die einst von Etugs Schergen dorthin gebracht worden waren, um auf ihnen die große Siedlung anzugreifen. Nun lebten sie friedlich zusammen und labten sich am Gras.

»Das ist die Lösung«, rief Urso zuversichtlich. »Die Tiere sind es gewohnt, Lasten zu tragen, und sie sind gehorsam. Mit ihnen können wir genug Holz für den Bau der Häuser herbeischaffen.«

Sandessa war derweil in die Betrachtung der freundlichen Riesen versunken. Kein Argwohn schien ihre Sinne zu trüben. Sie waren sehr stark und mussten keine Bedrohung durch andere Tiere fürchten. So schlenderten sie gemächlich fressend vor sich hin. Ganz in der Nähe sprudelte ein Fluss, in dem sich einige von ihnen suhlten. Das Wasser war nicht sehr tief und so konnten sie sich einfach hineinlegen. »Das ist ein prächtiger Vorschlag«, stimmte die junge Magierin schließlich zu.

Urso freute sich über die Zustimmung und plante sofort eifrig weiter. »Ich werde gleich nach unserer Rückkehr einige Männer zusammentrommeln, um Bäume zu fällen, die Tiere zu beladen und das Holz zur Siedlung zu bringen.«

So geschah es. Sandessa hielt sich von diesem Treiben fern, weil jeder getötete Baum sie traurig stimmte, doch sie sah die Notwendigkeit ein. So wuchs vor den Mauern der großen Siedlung bald ein Haus für sie und Urso. Aber wie sollte es mit ihnen beiden weitergehen? Die junge Magierin wusste, dass der Mapa an ihrer Seite ihr sehr zugetan war und sich wünschte, sie für immer seine Frau nennen zu dürfen. Zwar wusste er um Sandessas besondere Fähigkeiten, doch maß er diesen keine besondere Bedeutung bei. Magie und Zauberkraft kamen in seinem Denken nicht vor. Er war ein Mann der Tat, eingebunden in das bodenständige Leben der Mapas.

Die junge Magierin ahnte, dass Etug nicht für immer besiegt war, sondern sich nur zurückgezogen hatte und nun geduldig auf eine günstige Gelegenheit wartete, um wieder zuzuschlagen. Sie spürte seine Gegenwart in der großen Siedlung. Aber es missfiel ihr, dass sie anders war als die Mapas. Sie wollte mit Urso ein normales Leben mit Kindern führen. Doch dann würde sie ihre Unsterblichkeit und ihre Kräfte für immer verlieren. Durfte sie so selbstsüchtig sein? Schließlich war es ihre Aufgabe, die Mapas und ihre Großmutter, die Planetin Giaium, zu schützen.

Windröschen lebte derweil mit Tore und etlichen Musikern und anderen schillernden Gestalten in einem Steinhaus mitten in der Siedlung. Sie spielten verschiedene Instrumente und sangen. Einige Frauen gestalteten kunstvollen Schmuck und bunte Kleidung. Andere kümmerten sich darum, dass immer reichlich Essen und Getränke vorhanden waren. An der Decke des Zimmers, das alle gemeinsam bewohnten, gab es einen Ausstieg, der über eine Leiter aus Holzstücken zwischen zwei Seilen auf das Dach des Hauses führte. Dort bereiteten sie Fleisch über einer Feuerstelle zu und ließen ihre Musik erklingen. Oft suchten sie auch die Plätze zwischen den Gassen auf, wo andere Bewohner ihnen lauschten, tanzten und sie mit Leckereien belohnten.

In dieser Gruppe kreiste oft ein Trank mit berauschender Wirkung. Er steigerte die gute Laune, minderte die Hemmungen sowohl bei der Musik als auch im gegenseitigen Umgang. Selbst die Mapas ohne magische Kräfte fühlten sich dann leicht wie Federn und glaubten, fliegen zu können. So meinte Windröschen, in ihnen verwandte Seelen zu treffen. Die Sorgen und Probleme der anderen in der großen Siedlung waren weit weg.

Zwar hatte Sandessa ihre Schwester ein-, zweimal besucht, stellte aber bald fest, dass diese von vollkommen anderen Gedanken bewegt wurde und ein Leben ohne Zwang und Verantwortung führen wollte. Sie schwebte in Sorglosigkeit und scherte sich wenig um die Bedenken anderer. Einmal wollte Sandessa mit Balising über dieses merkwürdige Verhalten sprechen, doch dieser war gerade zu sehr damit beschäftigt, den Häuptling der großen Siedlung dabei zu unterstützen, seinem Volk wieder den gewohnten Wohlstand zu bieten. Als sie schon wieder gehen wollte, hörte sie dann zufällig ein Gespräch zwischen Mimiti und Cormo, weil diese die Tür ihres Zimmers nicht ganz geschlossen hatten.

»Mir ist es hier zu eng«, maulte Mimiti. »Nie sind wir allein. Dabei hat Etug uns doch versprochen, dass wir als Herrscher in diesem Haus leben werden, umgeben von Bediensteten, aber nicht von lauter Leuten, die uns vorschreiben, wie wir uns zu verhalten haben. Nun erwartet man auch noch Feldarbeit von uns. Aber ich will nicht meine zarte Haut an den Händen verlieren. Wann tust du endlich etwas?«

Sandessa spähte durch den kleinen Spalt und sah, wie Cormo schwieg und hilflos zu Boden schaute.

»Kerdo und Flamina sind wir los«, fuhr Mimiti unbeirrt fort. »Nun wird es langsam Zeit, dass du der rechtmäßige Häuptling dieser Siedlung wirst. Viele ihrer Bewohner sind sowieso nicht mehr zufrieden mit der Lage. Einer muss jetzt die Macht übernehmen und eine klare Linie ziehen zwischen den Arbeitern und den gehobenen Bürgern.«

»Aber wie soll das gelingen?«, fragte Cormo erschrocken über Mimitis Forderung.

»Hast du denn nichts von Etug gelernt? Du musst eine dir bedingungslos folgende Kampftruppe aufbauen, am besten unter dem Vorwand, sie diene der Verteidigung der Siedlung. Die meisten Männer üben sich sowieso lieber an Waffen, als dass sie auf dem Feld ackern. Urso kommt dir da auch nicht in die Quere, denn der hat genug damit zu tun, Bäume heranzuschaffen und Häuser zu bauen.«

Der Gedanke gefiel Cormo, denn auch er hatte wenig Lust auf Feldarbeit. »Das ist ein guter Plan, meine Liebe. Ich werde mich gleich mal nach Verbündeten umsehen.«

Sandessa konnte kaum glauben, was sie da gehört hatte. So also würde Etug seinen Einfluss wieder ausbauen. Doch was sollte sie tun? Grüblerisch ging sie zurück zu ihrem Haus und schaute auf die weite Ebene mit dem Gras. Sie vermisste

Welline und Flamina, die mit Jamis Boot auf dem Meer unterwegs waren. Welche neuen Orte würden sie entdecken? Welche unbekannten Pflanzen und Tiere kreuzten dabei ihren Weg? Gab es auch in der Ferne Mapas und wie lebten diese? Plötzlich bekam Sandessa große Sehnsucht danach, ebenfalls die Planetin zu erkunden. Sie fühlte sich wie angekettet an diesen Ort und seine Bewohner. Ein vorhersehbares Leben an der Seite von Urso erschien ihr plötzlich langweilig. Wollte sie tatsächlich nur den Mapas und Giaium dienen? Sollten ihre außergewöhnlichen Fähigkeiten im Alltag verkommen? Während Windröschen ihre Bestimmung in der Musik und dem Müßiggang gefunden hatte und ihre anderen beiden Schwestern das Abenteuer suchten, teilte Sandessa das Leben der Normalität. Aber war sie auch mutig genug, allein einen neuen Weg zu gehen, Urso und die Gemeinschaft zu verlassen? Sie fand keine Antwort.

Schließlich verband sie sich mit der Erde und sank hinab. Sandessa sehnte sich nach Ruhe und dem Beistand ihres Vaters. Er war wie die Väter ihrer Schwestern überall auf der Planetin zu Hause. Wo mochte ihre Mutter sein und warum half sie ihren Töchtern nicht? War Amalaswinta wirklich so selbstlos gewesen und hatte ihre Kraft für Giaium und die Mapas geopfert? Oder hatte ihr Vater Zlemar sie zu sich in die unendlichen Weiten des Universums geholt? Warum durften alle glücklich sein, nur sie nicht?

So in ihre Gedanken versunken, bemerkte Sandessa auf einmal, dass die Erde um sie herum durchzogen war von kleinen Wasseradern. In diese hinein ragten die langen Wurzeln vieler Gräser der großen Ebene. Und sie entdeckte ein Krabbeltier, das sich durch die Erde zu den noch jungen Pflanzen mit kurzen Wurzeln, die die Wasseradern nicht erreichen konnten, bewegte. Diese wühlten sich sogleich in den gewölbten Rücken des Tieres, in dem sie Wasser fanden. Nun erinnerte Sandessa sich, dass ihnen Balising von einem Wasserträgerkäfer berichtet hatte, der Pflanzen unter der Oberfläche mit dem lebensnotwendigen Nass versorgte. Das erklärte auch, warum die große Ebene von saftigem Gras übersät war, obwohl kein Fluss sie durchkreuzte und es selten regnete.

Sandessa kehrte zurück an das Licht. Ihre Großmutter, die Planetin Giaium, hatte wirklich an alles gedacht. Nun war sie wieder stolz darauf, dieser Schöpfung dienen zu dürfen. Aber es war an der Zeit, ihre Fähigkeiten weiter auszubauen. Sie musste vermehrt die Magie in sich entdecken, die ihre Mutter ihr vererbt hatte. Nur so konnte sie den Mapas helfen.

Sie machte sich auf den Weg zu den ersten neu angelegten Feldern. Die Körner waren im Boden verscharrt worden, aber es zeigten sich noch keine grünen Keimlinge. Sie traf einen Mann, der missmutig auf die karge Fläche schaute. »Das wird nichts«, sagte er niedergeschlagen. »Wir brauchen Wasser, damit die Pflanzen gedeihen. Aber die Quellen in der Siedlung reichen gerade aus, um unseren Durst zu löschen. Mit Regen ist auch nicht zu rechnen. Die ganze Arbeit war vergeblich und wir werden bald hungern müssen.« Mit hängenden Schultern zog er davon.

Sandessa dachte nach. Sie könnte ein Heer von Wasserträgerkäfern herbeirufen, um die Keimlinge zu tränken. Doch dann würden die jungen Gräser auf der Ebene bald verdursten und damit würde die Nahrung für die vielen Tiere, die sich an ihnen labten, knapp werden. Es musste also eine andere Lösung her. Sie überlegte angestrengt, dann hatte sie eine Idee: Wenn die noch kurzen Wurzeln der Keimlinge schneller zu den Wasseradern wachsen würden, hätten sie genug zu trinken. Die junge Magierin sammelte ihre Kräfte. Sie wollte mit einem Zauber das Ziel erreichen. Es dauerte eine Zeit, bis sie spürte, wie etwas aus ihrem Körper in den Boden floss. Es war nicht zu sehen, doch sie fühlte, wie sie eins wurde mit ihrem Element, der Erde, und wie etwas von ihr in dieses hineinströmte. Schließlich brach sie erschöpft zusammen. Als sie sich wieder stark genug fühlte, richtete sie sich auf. Noch immer lag das Feld graubraun vor ihr, ohne ein Anzeichen von Leben. Enttäuscht kehrte sie in ihr Haus zurück. Dort wohnte sie seit einiger Zeit mit Urso, aber jeder hatte sein eigenes Zimmer. Solange sie noch nicht mit dem Segen des Häuptlings verbunden waren, war es ungehörig, das Bett zu teilen. Und Sandessa war froh darüber, denn sie wusste noch nicht, ob sie ihre magischen Kräfte für ein Leben als Mapa opfern wollte. Sie liebte Urso, wusste aber, dass er sich Kinder wünschte. Manchmal glaubte sie sogar zu ahnen, dass es ihm missfiel, dass seine Partnerin sich von seinesgleichen unterschied. Vielleicht machte es ihm Angst, weil er es nicht verstand. Doch er behandelte sie stets sehr fürsorglich. Es standen sogar Blumen von ihm auf dem Tisch.

Sandessa genoss seine Umarmungen und Küsse. Sie weckten ein unbestimmtes Verlangen in ihr. Jede Trennung von Urso schmerzte sie, auch wenn sie die Notwendigkeit einsah. Und wenn er von der Holzbeschaffung zurückkehrte, fühlte sie, wie sehr auch er sie vermisst hatte. Das waren die Momente, in denen jeder Zweifel in Sandessa verflog und sie sich wünschte, endlich das Leben einer normalen Mapa zu führen. Aber in der Einsamkeit spürte sie wieder, dass sie eine Aufgabe hatte, die weit darüber hinausging.

Am nächsten Morgen wurde Sandessa früh von lautem Trubel geweckt. Schreie der Begeisterung waren zu hören. Flink eilte sie zu dem Ort, von wo die Geräusche kamen. Mapas lagen sich in den Armen. Und dann sah die junge Magierin, dass überall auf den Feldern grüne, saftige Keimlinge sprossen. Sie hatte es tatsächlich geschafft. Überglücklich nahm sie an der Freudenfeier teil.

2. Kapitel

Cormo fiel es nicht schwer, Männer für eine Kampftruppe zu gewinnen. Viele hatten tatsächlich mehr Spaß daran, sich an Waffen zu üben, als auf dem Feld zu arbeiten. Nun galt es nur noch, den Häuptling zu überzeugen, dass so eine Truppe dringend für die Verteidigung der Siedlung nötig war. Dieser zeigte sich sofort einsichtig. Sein Volk sollte merken, dass er sich um dessen Sicherheit sorgte. Selbst Balising fiel kein überzeugender Grund ein, warum er diesem Vorhaben nicht zustimmen sollte. Trotzdem suchte er nach der Zustimmung des Häuptlings ein Gespräch mit diesem in dessen Zimmer. Beide saßen sich mit einem Gesichtsausdruck großen Vertrauens gegenüber.

»Es mag wichtig sein«, begann er, »dass die Siedlung sich im Falle eines Angriffs verteidigen kann. Doch sehe ich im Augenblick nicht die Gefahr einer kriegerischen Auseinandersetzung. Etug bedient sich anderer Mittel und stellt erst Truppen auf, wenn er eine große Gruppe von Mapas zu seinen Handlangern gemacht hat. Vordringlicher erscheint es mir also, den Frieden in der großen Siedlung zu bewahren.«

»Aber der ist doch gar nicht gefährdet«, erwiderte der Häuptling.

»Wenn die Nahrungsmittel und das Wasser knapp werden, kann sich das leicht ändern.«

»Da kann ich dich beruhigen, lieber Freund, mein Volk arbeitet hart daran, das zu vermeiden. Es ist allerdings traurig, dass Amalaswinta, als sie einst diese Siedlung mit einem Schutzschild und dem Segen von reichlich Nahrung und Wasser versah, diese Entwicklung nicht vorhergesehen hat. Jede Woche füllen sich unsere Speicher wie von Zauberhand, doch eben nur für die Zahl an Mapas, die seit jeher diesen Ort bewohnten. Nun sind es mehr als doppelt so viele. Doch mit Fleiß und Zuversicht können wir allen Problemen begegnen.«

»Das mag sein, aber sehnen sich nicht viele von denen, die schon immer hier hausten, nach den sorglosen Zeiten ohne notwendige Arbeiten zurück? Wollen sie vielleicht sogar die befreiten Mapas wieder vertreiben?«

»Niemals!«, empörte sich der Häuptling. »Mein Volk besteht aus anständigen Männern und Frauen mit großer Gastfreundschaft. Es teilt gern und sorgt sich um andere. Ich verwahre mich gegen diese Unterstellungen.«

Zwar zeigte die Wut des Häuptlings, dass dieser die Bedenken des alten, weisen Mannes selbst schon in Erwägung gezogen hatte, aber er weigerte sich offensichtlich, diese Möglichkeit ernsthaft in Betracht zu ziehen. Er wollte seinem so friedliebenden Volk keine Bösartigkeit unterstellen. Also lenkte Balising ein, nahm sich aber vor, die Entwicklungen weiter im Auge zu behalten.

Alle Bewohner des Hauses trafen sich zum gemeinsamen Essen. Es gab beinahe täglich Fisch, denn dank der vielen Boote, die mit der Flucht der Mapas in die Siedlung gekommen waren, konnten sie reichlich Meerestiere fangen. Doch Gemüse war knapp. Die Frauen gaben sich zwar redlich Mühe, das Essen schmackhaft zu gestalten, aber ihre Mittel waren begrenzt. Und die Mienen der Anwesenden zeigten, dass sie den Fisch langsam leid wurden. Sie sehnten sich nach Fleisch, Obst und Gemüse, gewürzt mit den Kräutern aus den Gärten. Doch das bekamen sie nur vorgesetzt, wenn sich die Speicher wie von Geisterhand wieder gefüllt hatten. Aber diese Vorräte reichten eben nicht für die nun zahlreichen Bewohner der Siedlung.

Balising nahm nicht an dem Essen teil, da er durch einen Zauber von Amalaswinta wie seine Zöglinge, die vier jungen Magierinnen, auf Nahrung und Getränke verzichten konnte.

Er streifte durch die Gassen der Siedlung, um sich ein Bild von der Stimmung des Volkes zu machen. Die Stände, früher gefüllt mit Obst und Gemüse, waren genauso verschwunden wie die Feuerstellen, über denen einst reichlich Fleisch gegart wurde.

»Mama, wo sind die ganzen Leckereien?«, fragte ein Kind enttäuscht.

Die Frau antwortete traurig: »Es ist eben nicht genug für alle da. Wir müssen unsere Vorräte mit den Gästen teilen.«

»Warum?«, wollte der Kleine wissen.

»Weil sie sonst verhungern.«

Diese Feststellung war zwar folgerichtig, aber es hörte sich nicht so an, als wäre die Frau zufrieden mit der Situation. Und Balising hörte noch andere Unmutsäußerungen, die nicht für sein Ohr bestimmt waren. Es wurde geflüstert: »Wie lange soll das noch so weitergehen?«

»Das hat doch nichts mehr mit Gastfreundschaft zu tun.«

»Warum hauen die Fremden nicht einfach wieder ab. Mir sind sie nicht willkommen.«

»Wir sollten sie vertreiben, dann könnten wir endlich wieder unser gewohntes Leben führen.«

Balising war alarmiert. Etug war schneller zurückgekehrt, als er erwartet hatte. Und das mit einer gefährlichen Waffe, die Balising sehen und hören konnte. Auch diese Fähigkeit hatte ihm Amalaswinta geschenkt. In seiner Wut über die Flucht der Mapas aus seiner Festung hatte Etug seine Kraft genutzt, um gefährliche, kleine, unsichtbare Wesen zu schaffen, die durch die Luft flogen und die Missgunst schürten, indem sie Worte in die Ohren ihrer Opfer hauchten, die diese dann für ihre eigenen Gedanken hielten. Diese Wesen, Amalaswinta hatte sie Ugs genannt, weil sie aus Etug entspringen, hatten schon einmal versucht, alle Mapas auf die Seite des Bösen zu ziehen. Deswegen hatte sich Giaium in Kälte und Dunkelheit gehüllt und Amalaswinta hatte sich mit den Geistern der Erde, des Wassers, der Luft und des Feuers gepaart. Daraus waren ihre vier Töchter der Elemente hervorgegangen. Und diese sollte verhindern, dass Etug erneut die Macht an sich riss. Doch die jungen Frauen waren der Verantwortung noch nicht gewachsen und suchten ihren eigenen Weg. Welline und Flamina hatte es mit einem Schiff in die Ferne gezogen. Sandessa haderte mit ihren magischen Kräften und Windröschen genoss ungezwungen ihr Leben. Hell und klar schwebte ihr Gesang über die Dächer der Siedlung. Balising war ratlos, wie er sich dem erneuten Angriff Etugs entgegenstellen sollte. Er musste wenigstens Sandessa und Windröschen von seinen Beobachtungen unterrichten. Da hörte er, wie ihn ein Ug umschmeichelte:»Geh fort mit deinen beiden verbliebenen Zöglingen«, flüsterte er in sein Ohr.

Balising schüttelte sich. Der Gedanke war verführerisch. Aber er musste seinen Einfluss auf Sandessa und Windröschen so weit ausweiten, dass beide sich für das Wohl der Mapas, Giaium und den Frieden auf der Planetin einsetzten.

»Suche einen anderen Ort«, säuselte es in seinem Ohr.

Doch Balising war zu stark und weise, um sich beeinflussen zu lassen. Wenn Etug wünschte, dass er und die beiden jungen Magierinnen die große Siedlung verlassen, dann musste er genau das Gegenteil tun. Aber er ahnte, dass Etug nur auf Hilfe aus dem Universum wartete. Würde etwa Ramos, der abtrünnige und mächtige Bruder Amalaswintas, zurückkehren? Zlemar, der Vater der beiden, hatte ihn einst von Giaium verbannt. Doch war sein Reich so groß, dass er vermutlich gar nichts von den unheilvollen Entwicklungen auf seiner geliebten Planetin mitbekam. Wenn doch nur Amalaswinta wieder auftauchen würde. Nur sie konnte ihrem Bruder Einhalt gebieten. Möge das Schicksal verhüten, dass Ramos vor seiner Schwester hier erscheint und die Kontrolle über Giaium mit Hilfe von Etug an sich reißt.

Auf dem Weg zu Windröschen, die mit ihren Freunden in der Nähe des Meeres wohnte, kamen Balising etliche Männer und Frauen entgegen, die in Körben frischen Fisch zu einer Stelle brachten, wo er verteilt wurde. Ihre Kleidung war vom Ausnehmen der Tiere mit Blut besudelt. Überhaupt unterschieden sie sich erheblich in ihrem Erscheinungsbild von den ursprünglichen Bewohnern der Siedlung. Diese achteten sehr auf Sauberkeit und gepflegte Kleidung. Da sie nie für ihre Nahrung im Dreck wühlen oder schlachten mussten, war das eine leichte Aufgabe.

Balising erinnerte sich daran, dass die Bewohner der Siedlung den Ankömmlingen gleich nach der gelungenen Flucht Kleidung geschenkt hatten, damit diese die Fetzen, die ihre Körper bedeckten, vernichten konnten. Es waren bunte, sorgfältig gefertigte und liebevoll gestaltete Gewänder gewesen. Doch nun waren viele von diesen durch die Arbeit verschmutzt und ihre einstige Pracht war kaum noch zu erkennen. Schon hörte der alte, weise Mann wieder die Ugs, die flüsterten: »Das sieht ja ekelig aus«, säuselte es. Und: »Diese Mapas haben keine Achtung vor Geschenken und lassen alles verkommen.«

An den Gesichtern bemerkte Balising, dass die so Angesprochenen die Worte willig zu ihren eigenen Gedanken machten. Sie erkannten nicht die Mühe und Arbeit, mit der die Flüchtlinge versuchten, der Gemeinschaft zu ausreichenden Speisen zu verhelfen. Es brodelte bereits in der Siedlung.

Windröschen befand sich, umgeben von ihren Freunden, auf dem Dach des Hauses. Balisings Ankunft wurde einfach übersehen. Keine Begrüßung unterbrach den Gesang, das Musizieren und das sonstige muntere Treiben. Nur eine Mapa deutete kurz auf einen weichen Platz, wo der alte, weise Mann sich setzen konnte. Die Sonne schien warm vom Himmel. Im Hintergrund leuchtete das Meer. Auf den Tischen lagen überall Früchte, dazwischen standen Becher mit Getränken. Balising fragte sich, woher dieser Überfluss stammte, der nicht einmal im Haus des Häuptlings zu finden war. Die Antwort zeigte sich prompt in Gestalt eines Kleinsters, der hereinhuschte und einen Korb mit Obst, Gemüse und sogar Fleisch abstellte. Als Lohn durfte er sich in eine Ecke setzen und Windröschens Gesang, begleitet von Tores Flötentönen, lauschen. Es war bekannt, dass die Kleinster sich für Musik begeisterten. Vermutlich waren noch andere in der Nähe, um sich dem Genuss hinzugeben. Hier über den Dächern der Siedlung herrschte eine betörende Sorglosigkeit.

Balising bemerkte auch die Anwesenheit eines Ugs, der abwechselnd Windröschen und Tore lobende Worte ins Ohr wisperte. Beide waren ganz gefangen von ihren eigenen Melodien, andere schlossen sich ihnen mit ihren Instrumenten an. Die Sorgen der Bewohner der Siedlung schienen so weit weg wie das Universum. Wie konnte es dem alten, weisen Mann gelingen, Windröschen wieder an ihre Verantwortung zu erinnern? Schließlich sah er sich genötigt, aufzustehen und seine Stimme laut zu erheben.

»Windröschen, ich muss dich unter vier Augen sprechen«, rief er gegen die Musik an.

Diese verstummte erschrocken, so als wär sie aus einem tiefen Schlaf gerissen worden. Empörte Blicke ob dieser schnöden Unterbrechung trafen den Mann. Und schon hörte er einen Ug raunen: »Das ist ein Feind deiner kunstvollen Darbietungen. Verbanne ihn aus diesem Haus.«

Windröschen schaute verwirrt zu Balising. Dieser erwiderte ihren Blick gleichermaßen mit Strenge wie mit tiefer Zuneigung.

»Jag ihn weg«, forderte der Ug leise, doch Windröschen erkannte in ihm eine fremde Macht. Plötzlich wirbelte ein Sturm über die Fläche auf dem Dach, warf die Becher um und ließ das Obst auf den Boden rollen. Der Ug wurde erfasst und weit auf das Meer hinausgetragen. Die Anwesenden hatten Mühe, sich auf ihren Plätzen zu halten. Balising griff nach dem Kleinster, der davonzufliegen drohte. Doch der Spuk war so schnell vorbei, wie er begonnen hatte, und alle schauten sich erschrocken um.

Tore hatte Windröschen in seine Arme gerissen, um ihr Halt zu geben, was zwar nicht nötig gewesen wäre, diese aber sehr glücklich machte. Er sorgte sich um sie. Dann schauten sie einander in die Augen und die junge Magierin erkannte, dass ihr Liebster verstand, dass sie den Trubel verursacht hatte. Sein Blick schwankte zwischen Bewunderung, Unverständnis und Zorn. Windröschen entwand sich seiner Umarmung. Die anderen sammelten das Obst ein und legten es wieder auf den Tisch. Die Becher wurden aufgerichtet und eine Mapa lief los, um neue Getränke von unten zu holen. Der Kleinster bedankte sich artig bei Balising und verschwand dann schleunigst. Als wieder Ruhe eingekehrt war, sagte einer der Männer: »Los, lasst uns weitermusizieren.« Alle griffen zu ihren Instrumenten und gebärdeten sich, als wäre nichts geschehen. Und dann sprach der Mapa den alten, weisen Mann an: »Es ist besser, wenn du sofort gehst.«

Balising nickte nur und ging zum Ausgang, nicht ohne vorher Windröschen noch einen eindringlichen Blick zuzuwerfen.

»Ich begleite ihn«, verkündete diese nun nachdrücklich.

Tore nahm ihre Hand, um sie zurückzuhalten. »Bitte bleib«, sagte er in einem so liebevollen Ton, dass Windröschen zögerte. Doch dann antwortete sie: »Ich werde bald zurückkehren, doch nun möchte ich wissen, warum Balising mich sprechen will.« Sie hauchte Tore einen Abschiedskuss auf die Wange und verließ das Haus.

Kaum waren sie auf der Straße, wollte die junge Magierin wissen, wer oder was sich in ihre Gedanken geschlichen hatte. Balising erklärte: »Deine Mutter Amalaswinta nannte sie Ugs, weil sie Etug entspringen. Es sind unsichtbare Wesen, die den Mapas Worte ins Ohr flüstern, um sie auf Etugs Seite zu ziehen. Zwar sind sie nicht fähig, jemandem Gewalt anzutun, doch sie sind gefährlich, weil sie die Gedanken der Mapas beeinflussen. Aber offensichtlich sind sie auch zu dumm, um dich von einer normalen Mapa unterscheiden zu können.«

Windröschen schüttelte sich angewidert. »Gibt es viele von diesen Wesen?«

»Deine Mutter gab mir die Fähigkeit, die Ugs wahrnehmen zu können. Ich muss leider sagen, dass sich schon etliche von ihnen in der Siedlung herumtreiben. Sie sind geschickt und hetzen die Mapas gegeneinander auf. Ich fürchte, der Plan ist es, die aus der Festung befreiten Leute zu vertreiben. Einige werden bleiben dürfen, wenn sie sich Etug unterordnen. Dabei wird aber wohl niemandem bewusst, dass er zum Handlanger des Bösen wird«, antwortete Balising mit einem schweren Seufzen.

Während die junge Magierin ihre Gedanken ordnete und versuchte herauszufinden, welche von ihnen tatsächlich ihre eigenen waren, wanderte sie zu Sandessas Haus. Sie trafen sie dort aber nicht an. Balising vermutete richtig, dass sie bei den Feldern zu finden war. Dort saß sie auf einem Stein und schaute dem Korn beim Wachsen zu. Etwas abseits flocht eine Gruppe Frauen aus biegsamen Zweigen Körbe. Sie plapperten dabei munter und lachten viel. Vor ihnen spielten ihre Kinder. Die Knaben schossen mit Hölzern Steine durch die Gegend, die in einem bereits fertigen Korb landen sollten. Die Mädchen pflückten Blumen und wanden sie zu Kränzen, die ihr Haar schmückten. Sandessa beobachtete das Treiben verträumt.

Balising hielt Windröschen zurück, als er sah, dass ein Ug neben Sandessa schwebte und ihr Worte zuflüsterte: »Sieh nur, wie zufrieden und glücklich die Mapas sind. Und die Kinder erst. Das ist dein Leben. Nur deine magischen Fähigkeiten trennen dich davon. Heirate Urso, deinen fleißigen und treuen Weggefährten, und zeuge Kinder mit ihm. Erst dann wirst auch du die wahre Erfüllung finden.«

Sandessa seufzte. Sollte sie wirklich ihre Zauberkraft, die sie noch gar nicht ganz entdeckt hatte, für ein Familienleben opfern? Aber der Gedanke gefiel ihr.

»Ein Ug betört deine Schwester«, flüsterte Balising.

Windröschen sah erst zu ihrer Schwester, dann zu Balising.

»Ich kann ihn nicht sehen. Aber vielleicht gibt es doch eine Möglichkeit, dass ich ihn irgendwie wahrnehmen kann«, sagte sie schnell. Und ehe Balising nachfragen konnte, verband sich Windröschen mit ihrem Element, der Luft, und wurde unsichtbar. Und tatsächlich konnte sie in diesem Zustand den Ug erkennen. Genau wie Windröschen zeigte er sich in der Welt des Unsichtbaren als milchiges Licht. Der Ug war sehr damit beschäftigt, Sandessa die Vorteile eines Mapalebens anzupreisen, sodass er Windröschen nicht bemerkte. Diese war wütend über das hinterhältige Treiben des Ugs und erzeugte einen Luftwirbel, der das Wesen Richtung Himmel schleuderte.

Sandessa erschrak über diesen heftigen Sturm, der sich sogleich wieder legte und doch ihr Haar zerzaust hatte. Die Mapafrauen bemerkten nichts, denn der Wind hatte nur um die junge Magierin herum getobt. Direkt neben ihr nahm Windröschen wieder Gestalt an. »Was soll der Unsinn?«, schimpfte Sandessa. »Kannst du dich nicht aufs Singen beschränken?«

Nun trat Balising zu den beiden. »Windröschen hat dir nur geholfen, dich aus den Fängen eines Ugs zu befreien«, erklärte er beschwichtigend.

Sandessa hatte sich erhoben und musterte Balising empört. »Eines was?«

Nun erzählte Balising auch Sandessa von den unsichtbaren Wesen, deren einzige Aufgabe als Etugs Diener es war, die Gedanken anderer zu leiten.

»Ich hatte auch schon mit einem zu tun«, gestand Windröschen ihrer Schwester. »Im Augenblick kann nur Balising die Ugs sehen, aber wir sollten dringend daran arbeiten, auch diese Fähigkeit zu erlangen.«

Sandessa starrte die beiden ungläubig an. Es konnte doch nicht sein, dass sie zum Opfer einer bösen Macht geworden war. »Das kann ich gar nicht glauben«, zweifelte sie. »Ich habe doch nur nachgedacht.«

»Ich weiß«, sagte Balising. »Du fragtest dich, ob du deine magischen Fähigkeiten für eine normale Familie opfern sollst.«

»Wie kannst du das wissen?«, fragte Sandessa empört und verunsichert.

»Es waren die Worte des Ugs, die deine Gedanken leiteten«, antwortete der alte, weise Mann.

Die junge Magierin war tief betroffen. Sie hatte es zugelassen, dass ein Fremder sich in ihr Innerstes einschleicht. Wie hatte das geschehen können?

»Keine Sorge, so mächtig sind die Ugs nicht. Sie haben nur die Fähigkeit zu ahnen, wo die Schwächen und Unsicherheiten ihrer Opfer sitzen. Diese benutzen sie dann, um ihre Opfer zu beeinflussen. Natürlich ganz im Sinne Etugs«, beruhigte Balising sie.

»Aber wie kann ich mich dagegen wehren?«, fragte Sandessa verzweifelt.

Balising sah sie ernst an und antwortete: »Ihr seid als junge Magierinnen stark. Und wenn ihr eine Gefahr erst erkannt habt, dann wisst ihr auch damit umzugehen. Viel mehr Sorgen machen mir die Mapas. Sie werden von den Ugs betört und aufgewiegelt. Sie werden gefesselt oder angetrieben von bösen Gedanken. Wir müssen dem Einhalt gebieten.«

»Und ich weiß auch schon wie«, verkündete Windröschen. »Ich werde alle Ugs fortwirbeln.«

»Gemach, liebes Windröschen. Wenn dieser Plan nicht mit

Maß und Ziel verfolgt wird, kannst du leicht die ganze Siedlung verwüsten. Zuerst musst du deine Kräfte schulen«, bremste sie Balising mit einem gütigen Lächeln.

»Und ich?«, fragte Sandessa traurig.

»Das gilt auch für dich. Wenn ihr beide genau hinschaut und euch eurer Macht bewusst seid, werdet ihr nicht nur die Ugs erkennen, sondern sie auch vertreiben können. Doch die Zeit drängt. Wenn erst zu viele Mapas sich von Etug einfangen lassen, wird es schwer werden, sie wieder auf den richtigen Weg zu bringen.«

Damit verließ Balising die beiden jungen Magierinnen und ging zurück zum Haus des Häuptlings. Auf seinem Weg stellte er fest, dass keine Ugs mehr zu sehen waren. Hatte Amalaswinta nicht berichtet, dass diese Wesen meistens in Schwärmen auftraten und sich auch untereinander verständigen konnten? Waren sie nun vor Windröschens Luftwirbeln geflohen oder einfach nur zu Etug zurückgekehrt?

In seinem gegenwärtigen Zuhause angekommen, bemerkte Balising durch ein Loch in der Mauer, dass Emalia, Cormos Mutter, und Lirno, dessen Sohn Kerdo einst von Etug entführt worden war und jetzt auf dem Meer in eine ungewisse Zukunft trieb, sehr vertraut zusammen auf einer Bank im Garten saßen. Sie hielten einander an der Hand und tauschten innige Blicke aus. Und Balising entdeckte auch wieder einen Ug, der erfolglos immer wieder versuchte, zu dem Paar vorzudringen. Dieses schien umgeben von einem Schutzschild, an dem der Ug stetig abprallte. Schließlich gab er auf und entschwand.

3. Kapitel

Die Mapamänner, die sich begeistert Cormos Kampftruppe anschlossen, waren sowohl solche, die schon immer in der großen Siedlung gewohnt hatten und des Müßiggangs überdrüssig waren, als auch solche, die aus Etugs Festung geflohen waren und sich dem Schicksal der Unterdrückung nie wieder ausliefern wollten. Bei dem großen Zulauf hatte Cormo sogar die Qual der Wahl. Somit empfanden es diejenigen, die dazugehören durften, dies als eine Ehre. Das stärkte das Selbstbewusstsein ihres Anführers. Nun sollten alle bei einer Veranstaltung von ihren zukünftigen Aufgaben erfahren und ein Plan zur Aufstellung der Truppe sollte vorgestellt werden.

Zwar war Cormo als Sohn eines Häuptlings aufgewachsen, doch damals in der kleinen Gemeinschaft hatte sich dieser nach dem Überleben von Kälte und Dunkelheit im Wesentlichen um Alltagsgeschäfte wie die Segnung einer Verbindung zwischen Mann und Frau gekümmert. Damals herrschte Frieden zwischen den Hütten. Deshalb hat Cormo keine Ahnung vom Kampf und wie er eine Truppe aufbauen und schulen muss. Doch nachdem sein Vorschlag auf eine so große Anerkennung gestoßen war, durfte er sich auf keinen Fall unsicher gebärden. Trotzdem wusste er nicht weiter, was er auf keinen Fall vor Mimiti zugeben wollte. Ratlos saß er allein auf einem Stein und schaute auf das Meer. Er bemerkte den Ug nicht, der sich zu ihm gesellt hatte, doch plötzlich schienen seine Gedanken Gestalt anzunehmen. Denn der Ug flüsterte: »Zuerst musst du deine Leute zu einem Treueschwur anhalten. Das wird sie verbinden. Dann müssen alle ihre Fähigkeiten mit Pfeil und Bogen unter Beweis stellen. Die Besten werden zu Lehrern erhoben. Auch der Kampf mit Fäusten und Stöckern muss geübt werden.«

Cormo war mit diesen Gedanken zufrieden. Doch es ging noch weiter: »Hole dir bald Vertraute an deine Seite. Diese sollen unter deiner Leitung die Truppe lenken. Du selbst hältst dich zurück. Die anderen sollen kämpfen. Du bist der große Geist, der befiehlt.«

Das gefiel Cormo noch besser, denn er war tatsächlich eher träge.

»Und um deine Truppe bestens auszurüsten, musst du dich mit den Kleinstern verbünden«, flüsterte der Ug weiter.

Diese friedlichen und lustigen Gesellen auf seine Seite zu ziehen, erschien Cormo unmöglich.

Aber auch dafür hatte der Ug eine Lösung: »Diese Wesen leben meistens unter der Erde, doch viele von ihnen sehnen sich nach der Sonne. Biete ihnen an, mit euch in der großen Siedlung zu leben. Zum Dank werden sie euch mit ihrer Schmiedekunst unterstützen.«

Ein trefflicher Plan, dachte Cormo und grinste listig.

»Doch zuerst der Treueschwur: Als Helden geboren, in Treue verschworen, schreiten wir mutig von Sieg zu Sieg«, säuselte der Ug.

Cormo stand auf und wiederholte die Worte laut und voller Überzeugung. Wenn all dieses gelang, dann würde er bald eine mächtige Stellung in der Siedlung bekleiden. Er würde der neue Häuptling sein. Niemand würde sich ihm in den Weg stellen können. Sein Wort wäre Gesetz. Nun schrie er den Treueschwur in den Wind.

Als er die Truppe an einem Ort nahe dem Meer, gesäumt von Felsen, um sich versammelt hatte, wurde seine Ansprache mit großer Begeisterung aufgenommen. Wie im Fieber wiederholten die Männer den Treueschwur. Sie genossen es, zu einer auserwählten Gemeinschaft zu gehören, die sich berufen fühlte, das Schicksal der großen Siedlung in die Hände zu nehmen. Gegenseitige Abneigung oder Misstrauen sollten einem großen

Ziel untergeordnet werden. Jeder musste sich auf den anderen verlassen können, seine Aufgaben widerspruchslos erfüllen und kein Zweifel an ihrem Führer durfte die Gemeinschaft trüben. Cormo hatte mit so einer Zustimmung nicht gerechnet, doch er war nun mehr als zufrieden. Er sonnte sich in seiner herausragenden Stellung. Gleichzeitig nagte Furcht an ihm, den Erwartungen nicht gerecht werden zu können. Doch der Ug, der weiterhin an seiner Seite war, zerstreute diese Zweifel schnell. Nun mussten die Kleinster zu einer Zusammenarbeit überredet werden, denn nur mit ihrer Hilfe würde sich die Truppe mit scharfen Waffen ausrüsten können. Da kam Mimiti ins Spiel. Geschickt hatte sie Cormo über seine Absichten ausgefragt und ihn ermutigt. Endlich rückte ihr Wunsch, an der Seite des neuen Häuptlings über die große Siedlung zu herrschen, in greifbare Nähe. Und sie hatte schon einen Plan, die Kleinster für ihr Vorhaben zu gewinnen. Sie wollte ihre Eitelkeit nutzen. Es war bekannt, dass diese Wesen für alles schwärmten, womit sie sich schmücken konnten.

Unbemerkt hatte Mimiti bei der Flucht aus Etugs Festung die Seli unter den fliehenden Mapas verborgen. Diese Lichtgestalt, die schon Flamina gedient hatte, hatte sich unter Fetzen aus Leder verstecken müssen. Nun lebte sie in einer dunklen Nische in Mimitis Zimmer hinter einem Vorhang. Schon seit einiger Zeit fütterte Mimiti die Seli mit Blütenblättern, die von Mapakindern auf der Ebene gesammelt wurden. Diese erhielten zur Entlohnung Obst, das Mimiti aus der Vorratskammer stahl. Schon wuchsen wieder schillernde Fäden aus den Fingern der Lichtgestalt. Diese rollte Mimiti sorgfältig zusammen, damit die Kleinster später wertvolle Stoffe daraus weben konnten. Nun bot sie Cormo an, die Kleinster damit anzulocken. Sie würden der Versuchung kaum widerstehen können. Der Führer der Kampftruppe war glücklich über diese Unterstützung. Als er die schimmernde Seli in ihrem Versteck betrachtete, lobte er Mimitis Weitsicht. Doch die Kleinster waren scheu. Wo wollte seine Liebste mit ihnen zusammentreffen? Mimiti wusste erneut Rat, sie hatte herausgefunden, in welcher Höhle sich einst Sandessa mit einem Kleinster getroffen hatte. Dort trieben sich diese Wesen oft herum. Außerdem hatte sie noch ein Kleid Flaminas, das aus dem Stoff der Seli gefertigt war, bei der Flucht mitgehen lassen. Mit diesem schillernden Gewand wollte sie die Neugierde der Kleinster wecken.

So ging Mimiti zu diesem Ort, in den nur wenig Licht durch einige Ritzen im Gestein fiel, und bewegte sich tanzend in den Lichtstrahlen, sodass der Stoff in allen Farben eines Regenbogens schimmerte. Es dauerte nicht lange, bis Mimiti die erste vorsichtige Bewegung hinter einem Felsen bemerkte. Lächelnd wiegte sie ihren Körper weiter, drehte sich und ließ das Gewand seinen Zauber entfalten. Bald trieb es den ersten Kleinster aus seinem Versteck. Bewundernd schaute er auf das Kleidungsstück. Schließlich sprach er Mimiti an. Der Plan gelang.

Balising erkannte, dass die Unruhe in der Siedlung wuchs. Zwar konnte Windröschen mittlerweile gezielt die Ugs vertreiben, doch es kamen immer mehr. Etugs Macht wuchs. Vermutlich erhielt er von irgendwoher Unterstützung. Sein Versuch, den Häuptling auf diese Entwicklung aufmerksam zu machen, scheiterte, denn dieser zeigte deutliche Anzeichen von Ermüdung. Er vertraute darauf, dass Cormo die Siedlung vor Angreifern beschützen würde. Den Einfluss der unsichtbaren Ugs auf sein Volk weigerte er sich zu begreifen.

Auch Sandessa wollte von einer echten Bedrohung nicht viel wissen. Voller Freude beobachtete sie, wie mit ihrer Hilfe das Korn, das Gemüse und das Obst prächtig wuchsen. Damit würde bald der Wohlstand für alle in die Siedlung zurückkehren. Ihr Partner Urso, obwohl ein guter Kämpfer, schloss sich Cormos Truppe nicht an. Stattdessen entwickelte er sich zu einem angesehenen Baumeister, der sich nun auch an die Erstellung von Steinhäusern heranwagte.

Die Kampftruppe war mittlerweile mit Pfeilspitzen aus Metall, Messern und Schwertern ausgestattet. Damit wurden nun auch die Jäger versorgt, damit sie auf der großen Ebene Tiere erlegen konnten. Und die Krieger scheuten sich nicht davor, ihre Künste an den friedlichen, zottigen Tieren zu messen, die als Lasttiere für das Holz unbeschwert in der Nähe der Siedlung grasten. Doch das führte zu einem heftigen Streit mit Urso und seinen Gehilfen. Schließlich schlossen sich die Mapas, die außerhalb der Siedlungsmauern lebten, zusammen und waren nicht mehr bereit, die Erträge aus ihrer Feldarbeit zu teilen. Die Versuche des Häuptlings, Frieden zu stiften, waren eher halbherzig. Er war froh, dass wieder mehr Nahrung und vor allem auch Fleisch vorhanden waren. Er verließ sich auf Cormo, auch wenn sich seine Frau mit der ständigen Anwesenheit Mimitis nicht anfreunden konnte. Nicht einmal Cormos Mutter mischte sich noch ein, denn sie verband nun eine innige Liebe zu Lirno. Beide wollten nach all den unglücklichen Erfahrungen einfach ihr Leben genießen. Sie waren sich selbst genug und schenkten den bedenklichen Entwicklungen in der Siedlung wenig Aufmerksamkeit.

Nur das besonders feinfühlige Windröschen empfand Unwohlsein in dieser von Missgunst, Gewalt und Selbstsucht geprägten Gemeinschaft. Selbst ihre Musikerfreunde waren davon angesteckt worden. Immer häufiger gab es Streit. Ihr Liebster, Tore, flüchtete sich in Gleichgültigkeit, weil er nicht wusste, wie er der wachsenden Zerstörungswut, die auch vor der Musik und den Instrumenten nicht haltmachte, entgegentreten sollte. Berauscht von Getränken duldete er, zum Entsetzen von Windröschen, sogar Zärtlichkeiten von verführerischen Mapafrauen. Tief in ihren Gefühlen verletzt, suchte sie das Gespräch mit Balising. Sie fand ihn in seinem Zimmer im

Haus des Häuptlings und setzte sich zu ihm an den einfachen Holztisch.

»Was ist nur geschehen?«, jammerte sie. »Einst haben Tore und mich Liebe und Vertrauen verbunden. Wir machten gemeinsam so schöne Musik. Nun zerbricht er seine Flöten, zerreißt die klingenden Saiten über den Holzschalen und ergötzt sich an plötzlichen, heftigen Trommelwirbeln. Treue bedeutet ihm nichts mehr. Ständig faselt er etwas von Freiheit. Dabei waren wir doch so glücklich miteinander.«

Balising schüttelte ernst den Kopf.

»Ich fürchte, Etug ist nicht nur zurückgekehrt, sondern hat die Macht über viele schon übernommen. Noch hält er sich verborgen und schaut zu, wie die Mapas, ohne es selbst zu erkennen, zu seinen Dienern werden. Hinterhältig wartet er ab, bis er nur zu ernten braucht, was er gesät hat«, sagte er.

Windröschen weinte.

»Allein kannst du dich ihm nicht entgegenstellen«, fuhr Balising fort. »Bitte mach dich auf den Weg zu deinen Schwestern Welline und Flamina. Sucht eure Mutter Amalaswinta. Nur sie kann dem bösen Treiben ein Ende bereiten, denn ich fürchte, Ramos, ihr Bruder, will Giaium für sich einnehmen. Einst von seinem mächtigen Vater Zlemar, dem Geist des Universums, vertrieben, fordert er nun sein Recht auf Alleinherrschaft. Dabei ist Etug sein engster Verbündeter.«

»Und wenn wir unsere Mutter nicht finden oder sie noch zu schwach für einen Kampf ist, können meine Schwestern und ich nicht verhindern, dass die bösen Mächte die Herrschaft übernehmen?«, fragte Windröschen voller Angst.

»Das weiß ich nicht«, gestand Balising. »Aber gemeinsam seid ihr stärker als allein. Auch wenn eure Väter sich wenig um Mapas scheren, sind sie Giaium doch sehr verbunden. Bestimmt werden sie euch helfen. Aber es bedarf großer magischer Kräfte, um Ramos wieder zu vertreiben. Zumal er vermutlich gestärkt von seinen Irrfahrten durch das Universum zurückkehrt.«

»Und warum hilft uns unser mächtiger Großvater Zlemar nicht?«

»Das Weltall ist groß und weit. Es bleibt nur zu hoffen, dass er von der Bedrängnis seiner geliebten Giaium erfährt. Doch wenn nicht bald etwas geschieht, wird sie sich erneut mit Dunkelheit und Kälte überziehen und alle Mapas töten.«

Windröschen sah Balising verzweifelt an. »Welline und Flamina sind schon so lange fort. Wie soll ich sie finden?«

»Lass dich von den Strömungen des Windes treiben und bitte deinen Vater, den Geist der Luft, um Hilfe. Einen anderen Rat habe ich nicht.«

4. Kapitel

Flamina begann sich auf dem Schiff zu langweilen. Überall um sie herum war nur Wasser. Voller Sehnsucht starrte sie über das endlose Blau, das sich im Wind nur leicht bewegte, und hoffte, endlich Land zu entdecken. Und sie war nicht die Einzige, die der Seefahrt langsam überdrüssig wurde. Auch die vier Männer, die Jami begleiteten, wünschten sich Abwechslung. Nur Welline fühlte sich rundum wohl. Sobald die Sonne aufging, sprang sie ins Wasser und verschwand in dessen Tiefen. Erst wenn die Dämmerung einsetzte, kehrte sie mit einem emporschießenden Strahl aus Tropfen zurück an Bord. Dann scharten sich alle um sie und sie erzählte von der verborgenen Wunderwelt. Riesige Fische, größer als das Boot, zogen dort ihre Bahnen. Es waren jedoch friedliche Gesellen. Andere verfolgten kleinere Artgenossen, um ihren Hunger zu stillen. Es herrschte eine nie vermutete Vielfalt unter Wasser, mit bunten Farben und seltsamen Formen. Selbst Blumen wuchsen dort und wiegten sich in der Strömung.

Aus Rücksicht auf Welline verzichteten die Mapas auf den Fischfang, obwohl sie sich damit gern die Zeit vertrieben hätten. Flamina sorgte aber mit ihrer Magie dafür, dass weder die Nahrungsmittel noch das Trinkwasser ausgingen. Hungern musste niemand, doch die Männer langweilten sich. Jami beschäftigte sich nach Sonnenuntergang damit, die Lichter in der Schwärze zu betrachten. Sorgfältig malte er seine Beobachtungen mit Kohle auf glattes Leder. Am Tag versuchte er dann Regelmäßigkeiten und Veränderungen zu deuten. So hoffte er, einen Weg durch die Weite des Meeres zu erkennen.

Eines Tages, Welline tummelte sich wie immer im Wasser, rief Flamina erstaunt aus:

»Seht nur, dort hinten!«

Ein kaum wahrnehmbarer Geruch hatte ihre Nase gekitzelt und ihren Blick auf einen fernen Berg gelenkt, aus dem Rauch in kleinen Wolken emporstieg. Träge erhoben sich die Männer, die wie immer faul in der Sonne gedöst hatten. Sie schauten ebenfalls in die angezeigte Richtung. Dann kam Leben in sie. »Das ist Land. Land in Sicht!«, riefen sie ungläubig.

Nun kletterte Jami aus dem Bauch des Schiffes hervor, die Holzröhre, mit der er weit entfernte Orte besser sehen konnte, unter dem Arm. Als er hindurchsah, entdeckte er tatsächlich Land, offenbar komplett umgeben von Wasser, eine Insel. Nun spürte auch er in sich den heftigen Drang, endlich seine Füße wieder auf festen Boden setzen zu können.

»Meinst du, da leben Mapas?«, fragte einer der Männer.

»Noch kann ich keine sehen«, antwortete Jami erfüllt von Entdeckungsfreude, »aber ich denke, wir sollten das herausfinden. Los, nehmt Kurs auf die Insel.«

Es machte sich Betriebsamkeit breit. Fröhlich setzten die Männer die Segel und drehten das Steuerrad. Als Welline bemerkte, dass das Boot seine Richtung änderte, tauchte sie aus dem Wasser wieder an Deck auf. »Was ist geschehen?«, fragte sie verwirrt.

»Sieh nur«, erklärte Flamina aufgeregt, »dort drüben ist Land.« Zwar hatte diese Nachricht keine besondere Bedeutung für Welline, denn sie war viel lieber im Wasser, doch sie verstand die Sehnsucht der anderen nach dem ihnen vertrauteren Element.

Langsam näherte sich das Schiff der Insel und die Anspannung der Reisenden wuchs. Nun konnten alle sehen, dass das Stück Land reichlich bewachsen war mit sattem Grün, Bäumen und Sträuchern. Allerdings sahen viele anders aus als jene in der Heimat. Auch Vögel zeigten sich, die über dem seichteren Gewässer an der Küste aus der Luft niederstießen und kleine Fische fingen. Ab und zu flatterte es in den Baumkronen. Das

Land war gesäumt von einem breiten Streifen gelben Sandes, so wie sie es von der großen Siedlung kannten. Weiter im Inneren der Insel erhob sich der rauchende Berg. Mapas waren keine zu sehen.

Um mit dem großen Schiff nicht auf Grund zu laufen, befahl Jami, in einem gewissen Abstand zur Küste den Anker zu setzen und die Segel einzuholen. Nun stand die kleine Gruppe da und beobachtete neugierig, ob sich etwas an Land regte. »Ich schwimme rüber«, bot Welline an und wollte sich gleich ins Wasser stürzen.

Flamina hielt sie zurück. »Nein«, rief sie, »wir machen uns gemeinsam auf den Weg.«

»Zwei Männer sollten auf dem Boot bleiben, falls ein Wind aufkommt oder der Anker sich löst«, entschied Jami. »Wer erklärt sich freiwillig bereit?« Die Vorstellung, nicht dabei sein zu dürfen, behagte den Männern wenig, aber sie sahen die Notwendigkeit ein. Und sie kamen nie auf den Gedanken, sich den Befehlen ihres Anführers zu widersetzen. Enttäuscht und missmutig willigten zwei ein, die Aufgabe zu übernehmen. Jami klopfte ihnen aufmunternd auf die Schulter. »Gut, dann machen wir das Beiboot klar. Damit werden wir zum Strand rudern.« Fürsorglich nahm er Welline in den Arm. »Ich weiß, du würdest lieber schwimmen, aber Flamina hat recht, wir sollten zusammenbleiben.« Welline fügte sich dem Willen des geliebten Mannes, auch wenn sie diese Maßnahme nicht einsah.

Je weiter sich das kleine Boot dem Strand näherte, desto größer wurde die Spannung. Nun erfasste auch Welline und Flamina Unruhe, denn sie spürten die Schwingungen einer feindlichen Gesinnung. Zwar brauchten sie um ihr Leben nicht zu fürchten, doch ihre Begleiter waren ihnen ans Herz gewachsen und höchst verletzlich. Aber weder auf dem gelben Sand noch in dem dahinter beginnenden dichten Wald rührte sich etwas Verdächtiges.

Als das Wasser flach genug war, verließen die drei Mapas das Boot und zogen es auf den Strand. Doch kaum hatte die Gruppe diesen erreicht, traten plötzlich schaurig aussehende Wesen aus dem Schatten der Bäume. Sie glichen Mapas, doch ihre Körper waren schwarz und ihre Kleidung bestand aus großen Blättern. Tiefe, drohende Töne kamen aus ihren Mündern. In ihren Händen hielten sie lange Stangen aus hellem Holz mit einer scharfen Spitze. Ihre Gebärden machten deutlich, dass sie keinen Besuch wünschten und diesen mit Gewalt vertreiben würden. Jami und seine beiden Männer erstarrten. Sie waren nicht auf einen Angriff vorbereitet und hatte Pfeile und Bogen auf dem Schiff gelassen. Schon schwirrten die ersten Speere durch die Luft und die Ankömmlinge mussten ausweichen. Welline sprang ins Wasser und tauchte unter. Flamina erkannte die Gefahr und entschloss sich zu einer außergewöhnlichen Maßnahme. Wütend herrschte sie die Männer vor sich an:»Duckt euch!« Alle drei warfen sich auf den Boden und Flamina schleuderte einen heftigen Feuerstrahl aus ihrem Mund den Angreifern entgegen. Entsetzte Schreie ertönten. Dann folgte eine unheimliche Stille. Selbst die Vögel in den Bäumen schwiegen. Nichts rührte sich. Schließlich ließen die Bewohner der Insel ihre Speere fallen, sanken auf die Knie und beugten ihre Oberkörper bis in den Sand. Von solchen Gesten der Unterwerfung hatte einst Balising den jungen Magierinnen erzählt. Misstrauisch beäugte Flamina das Geschehen, während sich Jami und seine Männer wieder aufrichteten.

Da trat eine alte Mapafrau hinter den Bäumen hervor. Sie hatte helle Haut, wache blaue Augen und langes graues Haar. Ohne Angst schritt sie auf Flamina zu. Mit klarer Stimme und einem weisen Lächeln sprach sie:»Seid willkommen, Fremde. Eure Ankunft wurde mir vorhergesagt. Vergebt den Männern, die einer alten Frau nicht glauben wollten und dachten, ihre Familien verteidigen zu müssen.«

Jami traute dem Frieden nicht und spähte eifrig nach Bewegungen im Dickicht. Nun erschien auch Welline wieder und schaute die Frau prüfend an. Die beiden jungen Magierinnen versenkten sich in ihre Gedanken und erkannten die Wahrheit in den Worten. Flamina schaute ihre Schwester an und diese sagte nun:»Wir danken dir, dass wir willkommen sind. Die Männer mögen sich erheben.«

Erleichtert folgten diese der Aufforderung, packten ihre Speere und verschwanden eilig im Wald. Nur die alte Frau verharrte regungslos. Die Männer zogen das Boot nun ganz auf den Strand, doch fühlten sie sich noch immer unwohl an diesem Ort. Sie trauten dem Frieden nicht. Aber als sie warmen, trockenen Sand unter ihren nackten Füßen spürten, kam langsam Freude auf. Und voller Staunen über die unbekannten Gewächse auf der Insel schauten sie sich schließlich um. Sie entdeckten bunte Vögel und unbekannte Gerüche umwehten ihre Nasen. Dann traten aus dem Schutz des Dickichts plötzlich Frauen, die auf ihren Armen Obst und Blumen trugen. Sie schritten ehrfurchtsvoll auf die beiden jungen Magierinnen zu, verneigten sich tief vor ihnen und legten ihre Geschenke vor ihren Füßen ab. Flamina und Welline strahlten. So einen Empfang hatten sie nicht erwartet. Und sie stellten mit Freude fest, dass die Haut der Bewohnerinnen der Insel nicht schwarz war, sondern in einem hellen Braunton glänzte.

So als hätte sie die Gedanken der Magierinnen erraten, erklärte die alte Frau:»Die Männer bemalen ihre Körper mit Ruß und Erde, damit sie im Dunkel des Waldes nicht so leicht gesehen werden.«

Flamina hob einige der bunten Blumen auf und bedankte sich für die Gaben mit einem Lächeln. Sie wusste nicht, wie sie mit der offensichtlichen Verehrung der Frauen umgehen sollte. Die nun ebenfalls erscheinenden Kinder verhielten sich nicht so zurückhaltend. Sie starrten die Besucher unverhohlen an und trauten sich sogar, diese zu berühren. Jamis Helfer begannen sogleich, die Kleinen zu necken. Welline ging ins Wasser, aber ohne ihre Gestalt zu verändern und war bald umgeben von sich fröhlich in die Fluten stürzenden Jungen und Mädchen. Die Scheu war verflogen. Nun kehrten auch die Männer befreit von ihrer Bemalung zurück und scharten sich voller Bewunderung um das kleine Beiboot, das immerhin mehrere Personen über das Wasser tragen konnte.

Flamina fühlte sich gerufen von der alten Frau, ging zu ihr und beide setzten sich in den Schatten eines Baumes. »Woher wusstest du, dass wir kommen würden?«, begann Flamina das Gespräch.

»Ich bin eine Seherin und träumte, dass zwei junge Magierinnen auf unsere Insel kommen würden. Eine von ihnen kann Feuer speien wie ein Drache, die andere ist die Tochter des Geistes des Wassers. Doch sie werden nur Rast hier machen, bis eine Nachricht aus der Ferne sie erreicht.«

»Warum traten uns die Männer so feindselig gegenüber? Gibt es in der Nähe noch weitere Mapas?«, fragte Flamina weiter.

»Ja, es gibt hier noch andere Mapas. Aber wir haben noch keinen von ihnen gesehen. Dies war ein friedlicher Ort, an dem wir alle die große Dunkelheit und Kälte in einer warmen Höhle am Fuße des Vulkans überleben konnten. Doch eines Nachts erreichte uns das Böse. Ehe die anderen und ich begriffen, was geschah, waren fünf unserer schönsten Jungfrauen verschwunden. Keiner weiß, wie und wohin. Doch seitdem überwachen die Männer diesen Strand mit der Absicht, jeden Eindringling zu vertreiben.«

»Solange ich hier bin, wird niemand diese Insel ohne Erlaubnis betreten«, verkündete Flamina kämpferisch. »Doch kann man nicht die Insel auch von anderen Seiten betreten?«

Die Seherin schüttelte den Kopf. »Schwerlich, an den meisten Stellen reichen die Sümpfe bis an das Meer heran. Dort lauern große und kleine Tiere, die jeden angreifen, der sich ihnen nähert. Und auf der anderen Seite beschützt uns der große Vulkan mit schroffen Felsen.«

Flamina ließ die Antworten kurz sacken und sah aufs Meer. Dann fragte sie:»Hast du zufällig ein weiteres Schiff vorüberziehen sehen?«

»Nein, bisher nicht. Doch in meinen Träumen zerschellte eines an den Klippen. Wann das geschehen wird, kann ich aber nicht sagen«, antwortete die Alte bedauernd.

Flamina seufzte. Kerdo hatte nie ihre Gedanken verlassen. Sie wusste von Jami, dass der Mann, dem sie so herzlich zugetan war, sich von Etug abgewandt und zu seinen Leuten gehalten hatte, die nun mit ihm hilflos auf dem Meer trieben. Vermutlich waren alle schon tot. Warum nur trennte das Schicksal sie beide genau zu dem Zeitpunkt, als Kerdo sich auf das Gute besonnen hatte? Gemeinsam hätten sie noch so viel erleben und genießen können. Denn trotz der ganzen Irrungen und Wirrungen waren ihre Seelen verwandt.

»Grüble nicht weiter, Tochter des Feuers«, sagte die alte Frau. »In unserer Siedlung wird euch ein großartiger Empfang bereitet werden. Für dieses Volk sind deine Schwester und du wohlgesonnene Herrscherinnen. Es wird euch und euren Begleitern kein Wunsch abgeschlagen werden.«

Und so war es. Zwischen kleinen Hütten aus Holz und riesigen Blättern erwarteten die Ankömmlinge köstliche Gerichte, schmackhafte Getränke und eine fröhliche Gemeinschaft. Welline weigerte sich zwar, Fisch zu essen, aber Flamina ergötzte sich heiter an dem rauchigen Geschmack. Die Gäste kosteten unbekannte Früchte und waren begeistert von der Zubereitung der Mahlzeiten. Sie wurden aufgenommen wie Freunde, von vielen umarmt und mussten sich allerlei Fragen über ihr bisheriges Leben und die Reise über das Meer stellen. Das gestaltete sich bei dem Stimmengewirr allerdings schwierig. Alle redeten durcheinander, bis die alte Frau Einhalt gebot und die Neugierigen auf die kommenden Tage vertröstete. Zuerst sollten die Gäste eine Lagerstatt bekommen.

Jami erinnerte sich jetzt an die beiden auf dem Schiff zurückgelassenen Männer. Auch sie sollten die Bewohner der Insel kennenlernen und deren Gastfreundschaft erfahren. Zusammen mit einigen einheimischen Männern zog er sich zurück, um zu beraten, wo sein Schiff einen sicheren Platz finden könnte. Dieser war schnell in einer kleinen Bucht mit tiefem Wasser ausgemacht. Mit gemeinschaftlicher Kraft wurde das Schiff dorthin gebracht und fest vertäut. Nun konnten sich alle zusammen am Leben an Land erfreuen.

Vielleich lag es an der Nähe zu der Seherin, dass Flamina in dieser Nacht von wilden Träumen heimgesucht wurde. Sie sah Vulkane ausbrechen, deren Asche den Himmel verdunkelte. Stürme peitschten über das Meer und rissen das Land mit sich. Eisige Kälte legte sich über Giaium. Alles Leben auf der Oberfläche erstarb. Mapas drängten sich in Höhlen, bis Hunger und Durst sie dahinrafften. Erfüllt von Grauen erwachte die junge Magierin. Sie rannte aus ihrer Hütte, um erleichtert festzustellen, dass alles nur ein schrecklicher Traum gewesen war. Die Sonne verbreitete Wärme und Licht. Das Wasser schimmerte und kräuselte sich leicht. Die Vögel sangen und Mapafrauen bereiteten kichernd und plappernd das Morgenmahl. Dann sah sie Welline, die in einer Hütte neben ihr nächtigte und sich nun ebenfalls der Betrachtung des friedlichen Treibens hingab. Als sie ihre Schwester Flamina entdeckte, lief sie zu ihr. In ihren beiden Gesichtern stand Angst. »Lass uns bitte schnell in deine Hütte gehen«, sagte Welline mit zitternder Stimme. »Ich hatte einen furchtbaren Traum.«

»Ich auch«, antwortete Flamina, und so zogen sie sich gemeinsam unter den Schutz des Blätterdaches zurück.

Schnell stellte sich heraus, dass sie beide von den gleichen

Traumbildern heimgesucht worden waren. »Giaium bereitet sich scheinbar darauf vor, sich gegen die bösen Mächte zu schützen«, erklärte Flamina immer noch erschrocken.

»Das fürchte ich auch«, bestätigte ihre Schwester.

»Wir müssen das verhindern«, jammerte die Tochter des Geistes des Feuers, »sonst sind auch wir dazu verdammt, wieder für lange Zeit in einer unterirdischen Höhle zu leben. Das kann endlos dauern.«

Welline nickte blass. »Das sehe ich genauso und die Vorstellung ist grauenvoll. Doch was sollen wir tun?«

»Ich weiß es nicht. Die Seherin sagte, wir werden eine Nachricht erhalten. Aber ich mag nicht abwarten«, antwortete Flamina mit einem besorgten und gleichzeitig ungeduldigen Blick.

Welline lauschte dem Rauschen des Meeres. »Ich werde auf keinen Fall wieder in eine Höhle gehen«, erklärte sie bestimmt. »Ich werde, wenn alles verloren ist, mich mit dem Wasser verbinden und dort leben.«

»Dann bist du ganz allein. Und was soll aus unseren Schwestern Windröschen und Sandessa werden?«, wandte Flamina ein.

Welline sah sie traurig an. »Sie müssen ihren eigenen Weg finden.«

»Und denkst du denn nicht an Jami? Auch er wäre dem Tod geweiht«, beharrte Flamina. Welline erschrak bei dem Gedanken und begann zu weinen. Flamina nahm sie in den Arm. Dann sagte sie kämpferisch: »Unsere Mutter hätte sich nicht mit den Geistern des Wassers, des Feuers, der Erde und der Luft verbunden, wenn sie nicht in unserer Geburt eine Möglichkeit gesehen hätte, dem Bösen zu trotzen. Ich weiß zwar noch nicht wie, aber wir dürfen nicht aufgeben.«

5. Kapitel

Als Kerdos Krieger erkannten, dass sie nicht wie geplant die große Siedlung vom Meer aus angreifen konnten, sondern vom Wind auf die offene See hinausgetrieben wurden, machte sich Wut unter ihnen breit. Sie sahen in ihrem Anführer einen Verräter. Ohne Kerdos Erklärungen Gehör zu schenken, fesselten sie ihn und warfen ihn in eine dunkel Ecke im Bauch des Schiffes. Dann machten sich die zwölf Mapamänner daran, den Bug des Schiffes nach Nahrungsmitteln und Wassertonnen zu durchsuchen. Sie wurden tatsächlich fündig, was Kerdo aus der Entfernung beobachten konnte. Jami hatte also die ganze Zeit gewusst, dass sie niemals die große Siedlung erreichen würden und dass ihnen stattdessen ein ungewisses Schicksal auf dem Meer bevorstand. Damit die Mannschaft nicht schnell verdurstete und verhungerte, hatte er scheinbar einige Vorräte an Bord geschafft. Vermutlich hatte Jami erwartet, dass Kerdo sich mit ihm retten würde, bevor der Wind die Segel straffte und das Boot hinaustrieb. Doch der Mapa, der sich einst als Sohn Etugs verstanden hatte, war in den Gängen der Festung seinem wahren Vater begegnet. Er wusste selbst nicht, ob dieses Erlebnis ihn dazu gebracht hatte, sich von Etug abzuwenden. Auf jeden Fall wollte er die Männer, die ihm so ergeben gefolgt waren, nicht allein den Weiten des Meeres überlassen. Zwar verstand auch er nichts vom Segeln und der Steuerung eines Schiffes, aber er vertraute seinem Verstand, der über die Jahre durch verschiedene Aufgaben ausgerechnet von seinem Ziehvater Etug geschult worden war.

Doch nun musste Kerdo tatenlos zusehen, wie die Männer sich an den wenigen Vorräten gütlich taten, ohne einen Gedanken an die Zukunft zu verschwenden. Seine Mahnungen aus dem Hintergrund wurden überhört. Es mochte die Verzweiflung seiner Begleiter sein, die diese immer wieder in lautes Gelächter ausbrechen ließ. Erfolglos zerrte Kerdo an den Stricken, die sie ihm um Hände und Füße geschlungen hatten. Hunger nagte an ihm, während die anderen sich ihre Münder mit getrocknetem Fleisch vollstopften. Einige schwenkten sogar hämisch krakeelend Stücke vor Kerdos Gesicht hin und her. »Na, wo ist nun die Macht von Etugs Sohn?«, riefen sie laut und voller Schadenfreude. Und dann: »Verräter, Verräter!« Bald streckten sie sich mit vollen Bäuchen nieder und schliefen einfach ein. Das Schiff trieb ruhig, aber zügig dahin. Kerdo bekam großen Durst. Seine Zunge klebte wie Leder an seinem Gaumen. Da fiel plötzlich ein Tropfen auf seine Nase. Erstaunt blickte er nach oben und bemerkte, dass die Holzdecke über ihm von einer dünnen Wasserschicht überzogen war. Wenn die Feuchtigkeit einen gewissen Grad erreicht hatte, verband sie sich zu Tropfen und löste sich. Nun legte Kerdo seinen Kopf weit in den Nacken und fing das Wasser mit seinem Mund auf. Es war ein langwieriges Vorgehen, doch es löschte wenigstens ein wenig seinen Durst.

Es dauerte nicht lange, da wurde den Männern bewusst, dass das Trinkwasser und die Nahrung zu Ende gingen. Aus ihren wütenden Berichten entnahm Kerdo, dass sie versuchten mit Leinen zu angeln. Sie hatten zwar keine Köder, doch schienen sich hin und wieder Fische in den Schnüren zu verbeißen. Aber bevor sie auf das Schiff gezogen werden konnten, kamen andere Meeresbewohner und verschlangen das ersehnte Mahl.

Der aufsteigende Durst zwang die Männer, Bottiche ins Meer hinabzulassen. Mit Meerwasser gefüllt, wurden sie wieder an Bord gehievt. Doch die Flüssigkeit entpuppte sich als ungenießbar und konnte den Durst nicht löschen. Langsam erkannten Kerdos Begleiter nun ihre ausweglose Lage. Schließlich baute sich die Gruppe vor dem Gefesselten auf und beschimpfte ihn wüst. Sie konnten nicht ahnen, dass die Feuchtigkeit in der Luft auch die Seile schon aufgeweicht hatte. So konnte sich Kerdo zwar befreien, aber er bewahrte noch den Schein der Hilflosigkeit. Am Ende der Beschimpfungen sahen die Männer keinen anderen Ausweg mehr, als von ihrem ehemaligen Anführer eine Lösung für die missliche Lage zu fordern. »Los, Kerdo, bitte deinen Vater Etug um Hilfe. Flehe ihn um Vergebung und Gnade an, sonst werden wir alle sterben«, verlangten sie.

Genau darüber hatte Kerdo auch schon nachgedacht. Doch Etug hatte ihn einst von seiner Familie getrennt und ihn jahrelang in dem Irrglauben gelassen, er sei sein Sohn. Kerdo gefiel es außerdem nicht mehr, die Mapas auszubeuten. Und er hatte viel Zeit gehabt, an Flamina zu denken. Er vermisste sie. Seine zauberhafte Geliebte hatte sich rechtzeitig von Etug abgewandt. Vielleicht würde er sie nie wiedersehen, aber er musste seinen neuen Weg unbeirrt weitergehen. Nie wieder wollte er ein Handlanger des Bösen sein. Doch all das konnte er seinen Begleitern noch nicht offenbaren. Nur einem starken Anführer würden sie folgen. Also schlüpfte er aus seinen Fesseln und stand auf.

Erschrocken und beeindruckt wich die Gruppe zurück. Die Männer sahen in dieser Befreiung einen Beweis für Kerdos Macht. Deshalb fielen sie geschwächt, ängstlich und hoffnungsvoll sogar vor ihm auf die Knie. Kerdo lächelte huldvoll und sagte ruhig:

»Steht auf, Männer. Ich trage euch nichts nach, doch sollte sich noch jemals einer von euch gegen mich erheben, wird er die ganze Kraft meines Zorns zu spüren bekommen.«

Wankend und zitternd erhoben sich die Mapas.

Kerdo fuhr fort:

»Zuerst tragt Bottiche und Lederstücke, je größer, desto besser, zusammen. Wir müssen uns um Trinkwasser kümmern. Wir fangen die Feuchtigkeit von der Decke auf. Des Nachts werden wir das Wasser, das sich auf das Segel legt, in Gefäße leiten. Dieses wenige werden wir dann gerecht untereinander aufteilen.«

Die Männer waren begeistert von diesem Plan. »Aber wir haben auch Hunger«, bemerkte einer dann mutig. »Es schwimmen zwar reichlich viele Fische umher und einige beißen sogar in unsere Leinen, aber dann kommen andere und nehmen uns den Fang wieder weg.«

»Ich werde darüber nachdenken und eine Lösung finden«, versprach Kerdo selbstbewusst. Ohne Etugs Anweisungen oder Hilfe zu handeln, gab ihm Kraft.

Erstmals konnte er nun wieder an Deck gehen, sich von der Sonne wärmen lassen und über das endlose Wasser schauen. Weit und breit war kein Land in Sicht. Kein Vogel zog seine Kreise am Himmel. Im klaren Wasser erspähte Kerdo allerlei Fische, die sich in schillernden Schwärmen tummelten. Doch auch Wesen, deren Länge die des Schiffes übertraf, zogen gemächlich vorüber, unbeeindruckt von dem Räuber, der unvermittelt aus der Tiefe hervorschnellte, mit seinem riesigen Maul eine Lücke in den Schwarm riss, seine Beute verschlang und wieder abtauchte.

Der Wind, der das Schiff bisher stetig vorangetrieben hatte, war erstorben. Spiegelglatt lag der Ozean vor Kerdo. Die beiden Segel hingen schlaff und bewegungslos herunter. Reichte die magische Kraft der Tochter des Geistes der Luft nicht mehr weiter? Oder war es der Plan, die Mannschaft, ohne Hoffnung jemals wieder Land zu betreten, in der Weite des Meeres verdursten und verhungern zu lassen? Das durfte nicht geschehen.

Aber auch wenn sich seine Männer Mühe gaben, wenigstens etwas Trinkwasser zu gewinnen, erkannte Kerdo, dass sie durch ihren Hunger mehr und mehr geschwächt wurden. Er musste sich schnell etwas einfallen lassen. Unter Deck hatte er einige gegerbte Lederstücke gesehen, die vermutlich zum Flicken der Segel gedacht waren. Eines von ihnen schleppte er an Deck. Dann holte er sein sorgsam verstecktes Schwert. Zwar hatte er nur Männer zu seiner Begleitung ausgewählt, die auch an dieser Waffe geschult waren, aber er hatte sie angewiesen, zur Eroberung der großen Siedlung nur Pfeile und ihren Bogen mitzunehmen.

Nun lag der runde und beinahe die Größe eines Mapas umfassende Flicken ausgebreitet vor ihm auf den Holzbohlen. Wieder schaute er auf das Wasser und den Fischschwarm, der sich offensichtlich in der Nähe des Bootes sehr wohl fühlte. Vorsichtig stieß er Löcher in das Leder, die nicht so groß sein durften, dass die Fische dadurch entweichen konnten. Aber das Wasser würde seinen Weg hindurch finden. Zwei seiner Männer forderte er nun auf, nicht zu dicke, aber lange Seile zu suchen und sie ihm zu bringen. Jami hatte das Schiff hervorragend ausgerüstet. Als die Seile vor Kerdo lagen, bohrte er mit seinem scharfen Schwert Löcher knapp am Rand des runden Leders hinein. Dann zog er mit seinen Männern, die den Sinn dieses Tuns nicht verstanden, ein Seil durch die Löcher. Als das gelungen war, verknotete er ein zweites Seil mit den beiden Enden des ersten. Nun bat er einen Mapa, einen leeren Kübel zu holen und ihn in die Mitte des Leders zu legen, er sollte als Gewicht dienen. Dann zog er kräftig an dem Seil und das Leder schloss sich über dem Kübel.

»Was soll das?«, fragte schließlich einer der Männer.

Kerdo schaute sich zufrieden um und antwortete:

»Wir werden nun das Leder im Wasser versenken. Es wird eine Zeit dauern, bis es niedersinkt. Doch dann werden die Fische auch darüber schwimmen. Wenn sich genug von ihnen über dem Leder gesammelt haben, müssen wir die Seile blitzschnell zusammenziehen. Dann sind die Fische gefangen und wir brauchen sie nur noch langsam an Bord hieven. Das eingeschlossene Wasser wird durch die Löcher entweichen. Das ist die einzige Möglichkeit, die wir haben, um an Nahrung zu gelangen.«

Mittlerweile hatten sich die meisten Männer um Kerdo versammelt und lauschten seinem Plan. Es dauerte einige Zeit, bis sie begriffen. Andächtig sprach dann einer:»Ja, das könnte gelingen.«

Nach einigen vergeblichen Versuchen drohte die Mannschaft zu verzweifeln. Sie waren im Zusammenziehen des Leders zu langsam, sodass die Fische immer wieder fliehen konnten. Es war nur der Überzeugungskraft Kerdos zu verdanken, dass die Männer trotz ihrer wachsenden Schwäche nicht aufgaben. Und schließlich hatten sie Erfolg. Voller Jubel zogen sie den Lederbeutel, aus dem das Wasser tropfte, an Deck. Als sie ihn öffneten, zappelten wenigstens einige Fische auf den Holzplanken. Die Freude über den Fang ließ die Männer neue Kraft spüren. Doch dann bemerkte einer:»Wie wollen wir ein Feuer machen?«

»Auch wenn es euch ekelig erscheinen mag«, antwortete Kerdo,»aber wir müssen die Fische roh verspeisen.«

Entsetzen spiegelte sich in den Gesichtern der Leute.

»Wollt ihr leben oder sterben?«, fragte Kerdo herausfordernd.

Nachdem die Fische keine Lebenszeichen mehr von sich gaben, machte sich die ganze Mannschaft angewidert daran, sie zu verspeisen. Doch als das nagende Hungergefühl und sogar der Durst ein wenig nachließen, stellte sich hoffnungsfrohe Stimmung ein.

Die Flaute hielt jedoch an. Tagsüber waren die Männer mit Fischfang beschäftigt und nachts fingen sie die von den Segeln tropfende Feuchtigkeit auf. Es stellte sich beinahe so etwas wie Normalität ein. Keiner ahnte, dass Etug mal wieder einen hinterhältigen Plan ausheckte.

Die Väter der Töchter der Elemente waren bekannt für ihre

Spielleidenschaft. So machte Etug den Geist des Wassers und den Geist der Luft auf das hilflos auf dem Meer treibende Schiff aufmerksam. Es müsste doch ein großer Spaß sein, dieses mit Wind und Wellen zu einem Spielball zu machen. Dieses Vergnügen wollten sich die beiden Herrscher tatsächlich nicht entgehen lassen. So entdeckte Kerdo eines Morgens eine bedrohliche, dunkle Wolke, die sich mit genüsslicher Langsamkeit dem Schiff näherte. Auch die sich auf den Fischfang vorbereitenden Männer sahen sie und riefen erfreut: »Endlich Regen!«

»Ich fürchte, da braut sich ein Sturm zusammen«, dämpfte Kerdo ihre Freude. Nun wurden die Gesichter ernst. Die Mannschaft kannte sich mit dem Steuern eines Schiffes nicht aus und war einem Sturm bestimmt nicht gewachsen. »Rafft die Segel«, befahl Kerdo. Doch dass diese Maßnahme allein das Leben seiner Leute nicht schützen konnte, war ihm bewusst. Oft hatte er von Etugs Festung aus gesehen, mit welcher Macht die Wellen gegen die Klippen donnerten. Vorsorglich ließ er alle beweglichen Sachen wie Bottiche und Taue unter Deck bringen. Der Wellengang nahm stetig zu. Die Wellen kamen mal von der Seite, dann von vorne oder hinten. Das Schiff beugte und hob sich ächzend. Dann erreichte es eine gefährliche Schieflage, um bald gegen einen Berg aus Wasser zu prallen. Die Mannschaft hatte sich auf Kerdos Weisung ins Innere des Bootes zurückgezogen. Dort wurden sie jedoch hilflos umhergeschleudert. Sie hatten furchtbare Angst, die Ersten übergaben sich.

Kerdo wollte unbedingt sehen, welcher unbekannten Macht er und seine Leute ausgesetzt waren. Er befestigte ein Seil um seinen Körper und kletterte unter großen Anstrengungen eine Leiter hoch an Deck. Diese musste von drei Männern festgehalten werden, damit der Aufstieg gelang. Immer wieder bremsten Wassermassen sein Vorhaben und raubten Kerdo den

Atem. Bäuchlings kroch er über die nassen Planken zum Mast, der ohne Segel dem Wind wenig Widerstand entgegensetzte, aber mit dem Schiff bedrohlich schwankte. Daran knotete sich Kerdo fest, um nicht über Bord gerissen zu werden. Was er nun sah, ließ ihm das Blut in den Adern gefrieren. Riesige Wassermassen türmten sich auf und ergossen sich über das Boot.

»Schließt die Luke!«, brüllte Kerdo gegen den Wind an. Er wusste: Wenn zu viel Wasser in das Innere eindrang, würde das Schiff sinken. Zum Glück hatten seine Männer die Gefahr schon selbst erkannt. Obwohl es Tag war, herrschte Dunkelheit, in der nur die Schaumkronen auf den mächtigen Wellen glänzten. Auch bei Kerdo setzte nun Übelkeit ein. Das Erbrochene besudelte seine Kleidung, wurde aber sogleich von dem Wasser wieder fortgespült.

Plötzlich sah er gar nicht fern ein Licht in den Wellen explodieren. Ein Vulkan erhob sich aus dem Meer und spie Feuer. Waren sie vielleicht dem Land schon nahe und würden bald stranden? Das wäre eine Möglichkeit zu überleben. Doch das Schiff steuerte mit großer Geschwindigkeit auf Felsen zu. Gleich würde es daran zerschellen. Dann, wie auf ein geheimes Zeichen, wuchs plötzlich an der Seite des Bootes eine große Welle empor und drückte es auf einen anderen Kurs. So glitt es ohne Schaden vorbei an dem glühenden Berg und seinen Felsen.

Kerdo konnte nicht ahnen, dass sich nun auch die Geister der Erde und des Feuers, also die Väter von Sandessa und Flamina, an dem Spiel beteiligten. Es galt das Schiff zu versenken, entweder durch die Kraft des Windes und des Wassers oder durch den Aufprall auf plötzlich aus den Fluten aufsteigendes Land. Die vier Geister der Elemente hatten sich zu Paaren zusammengeschlossen und Spaß daran, ihre Kräfte zu messen. Felsen schossen aus den Fluten empor und brachen die sich dem Schiff nähernden Wellen. Nur ein heftiger Windstoß verhinderte eine Kollision mit dem überraschenden Hindernis. Kurz darauf erhob sich ein anderer Berg und stieß eine heftige Wolke aus Asche in die Luft, die den Wind ablenkte. Sogleich peitschte sintflutartiger Regen auf diesen nieder. Wieder türmten sich Wassermassen auf, griffen das Schiff an. Die Geister der Elemente lieferten sich einen dramatischen Wettstreit bei dem Versuch, als Sieger aus dem Spiel hervorzugehen. Wem von ihnen würde es gelingen, das Schiff zum Kentern zu bringen?

Die Geräusche, die mit diesem Treiben einhergingen, waren ohrenbetäubend. So hörte Kerdo die Schreie seiner Leute nicht, die – wie das Schiff auf dem Wasser – unter Deck umhergeschleudert wurden. Riesige Wellen überspülten die Planken und zerrten genauso an dem an den Mast gebundenen Mapa wie der heftige Wind. Schließlich sackte Kerdo in seinen Seilen zusammen und verlor das Bewusstsein.

So bemerkte er nicht, dass nach einer langen Zeit das Schiff auf einmal wieder friedlich und ruhig vor sich hin dümpelte. Giaium hatte die Geister der Elemente zur Ordnung gerufen. Diese waren des Spiels sowieso überdrüssig geworden. Erst der Schrei eines Vogels weckte Kerdo aus seiner Besinnungslosigkeit. Erschöpft, aber unverletzt richtete er sich auf. Seine Glieder waren steif, aber dankbar für die wärmenden Strahlen der Sonne.

Als er seine Augen öffnete, erkannte er ungläubig, dass sie nun im flachen Wasser vor einer Insel trieben. Nur ein leichter, beinahe zärtlicher Wind streichelte sein feuchtes Haar. Vor ihm lag eine weite, türkisfarbene Bucht, gesäumt von einem gelben Sandstrand. Dahinter wuchsen Bäume, an denen statt Blättern fächerförmige Streifen sprossen, die sich sachte im Wind wiegten. Ein Vogel stürzte aus der Luft ins Meer und tauchte sofort wieder mit einem Fisch im Schnabel auf. Den trug er zu einem Felsen, auf dem viele seiner Artgenossen nisteten. Vom Land waren verschiedene Laute zu hören, die von einer üppigen Tierwelt zeugten. Der Frieden, der diesen Ort umgab, ließ Kerdo in ungläubiger Betrachtung verharren.

Nachdem er sich von den Seilen befreit hatte, wankte er unsicher über das Schiff. Dann erinnerte er sich an seine Begleiter. Wie froh sie sein würden, endlich wieder festen Boden unter die Füße zu bekommen. Eilig begab er sich zu der Luke, die unter Deck führte. Sie war halb aus ihrer Verankerung gerissen und gab nun eine Lücke preis, die aber nicht groß genug war, um hindurchzukriechen. Ein ungutes Gefühl beschlich Kerdo, als er mit aller Kraft versuchte, das verkeilte Holz herauszureißen. Dabei schrie er verzweifelt nach seiner Mannschaft, doch kein Laut drang von unten zu ihm.

Als der Weg endlich frei war, musste er feststellen, dass die Leiter dem Unwetter nicht standgehalten hatte. Also befestigte er eines seiner Seile wieder am Mast und ließ sich hinunter. Dort stand das Wasser kniehoch. Seine Begleiter lagen mit zertrümmerten Schädeln und Gliedern da. Ihre Körper waren vollständig vom Wasser, das durch das Loch in der Luke eingedrungen war, bedeckt. Fassungslos starrte Kerdo auf das grausige Bild, bis er endlich begriff, dass alle seine Männer tot waren. Ein markerschütternder Schrei entfuhr seiner Kehle.

6. Kapitel

Angelockt von Kerdos Schrei hatten sich einige Männer am Strand versammelt. Erstaunt betrachteten sie das Schiff, das bei dem heftigen Sturm von außen keinen bedeutenden Schaden genommen hatte. Sein Kiel lag auf dem sandigen Grund der Bucht, aber an der Stelle war das Wasser noch tief genug, dass das Boot nicht einmal in Schieflage geriet. Die Männer an Land hatten noch nie einen so großen, schwimmenden Gegenstand gesehen. Vollkommen verzweifelt über den Tod seiner Mannschaft kletterte Kerdo das Seil empor an Deck. Noch immer geschwächt und von Hoffnungslosigkeit umfangen, legte er sich dort auf die Planken. Er sehnte sich nach Gesellschaft, besonders der von Flamina. Hätte er nicht mit ihr ein frohes Leben in der großen Siedlung führen können, wenn er sich nicht von Etug abgewandt hätte? Warum hatte er sich nicht von Jami retten lassen? Selbstlos hatte er zu seinen Begleitern gehalten, die ihm stets treu gefolgt waren. Nun mussten sie alle ihre Leben lassen. Warum durfte er überleben?

Mühsam rappelte Kerdo sich nach einigen Augenblicken wieder auf, um das nahe Land in Augenschein zu nehmen. Wenigstens war er der Weite des Ozeans mit ihren Gefahren entkommen. Doch er erschrak, als er die Männer am Ufer erblickte. Sie waren alle groß und kräftig. In ihren Händen trugen sie lange Stöcke. Diese dienten vermutlich als Waffen im Nahkampf. Kerdos Schwert lag noch im Bug in einer Truhe. Doch es wäre ohnehin unsinnig gewesen, es mit dieser Übermacht aufzunehmen. Vielleicht würden die Männer ihn töten, aber er wollte nicht länger auf dem Schiff bleiben.

Auch wenn Kerdo versucht hatte, das Schwimmen zu erlernen, zweifelte er daran, auf diese Art das Ufer erreichen zu können. Seine Arme waren zu kraftlos. Also warf er unter den neugierigen Augen der am Strand wartenden Männer den Rest der Luke auf das Wasser, sprang dann hinterher und hielt sich an dem schwimmenden Holz fest. Mit strampelnden Bewegungen der Beine bewegte er sich auf das Land zu. Kaum hatte er flacheres Wasser erreicht, kamen ihm die Männer zu Hilfe. Zwei von ihnen schoben ihn vorwärts, bis Kerdo den Strand erreicht hatte. Dort griffen sie ihm unter die Arme und schleppten ihn in den Schatten der Bäume. Einer reichte ihm eine Schale mit Wasser. Gierig trank Kerdo und verlor dann das Bewusstsein.

Als er erwachte, fand er sich in einer Hütte auf einer Lagerstatt wieder, gepolstert mit großen Blättern. Wenn auch nur seine beiden Helfer neben ihm saßen, erkannte er doch vor seiner Herberge eine große Gruppe von Männern, die alle aufmunternd lächelten. Keine Feindseligkeit war in ihren Mienen zu entdecken. War Kerdo wohl möglich auf der Insel mit den berühmten Kriegern gestrandet? Diese Männer galten als Meister auf dem Gebiet der Kampfkunst, doch als friedlich. Sie lebten ohne Frauen, einzig um ihre körperliche Ertüchtigung bemüht und nach Vollkommenheit strebend.

Kerdo erholte sich schnell. Und es machte ihm Freude, den Kriegern bei ihren Übungen zuzuschauen. Bald versuchte er, es ihnen gleichzutun und erntete Anerkennung für sein Durchhaltevermögen und seinen Ehrgeiz. Jedoch verstand er anfangs nicht, warum die Bewegungen der Männer oft in großer Langsamkeit erfolgten und sie viel Zeit damit verbrachten, geistig vollkommen abwesend und wie erstarrt auf einem Platz zu sitzen. Gerade das fiel Kerdo schwer. Aber dann erkannte er, wie auch er auf diese Weise jede Faser seines Körpers bewusst spüren und so seine Kräfte sammeln konnte.

Der Tagesablauf war immer gleich, ohne dass jemand Befehle gab. Überhaupt wurde wenig gesprochen. Die Krieger verständigten sich durch Blicke oder spärliche Gesten. So dauerte es, bis Kerdo erfuhr, dass die Männer alle von weit her über das Meer gekommen waren. Ihren Angehörigen war es eine Ehre, einen ihrer Söhne auf die gefährliche Reise zu den Meistern der Kampfkunst zu schicken. Auf Flößen mussten sie dem Meer trotzen, Hunger und Durst ertragen und nur jene, die stark und von den Winden und dem Schicksal begünstigt waren, erreichten jemals die Insel. Die anderen verschwanden auf Nimmerwiedersehen. So wurde auch Kerdo für einen Auserwählten gehalten.

Niemandem war es verboten, den Übungen fernzubleiben und seinen Tag frei zu gestalten. So trieb es Kerdo eines Tages, die Insel zu erforschen. Rund um die Siedlung der Krieger begann bald dichter Bewuchs. Fremdartige Bäume, Büsche und Gräser reckten sich in den Himmel. Sich durch das Dickicht einen Weg zu bahnen, war äußerst schwer. Kerdo hatte mittlerweile sein Schwert aus dem Schiff geholt und gebrauchte es nun, um die weichen Pflanzen abzuschlagen. Aufgeregt flogen Vögel empor. Unbekannte Geräusche erklangen. Versteckt huschten Tiere davon. Diese unheimliche Umgebung reizte und beunruhigte Kerdo gleichermaßen. Sollte er seinen Weg fortsetzen? Plötzlich erschien ein großes Wesen mit mächtigen Hauern vor ihm. Regungslos verharrte er, während das Tier ihn angriffslustig beäugte. In der Dunkelheit glänzten seine Augen grün. Sein Fell fügte sich so trefflich in das Spiel von wenigen Sonnenstrahlen und Schatten ein, dass sein mächtiger Körper kaum zu erkennen war. Kerdo umklammerte sein Schwert in dem festen Willen, sein Leben bis aufs Blut zu verteidigen. Doch dann hörte er die Stimme eines der Krieger hinter sich, der ruhig sagte: »Lass uns gehen.«

Rückwärts traten beide ihren Weg an. Das Tier verfolgte sie nicht. Kaum wieder in wenig bewachsenem Gelände fragte

Kerdo sichtlich erleichtert: »Was war denn das?« Dabei sah er den Krieger, der vollkommen unbewaffnet war, an.

»Ich kenne seinen Namen nicht, aber es gibt viele wilde und gefährliche Tiere auf dieser Insel. Dabei sollte man sich besonders vor den kleinen hüten, denn sie verteidigen sich oft mit Gift«, antwortete er gleichmütig.

Kerdo wurde klar, wie unhöflich er gewesen war. »Ich danke dir. Du hast mir das Leben gerettet«, sagte er nun schnell mit einer leichten Verbeugung.

Der Mann lachte.

»Du hast recht, denn wo eines dieser Wesen ist, lauern meist andere im Verborgenen. Aber ich denke, sie haben dich als einen von uns erkannt, sonst hätten sie nicht gezögert, dich als Eindringling zu töten und zu verspeisen.«

Kerdo schaute den Krieger verständnislos an. Dieser schwieg aber, bis sie sich gemeinsam um ein Lagerfeuer gesetzt hatten. Dann erzählte er:

»Wir leben von jeher in Frieden mit den anderen Bewohnern dieser Insel. Wir nehmen ihnen nichts weg und stören sie nicht. Selbst die Flugdrachen, die auf den fernen Vulkanen leben, verschonen uns. Dieses Abkommen besteht, seit die ersten Männer nach der großen Dunkelheit und Kälte hierherkamen.«

»Warst du einer von ihnen?«

»Ja, und wir erlernen die Kampfkunst nur für ein friedliches Miteinander.«

Plötzlich verstand Kerdo, warum es immer nur Fisch, Gemüse und Obst zu essen gab.

Der Krieger sagte nun, als hätte er seine Gedanken erraten: »Wir nehmen den Fleischfressern nicht ihre Nahrung und auch den Geist des Wassers bitten wir stets, uns mit seinen Gaben das Überleben zu sichern. In Demut vor Giaium nehmen wir nur das von ihr, was wir benötigen, und töten nicht ohne Sinn.«

Kerdo war beeindruckt. Und er wusste ja auch, dass sich viele der Männer auf der Insel mit dem Fischfang gut auskannten, da sie am Meer geboren waren. Nur eine Frage beschäftigte ihn noch. »Kehrt denn niemand von euch je in seine Heimat zurück?«

»Das kann ich dir nicht beantworten, aber keiner ist verpflichtet, auf der Insel zu bleiben. Wer uns verlassen möchte, um seine Lieben wiederzusehen, darf sich ein Floß bauen und sich auf die Reise machen. Schon einige haben sich so entschieden, doch ob sie jemals ihr Ziel erreicht haben, weiß niemand.«

Weder die Vorstellung, für immer auf dieser Insel zu bleiben, noch erneut die gefährliche Fahrt über das Meer anzutreten, behagte Kerdo. Verzweiflung legte sich auf sein Gemüt. Er musste lernen, das große Boot zu beherrschen. Dann könnte er vielleicht seine Heimat ansteuern. Aber wer sollte ihm das beibringen?

Der Krieger hatte ihn genau beobachtet und nun sagte er: »Ich verstehe deine Sehnsucht. Viele Männer werden anfangs davon geplagt. Doch irgendwann wissen sie die Ruhe und den Frieden dieses Ortes zu schätzen.«

Kerdo ahnte nicht, dass mit dem Wind, der ihn und seine Mannen zu dieser Insel getrieben hatte, auch die Ugs gekommen waren. Schnell suchten sie sich diejenigen Krieger für ihre hinterhältigen Angriffe aus, die noch nicht ihr inneres Gleichgewicht gefunden hatten. Und sie packten diese an ihrer schwächsten Stelle: dem Wunsch nach weiblichen Gefährtinnen.

Fünf dieser Männern träumten nun in der Nacht von reizvollen Frauen, die sie umschmeichelten. Am Tage flüsterten die Ugs ihnen ins Ohr, dass gerade ein starker Krieger den Anspruch auf Vergnügen habe. Und es dauerte nicht lange, da drang in das Ohr der Opfer die Nachricht von einer gar nicht so fernen Insel, auf der sie von fünf Jungfrauen erwartet würden. Verbunden in ihrer Unzufriedenheit fanden sich diese Männer bald zusammen und offenbarten einander ihre Sehnsüchte. Vor den anderen Kriegern schwiegen sie, denn ihre Wünsche widersprachen den Grundsätzen der Gemeinschaft. Dazu gehört nämlich, sich während der Ausbildung von Frauen fernzuhalten. Die Ugs schürten jedoch unentwegt den Trieb der Männer nach einer Vereinigung mit einer Gefährtin, sodass bald nichts anderes mehr ihre Gedanken beherrschte. Alle diese Krieger waren am Meer aufgewachsen und kannten sich aus mit Wind und Strömungen. Nun sahen sie in dem sicher vertäuten und vor dem Strand schwimmenden großen Boot ihre Möglichkeit, sich die Objekte ihrer Begierde auf der anderen Insel zu holen. Scheinheilig baten sie Kerdo, ihnen das Schiff zu zeigen, und sahen sich genau um. Kerdo begrüßte ihr Interesse, denn er hoffte, dass diese mit dem Meer weitaus vertrauteren Männer ihm beibringen könnten, das Boot zu steuern. Und da Argwohn eine bei den Kriegern verpönte Eigenschaft war, konnte sich die Gruppe unbehelligt mit dem Schiff beschäftigen.

Kerdo war der Gespräche über Seefahrt jedoch bald überdrüssig und wandte sich wieder dem Kampfsport und der inneren Sammlung zu. Zum weiteren Zeitvertreib fanden sich die Krieger auch zu unterschiedlichen Spielen zusammen. Dabei sollten angespitzte Holzstäbe einen Kreis auf dem Boden treffen, große Nüsse wurden in ein Netz aus Schlingpflanzen geworfen oder verschiedenfarbige Steine auf einem bemalten Holzbrett so bewegt, dass sie eine möglichst lange Reihe bildeten. Dabei gab es durchaus Gewinner und Verlierer, doch diese Tätigkeiten dienten dazu, eine Niederlage als Teil des sich gegenseitigen Messens ohne Ärger hinzunehmen.

Eines Morgens war dann das große Schiff mit den fünf Männern verschwunden. Niemand wusste, warum und wohin. Doch da es jedem freigestellt war, die Insel jederzeit zu verlassen, wurde die Tatsache ohne besondere Aufmerksamkeit zur Kenntnis genommen. Nur Kerdo war wütend. Mit dem Verlust des Bootes hatte er nun keine Möglichkeit mehr, in seine Heimat zurückzukehren. Erneut ein solches Schiff zu bauen, erforderte umfangreiches Wissen und die Hilfe der anderen. Nun war er für immer auf der Insel gefangen. Sollte er vielleicht doch seinen Ziehvater Etug um Hilfe bitten? Dazu konnte Kerdo sich noch nicht durchringen. Auch zweifelte er daran, dass Etug ihn ohne Strafe wieder aufnehmen würde.

Fünf der Ugs waren bei den Männern an Bord, um ihnen zu helfen und sie in ihrem Vorhaben zu bestärken. Die verbliebenen nahmen sich nun der anderen Krieger an. Das war kein leichtes Unterfangen, denn viele von ihnen konnten sich bereits so sehr in sich selbst versenken, dass sie nicht empfänglich für äußere Beeinflussung waren. Doch einige erlagen den gedanklichen Verführungen. Nur Kerdo wurde von den Ugs gänzlich verschont. Da er sie aber weder sehen noch spüren konnte, wunderte er sich nur über die Veränderungen im Verhalten der Krieger. Gelegentlich blitzten plötzlich Angriffslust und Machtgehabe auf. Eine gewisse Unruhe machte sich breit.
Schließlich spalteten sich die Männer in zwei Gruppen. Die einen wünschten sich Stille, Ausgleich und die Stärkung ihrer Kräfte durch Übungen. Die anderen sprachen viel und laut, beschimpften sich gar, ehrten die Sieger aus jedem Kampf oder Spiel und spotteten über die Verlierer. Schließlich zogen sich diejenigen, die an den alten Regeln festhielten, in ein anderes Gebiet zurück, jedoch ohne ihren ehemaligen Kameraden feindselig gesonnen zu sein. Kerdo schloss sich ihnen an. Er ahnte, dass Etugs Macht nun auch diesen Ort erreicht hatte. Jedoch keimte sein Wunsch, die Insel eines Tages zu verlassen, neu auf, als bekannt wurde, dass die fünf Krieger mit dem Schiff zurückgekehrt waren.

Günstige Winde hatten sie, angeleitet von den Ugs, zu einer Insel geführt. Die Nacht hatte eingesetzt, also ankerten sie, ohne das nahe Land zu sehen. Die Ugs machten sich nun auf, fünf reizende Jungfrauen auszusuchen und sich in ihre Träume zu schleichen. In diesen gaukelten sie den Schlafenden vor, stattliche Helden würden sie am Strand erwarten, ihnen Geschenke bringen und in ihnen die Liebe wecken. Erfüllt von Sehnsüchten und wundervollen Gefühlen erwachten die Frauen. Jede ging, wie es im Traum gefordert war, für sich allein und ohne jemanden zu wecken an den Strand und versteckte sich erwartungsvoll im Schatten eines Baumes. Sogleich leiteten die Ugs die Männer zu ihnen. Als die jungen Frauen der Fremden ansichtig wurden, erschraken sie und wollten fliehen. Doch die Krieger hatten gelernt, einen Gegner mit nur einem Schlag der Handkante außer Gefecht zu setzen. Dann schleppten sie vereint die Ohnmächtigen an Bord und fesselten sie.

In jener Nacht wurde die Seherin, die auf der Insel wohnte, von wilden Träumen heimgesucht. Sie fühlte eine Bedrohung und erwachte aus ihrem Schlaf. Doch sie konnte nichts Verdächtiges entdecken, als sie ihre Hütte verließ. Noch immer unruhig kehrte sie zurück und versuchte zu begreifen, was sie so verstört hatte. Als sie endlich Klarheit fand, war das Schiff mit den jungen Frauen bereits auf den Weiten des Meeres verschwunden.

Eigentlich hatten die Männer vorgehabt, sich eine neue Heimat zu suchen und dort Familien zu gründen. Doch ein heftiger Wind trieb sie genau zu der Insel zurück, von der sie gekommen waren. Und sie landeten dort, wo die Gruppe, die nun nach neuen Regeln mit einem Anführer lebte, sich niedergelassen hatte. Freudig wurden sie mit ihrer Beute empfangen. Während die Frauen, immer noch gefesselt, in eine Hütte gebracht wurden, feierten die anderen Krieger die Rückkehrer mit einem üppigen Essen und berauschenden Getränken. Ihr Anführer erkannte jedoch klug, dass fünf Frauen zu wenig für seine Gefolgsleute waren. Also verkündete er:»Niemand rührt die Frauen an! Auch unsere mutigen Helden müssen sich den Regeln unserer Gemeinschaft fügen, sonst werden sie vertrieben.«

Zwar waren die Männer, die die Frauen entführt hatten, enttäuscht, aber sie fügten sich, denn sie erkannten die Übermacht und Kampfbereitschaft der neuen Gruppe. Deren Anführer fuhr fort:»Nur die Besten von euch haben das Vorrecht, als Erste eine Gefährtin zu erwählen. Später werden wir weitere Frauen auf die Insel holen, sodass jeder von euch sein Bett mit einer teilen kann. Nun aber geht es darum, jene zu ermitteln, denen diese prachtvollen Jungfrauen übergeben werden. Wir sind alle Krieger, also müssen diejenigen, die die Frauen begehren, um sie kämpfen.«

Der Ug, der ihm diese Worte eingeflüstert hatte, war zufrieden. Die anderen Mapas, bester Laune, jubelten, da nun jeder die Möglichkeit hatte, sich eine Frau zu erobern.

Und der Anführer fuhr zufrieden und mit lauter Stimme fort:»Einige Tage dürft ihr euch auf die Kämpfe vorbereiten. Dann müsst ihr eure Kräfte messen und die fünf Sieger erhalten ihren gerechten Lohn.«

Mit diesem Ziel vor Augen feierten die Männer ausgiebig weiter, doch begannen sie bereits, sich gegenseitig abzuschätzen und zu belauern.

Von diesen Vorgängen erfuhr Kerdo nichts, denn die beiden unterschiedlichen Gruppen spionierten sich nicht gegenseitig aus. Heimlich schlich er sich jedoch öfter des Nachts in die Nähe der Abtrünnigen, kletterte am Ankerseil auf das Schiff und machte sich mit dessen verschiedenen Vorrichtungen vertraut. Im Grunde war es zu groß, um es allein über das Meer segeln zu können, aber es blieb Kerdos einzige Möglichkeit, der Insel den Rücken zu kehren. Auch Nahrungsmittel brachte er an Bord, denn die abtrünnigen Krieger beschäftigten sich ausschließlich mit den Vorbereitungen auf den Kampf um die Jungfrauen.

Eines Nachts, als Kerdo sich zum Schiff schleichen wollte, hörte er aus einer Hütte leises Weinen und die zarten Stimmen von Frauen. Durch einen Spalt zwischen den Holzbalken sah er die Verzweifelten, die nicht mehr gefesselt waren, da ein Entkommen sowieso unmöglich war. Auch die Tür war nicht verschlossen. Leise ging er hinein und bedeutete den Frauen sogleich, still zu sein. Ihre entsetzten Augen im Licht des Feuerscheins zeigten, dass sie große Angst hatten. »Fürchtet euch nicht«, flüsterte Kerdo. »Ich will euch kein Leid antun. Woher kommt ihr?«

Zaghaft berichtete eine von ihnen, dass sie von einer Insel entführt worden waren, die nur wenige Tagesreisen mit dem Schiff entfernt war.

»In welche Richtung?«, wollte Kerdo wissen.

Die Frau überlegte kurz, dann sagte sie: »Ich glaube, in jene, wo die Sonne sich morgens zeigt.«

Kerdo dachte darüber nach, was er über die Winde gelernt hatte. Wenn er einen günstigen erwischte, könnte er die andere Insel erreichen.

»Die Männer wollen bald um uns kämpfen«, wimmerte nun eine der Frauen. »Dann müssen wir das Bett mit einem dieser Fremden teilen. Wir haben solche Sehnsucht nach unserem Zuhause. Bitte hilf uns.«

Kerdo war betroffen, von dem, was er hier hörte und sah. »Bekommt ihr zu essen und seid kräftig genug, um zu schwimmen und ein Seil zu erklimmen?«, fragte er.

Die traurigen Mienen der Frauen sprachen dagegen. Doch dann sagte eine: »Wenn wir uns kräftig anstrengen, in unserer

Hütte Übungen machen und reichlich essen, sind wir schnell wieder so stark wie früher. Und die Hoffnung auf Rückkehr zu unseren Familien wird uns antreiben.«

Kerdo wusste, es war eine verrückte Idee. Allein mit fünf Frauen auf einem großen Schiff eine Reise anzutreten, war kein waghalsiges, sondern ein beinahe aussichtsloses Unternehmen. »Es ist zu gefährlich, mit dem Boot von dieser Insel zu fliehen«, flüsterte er schließlich. »Ich bin kein erfahrener Seemann und habe schon erlebt, wie tückisch das Meer und die Winde sein können.«

Nun standen die fünf Frauen auf und traten vor ihn. Sie waren zarte, bezaubernde Geschöpfe, in deren Gesichtern wilde Entschlossenheit blitzte. Durfte Kerdo sie der Willkür der Männer überlassen? »Ich muss verrückt sein«, sagte er schließlich, »doch will ich es wagen. Bitte verhaltet euch so, dass eure Wächter keinen Verdacht schöpfen. Morgen in der Nacht bin ich zurück. Die Zeit drängt.«

Alle fünf Frauen verneigten sich vor ihm. Dann verschwand er.

Es war Kerdos Glück, dass die Ugs die Insel verlassen hatten. Etug brauchte sie an anderer Stelle. Sie zu erschaffen, schwächte ihn jedes Mal. Daher war ihre Zahl begrenzt. Aber dass Kerdo einen Plan hatte, entging den friedlichen Kriegern, mit denen er lebte, nicht. Ohne dass er darum gebeten hatte, gesellte sich einer von ihnen am Strand zu ihm und begann über die Deutung von Strömungen und Windrichtungen zu sprechen. Er entstammte einer alten Fischerfamilie und war mit diesem Wissen aufgewachsen. So schulte er seinen Kameraden in den Grundlagen der Seefahrt.

Derweil tobten in dem anderen Lager die Kämpfe. Plötzlich ging es nicht mehr darum, seine Kräfte nur zu messen, sondern dem Gegner eine deutliche Niederlage zu bescheren. Erst mit

Stöcken und dann mit ihrem ganzen Körper und aller Kraft gingen die Männer aufeinander los, bis einer von ihnen am Boden lag und sich nicht mehr aufrichtete. Es kam zu schweren Verletzungen, die einige mit dem Leben bezahlten. Anderen wurden die Gliedmaßen zertrümmert oder sie bluteten heftig. Zwar kannten sich einige der Männer in der Heilkunst aus, aber meistens waren sie machtlos. Nur die Stärksten sollten überleben. Die Sieger ließen sich abends feiern, doch Furcht und Misstrauen griffen immer weiter um sich. Gelegentlich wurden die Frauen wie Sklavinnen vorgeführt, um die Kampfeslust der Männer anzuheizen. Und der Anführer schwang laute Reden. »Nun lernt ihr Giaium zu beherrschen«, rief er. »Nur ein starker Wille führt zum Sieg. Dafür ist der Lohn umso verlockender. Die Besten von euch werden Truppen anführen und in Häusern aus Stein wohnen. Die Frauen werden euch zu Füßen liegen und das Volk wird euch dienen. So werdet ihr die Früchte eurer Mühen und Plagen ernten.«

Auf diese Weise angespornt wurden die Männer immer angriffslustiger. Wenn allerdings die Jungfrauen die Reden hörten, schnürte sich ihr Herz vor Angst zusammen. Inständig flehten sie Kerdo bei seinen nächtlichen Besuchen an, endlich aufzubrechen. Selbst der Tod erschien ihnen angenehmer, als zu rechtlosen Sklavinnen zu werden. Sie waren in einem friedlichen, fröhlichen Umfeld aufgewachsen, in der die Mapas einander halfen, sich achteten und liebevoll behandelten. Bei diesen Männern spürten sie nur Angriffslust und Missgunst. Schließlich verabredeten sich Kerdo und die fünf Jungfrauen für die nächste Nacht, um in deren Schutz die Insel zu verlassen. Die Frauen fühlten sich kräftig genug, um zum Schiff zu schwimmen und das Ankerseil zu erklimmen. Vor Entdeckung mussten sie sich nicht fürchten, denn nach den Kämpfen und dem anschließenden Mahl mit berauschenden Getränken schliefen diese Krieger tief und fest.

Nun, da die Abreise kurz bevorstand, war Kerdo beinahe traurig, die im Gleichklang mit der Natur und ihren eigenen Kräften lebenden Krieger verlassen zu müssen. Er hatte viel von ihnen gelernt, uneigennützige Freundschaft erfahren und ahnte, dass sie seine Pläne durchschaut hatten. Doch die Freiheit der Entscheidung galt diesen Männern viel. Sie würden ihn weder an seiner Abreise hindern, noch ihn zum Bleiben überreden. Aber gerade am letzten Tag zeigten sie Kerdo mit kleinen Gesten, wie sehr sie ihn schätzten. Sein Schwert war überraschend blank geputzt und frische Kleidung lag bereit. Als Kerdo nachts davonschlich, sah er niemanden, aber er wusste, dass ihm viele Augen in der Dunkelheit folgten. Es war ein Abschied ohne Worte und zum ersten Mal, solange er denken konnte, füllten sich Kerdos Augen mit Tränen.

Die Frauen erwarteten ihn bereits ungeduldig an Bord. Der Anker wurde gelichtet und ein günstiger Wind trieb das Schiff auf das Meer. Die Steuerung überließ Kerdo den Frauen, da diese wussten, in welcher Richtung ihre Heimat lag. Auch schienen sie sich gut damit auszukennen, wie das Segel ausgerichtet werden musste, damit das Boot den richtigen Weg über das nur wenig bewegte Wasser fand.

Wachsam behielt Kerdo den Himmel im Auge, da die Erlebnisse bei dem Sturm noch nicht vergessen waren. Doch das Schiff glitt ruhig über die Wellen und auch bei Tagesanbruch zeigte sich keine dunkle Wolke. Diesmal meinte der Wind es gut mit den Reisenden. Hin und wieder fuhren sie an Vulkanen vorbei, die sich erst kürzlich aus dem Grund des Meeres erhoben hatten. Doch war ihr Feuer bereits erloschen.

Es dauerte drei Tage, da kam Land in Sicht. Die Frauen erkannten sofort ihre Insel und jubelten. Als sie näher kamen, bemerkten sie, dass sich eine große Gruppe ihres Volkes am Strand versammelt hatte. Woher wussten sie von ihrer Ankunft und warum hatten sich die Männer so furchterregend bemalt?

Dies war der Seherin zu verdanken. Schon in den Morgenstunden hatte sie alle Mapas zusammengerufen und verkündet, dass sich ein Schiff der Insel nähern würde. Mit diesem würden die entführten Jungfrauen zurückkehren. Das hatte sie im Traum gesehen. Allerdings wären diese in Begleitung eines Fremden. Auch wenn die Seherin zu ihrem Volk nicht von einer Gefahr gesprochen hatte, waren die Mapas misstrauisch geworden. Sie hatten sich gerüstet, um einen eventuellen Angriff abzuwehren.

Flamina erheiterte dieses Handeln, wusste sie doch, dass sie mit einem einzigen Feuerstrahl weit gefährlicher war als diese finster dreinschauenden und mit Stöckern bewaffneten Männer. Auch Welline und Jami hatten sich am Strand eingefunden und beobachteten neugierig, was sich der Insel näherte.

Die Jungfrauen, alle gute Schwimmerinnen, hielt es nicht mehr auf dem Schiff. Sie wollten sofort zurück zu ihren Leuten in die Heimat. Ehe sichs Kerdo versah, sprangen sie geschmeidig kopfüber von Bord. Doch im gleichen Augenblick bemerkte er, wie sich ein großer Fisch näherte, den er schon als gierigen Räuber kannte. Dicht unter der Wasseroberfläche glitt er auf die Schwimmerinnen zu. Er würde sie angreifen. Die Mapas am Strand konnten die Gefahr nicht sehen.

Eilig griff Kerdo nach seinem Bogen. Die Pfeilspitze aus Metall könnte den Fisch so verletzen, dass er von seinem Vorhaben abließ. Der erste Pfeil verfehlte sein Ziel. Unaufhaltsam näherte sich das gefährliche Tier den Jungfrauen, ohne dass sie es bemerkten. Zu sehr waren sie damit beschäftigt, den Strand zu erreichen. Wieder spannte Kerdo seinen Bogen und diesmal traf er den Angreifer. Tief drang der Pfeil in dessen Haut ein. Blut vermischte sich mit dem Wasser, doch der Fisch zeigte sich unbeeindruckt.

Erneut schoss Kerdo und ein zweiter Pfeil bohrte sich in das Tier. Diesmal verlangsamte er seine Geschwindigkeit. Nun erkannte auch Welline das drohende Unheil. Sogleich stürzte sie sich ins Wasser, verband sich mit ihrem Element, bündelte ihre Kräfte und raste in magischer Schnelligkeit auf das Ungetüm zu. Gerade als dieses kaum geschwächt sein riesiges Maul öffnete, um nach einer der Jungfrauen zu schnappen, erreichte die junge Magierin ihr Ziel. Ein gewaltiger Wasserstrahl hob das Tier empor und schleuderte es ein ganzes Stück hinaus auf das Meer. Doch das Wasser traf auch das Schiff und brachte es von seinem Kurs ab.

Die von Freude angetriebenen Frauen bemerkten nicht, was sich hinter ihnen abspielte. Das Boot wurde so heftig geschüttelt, dass Kerdo stürzte. Dumpf schlug sein Kopf auf die Planken. Als er seine Benommenheit abgeschüttelt hatte und über die Reling schaute, sah er die Jungfrauen den Strand erreichen. Doch das Schiff trieb nun in weiter Ferne an der Insel vorbei. Das Land schwimmend zu erreichen, wagte Kerdo nicht. Hilflos sah er, wie das Segel müde im Wind flatterte, während eine Strömung das Boot in eine neue Richtung trieb.

Erschöpft, aber glücklich erreichten die fünf Frauen unterdessen das rettende Land. Sofort wurden sie von ihren Familien herzlich umarmt. Nachdem die Ankömmlinge versichert hatten, dass sie unversehrt waren und sich ihre Unschuld bewahren konnten, sollten sie sich zuerst ausruhen. Anschließend sollten sie dann bei einem großen Fest von ihren Erlebnissen berichten.

Die Freude über die Rückkehr der Entführten war allen anzusehen. Auch Welline, die nun wieder an der Seite von Jami war, genoss die fröhliche Stimmung. Nur Flamina stand etwas abseits. Ihre scharfen Augen hatten Kerdo auf dem Schiff erkannt und eine große Sehnsucht nach ihrem Gefährten durchflutete ihren Körper. Er hatte überlebt! Doch nun war er erneut der Gnade der unnachgiebigen See ausgeliefert. Sie musste ihn unbedingt wiedersehen. Es gab noch so viel, was sie verstehen wollte. Ihr tiefes Gefühl für diesen Mann erwachte zu neuem Leben. Doch wie konnte sie ihn erreichen?

7. Kapitel

Cormo hatte seine Leute im größten Raum des Hauses des Häuptlings zusammengerufen. Die Versammlung begann damit, dass alle gemeinsam ihren Leitspruch riefen:»Als Helden geboren, in Treue verschworen, schreiten wir mutig von Sieg zu Sieg!«

Zufrieden nickend und auf einem großen, steinernen Stuhl sitzend, der mit farbigen Mustern reichlich verziert war, begann Cormo seine Ansprache:»Wir dürfen nicht länger dulden, dass die Bewohner der neuen Siedlung vor unseren Toren uns weiter ihre Nahrungsmittel vorenthalten. Wir müssen sie zu unseren Sklaven machen. Wie läuft es mit der Herstellung von Pfeilspitzen aus Metall und dem Schmieden von Schwertern?«

Ein Mapa erhob sich und sagte:»Unsere Männer arbeiten fleißig, aber die Kleinster schaffen nicht genügend Material heran. Es sind zu wenige, denn die meisten wollen nichts mit uns zu tun haben.«

»Ja«, meldete sich ein anderer zu Wort,»und dieser Sandessa mit ihrer Magie ist nicht zu trauen. Mittlerweile entstehen in der neuen Siedlung sogar Häuser aus Stein. Und einen Schutzwall bauen sie dort auch.«

Cormo gab ein Zeichen. Alle Männer standen auf und grölten erneut ihren Schlachtruf. Dann herrschte wieder Ruhe. »Wollen wir uns vor einem Weib fürchten?«, rief Cormo in die Stille. »Seid ihr Feiglinge?«

»Nein«, ertönte es wie aus einem Munde.

»Also treibt die Kleinster an. Wenn sie unseren Wohlstand teilen wollen, müssen sie zuerst ihren Beitrag leisten. Die Geschicktesten von ihnen sollen ihre unwilligen Kameraden ausspähen. Besonders ihre Frauen wollen Frieden und der ist nur gewährleistet, wenn sie uns treu ergeben sind.«

Zustimmendes Klatschen ertönte.

»Sind unsere Raubzüge erfolgreich?«, fragte Cormo in die Gruppe.

»Die Bewohner der neuen Siedlung sind noch recht arglos«, antwortete einer mit grimmiger Miene. »Sie bewachen ihre Nahrungsmittel kaum und scheuen sich, Gewalt anzuwenden. So konnten wir unsere Speicher einigermaßen füllen. Doch wir beobachten, dass die Magie der großen Magierin Amalaswinta, die dafür gesorgt hat, dass unsere Vorräte sich stets von selbst auffüllten, langsam erstirbt. Unser Volk muss darben und wird immer unzufriedener. Unsere Männer mussten schon verhindern, dass noch weitere in die neue Siedlung umziehen.«

Cormo nickte ihm zu. »Ich weiß, aber nun habe ich die Tore schließen lassen und niemand kann unseren Ort ohne Genehmigung verlassen.«

»Das wird die Bewohner der neuen Siedlung gegen uns aufbringen. Sie könnten uns daran hindern, auf der Ebene zu jagen oder Früchte zu sammeln«, gab der Mapa mit der grimmigen Miene zu bedenken.

»Dann wird es also Zeit, die neue Siedlung zu überfallen, damit alle Nahrungsmittel wieder gerecht verteilt werden können«, erklärte Cormo mit hinterhältigem Grinsen. »Doch wir sollten nichts überstürzen. Greift euch alle Männer und lehrt sie zu kämpfen. Wer sich weigert, wird hart bestraft. Und auch die Frauen, selbst die Kinder sollen arbeiten, damit wir bald wieder ein Leben im Wohlstand führen können.«

Mit lautem Jubel wurden Cormos Worte aufgenommen.

Balising wohnte noch immer in dem Haus des Häuptlings, der nun seiner Macht und seines Wohlstands beraubt war und mit seiner Frau in einem kargen Zimmer hauste. Der alte, weise Mann gab sich bewusst gebrechlich, sodass niemand ahnte, dass noch eine Gefahr von ihm ausging. Seine Versuche, den früheren Häuptling, der einst sehr beliebt und verehrt war, zur Einflussnahme auf das Geschehen zu bewegen, blieben leider erfolglos. Serto hatte aufgegeben. Er konnte einfach nicht verstehen, warum sein Volk plötzlich unzufrieden und kriegerisch geworden war. Im Stillen hoffte er auf ein Wunder.

Balising hatte Cormos Ansprache gehört. Er spürte, dass er handeln musste. Dank Sandessa verfügte sein kleines Zimmer im Untergeschoss über einen Tunnel, der direkt zu der neuen Siedlung führte. Eilig machte er sich auf den Weg und landete bald genau in dem steinernen Haus seiner ehemaligen Schülerin. Fröhlich singend bereitete Sandessa gerade ein Mahl für sich und Urso zu. Sie fühlte sich gut, denn ihre Kräfte waren mittlerweile so stark, dass sie über Nacht Häuser als Heim für Mapas aus dem Boden wachsen lassen konnte. Alle Pflanzen in der Umgebung gediehen prächtig und bescherten reiche Ernten.

Ihr Geliebter Urso schulte zwar Bewohner der neuen Siedlung an Pfeil und Bogen, lehnte aber im Grunde seines Herzens Gewalt ab. Lieber beschäftigte er sich mit den Feldern und den Tieren. Wütend macht ihn nur, dass immer wieder Gemüse, Obst und auch Tiere gestohlen wurden. Gerade bei den vierbeinigen Geschöpfen störte es ihn, sie hinter Zäune zu sperren. Sie ihrer Freiheit zu berauben, galt ihm als Frevel, wenn er auch wusste, dass die meisten von ihnen irgendwann ihr Leben lassen mussten, um als Nahrung für die Mapas zu dienen. Dass dies notwendig war, hatte sogar Sandessa mittlerweile begriffen. Auf Giaium herrschte das Gesetz von Fressen und Gefressenwerden. Doch sie selbst aß nur Gemüse und Früchte.

Zuerst nahm Balising an einem Tisch Platz und Sandessa verwöhnte ihn mit einem schmackhaften Getränk aus gepressten Beeren. Gemeinsam saßen sie am Tisch und Balising berichtete von dem belauschten Treffen von Cormo und seinen Kriegern.

»Warum will Cormo Krieg gegen uns führen?«, fragte Sandessa ungläubig. »Wenn die Bewohner beider Siedlungen anpacken, ist genug zu essen und zu trinken für alle da.«

»Ich fürchte, mein liebes Kind, es geht um Macht und Vorteile. Die hinterhältigen Diener Etugs, die Ugs, haben den Bewohnern der großen Siedlung eingeflüstert, dass sie das Recht auf ein Leben ohne Arbeit im Wohlstand haben. So waren sie es gewohnt, da eure Mutter diesen Ort einst durch einen Zauber beschützte. Doch dieser erlischt langsam. Nun haben sie keine Lust, für ihre Bedürfnisse zu schuften. Ihnen wurde eingeredet, es sei besser, andere Mapas für sich arbeiten zu lassen, als sich selbst abzumühen.«

»Also steckt wieder Etug dahinter«, stellte Sandessa mit dunkler Stimme fest.

»So ist es. Und er braucht die Mapas, um seine Pläne umzusetzen«, erklärte Balising.

»Aber ich bin jetzt stark genug, um Schutzwälle um unsere Siedlung zu ziehen und fremde Krieger fernzuhalten«, verkündete sie stolz.

»Ein Blutvergießen wird das aber nicht verhindern«, wandte Balising ein. »Wenn Mapas beginnen, sich gegenseitig anzugreifen und sogar zu töten, geraten sie leicht in einen Rausch. Sie finden selten einen Weg zurück zum Frieden, sondern bekämpfen sich, bis eine Seite aufgeben muss. Der Wunsch nach einem Sieg überdeckt den eigentlichen Grund für den Zwist. Nachzugeben käme einer Niederlage gleich. Mit jeder gewalttätigen Auseinandersetzung wächst die Überzeugung der Krieger, für eine gute Sache zu kämpfen, die nur erreicht werden kann, wenn der Gegner vernichtet wird. Deine Aufgabe und die deiner Schwestern ist es, diese Entwicklung aufzuhalten.«

Sandessa schwieg betroffen. Sie liebte die Mapas, mit denen sie das Leben in der neuen Siedlung teilte. Und die Vorstellung,

Urso könnte den Tod im Kampf finden, erschreckte sie. »Aber was sollen wir tun?«, fragte sie unglücklich.

»Nur ein Schutzschild um eure Siedlung, an dem alle Angriffe abprallen, kann eure Gegner zur Umkehr bewegen. Erkennen sie erst, dass ihr Vorhaben aussichtslos ist, werden sie zwar zunächst wütend werden, doch dann einlenken, um ihr eigenes Überleben zu sichern. Schließlich gehen ihnen die Nahrungsmittel aus. Nur in einem friedlichen Miteinander kehrt der Wohlstand zurück«, fasste Balising die Situation zusammen.

»Aber dafür reichen meine magischen Kräfte noch nicht aus«, stöhnte Sandessa.

»Ich weiß, meine Liebe, es könnte nur gelingen, wenn du und deine drei Schwestern eure Kräfte vereinigt. Aber ich habe Zweifel, ob ihr eure magischen Fähigkeiten schon ausreichend gut beherrscht«, stimmte Balising ihr zu. Ernst und eindringlich musterte er Sandessa, die ihm gegenüber saß. Dann fügte er leise und doch bestimmt hinzu: »Wir müssen eure Mutter finden.«

Sandessa erwiderte seinen Blick schon fast verzweifelt. »Aber wir haben keine Ahnung, wo wir sie suchen sollen.«

»Ich auch nicht«, gab Balising zu, »doch ich werde in mich gehen und versuchen, aus meinem Wissen eine Erkenntnis zu gewinnen. Du solltest dich mit deiner Schwester Windröschen beraten. Vielleicht findet ihr gemeinsam einen Weg.«

Wie gerufen fegte ein leichter Wind durch den Raum und Windröschen nahm Gestalt an. Ihre Schwester umarmte sie zur Begrüßung, erleichtert und doch den Tränen nahe. »Wie schön, dass du gekommen bist«, sagte Sandessa. »Wie sieht es in der großen Siedlung aus?«

Windröschen drückte Balising die Hand und setzte sich an den Tisch. Auch Sandessa setzte sich wieder. »Es ist nicht mehr derselbe Ort wie früher«, erzählte Windröschen bedrückt. »Das

Lachen und die Musik sind verschwunden. Niemand tanzt mehr in den Gassen, stattdessen laufen überall bewaffnete Männer umher. Hetzparolen gegen die neue Siedlung machen die Runde. Angeblich sind die Mapas, die dort wohnen, Schuld an allem Elend, denn die Nahrungsmittel werden knapp. Cormo behauptet, nur eine Unterwerfung der Abtrünnigen könne wieder Frieden und Wohlstand bringen.«

»Das habe ich befürchtet«, seufzte Balising, während Sandessa zu weinen begann.

»Aber das ist noch nicht alles«, fuhr Windröschen fort. »Ich spürte, wie eine dunkle Macht sich aus den Weiten des Universums näherte. Mit langen Krallen versuchte sie nach mir zu greifen, doch sie gab auf, als ich mich mit meinem Element der Luft verband. Es war ein gruseliges Erlebnis. Halb Traum, halb Wirklichkeit. Doch ich bin mir sicher, dass etwas, was weit mächtiger ist als Etug, uns nicht wohlgesonnen ist.«

Balising wurde blass, sackte in sich zusammen und sagte dann tief besorgt: »Er kehrt also zurück.«

»Wer?«, fragten die Schwestern gleichzeitig.

»Der Bruder eurer Mutter, Ramos, der sich einst mit Etug verbündete und von eurem Großvater, dem Herrscher des Universums, von dieser Planetin verbannt wurde.«

»Unser Onkel?«, stellte Sandessa überrascht fest. »Warum sollte er uns feindlich gesonnen sein?«

»Eure Mutter Amalaswinta und ihr Bruder wuchsen gemeinsam auf. Beide hatten starke magische Kräfte in sich. Doch während Amalaswinta Giaium und alles, was auf der Planetin kreuchte und fleuchte, herzlich zugetan war, langweilte sich Ramos«, erklärte Balising geduldig. »Mapas verachtete er als dumm. Etug war damals eine unbedeutende Gestalt der Dunkelheit. Doch er erkannte Ramos' Unzufriedenheit und freundete sich mit ihm an. Als Dank für das Verständnis des neuen Gefährten verlieh euer Onkel Etug Kräfte. Gemeinsam wollten sie dann die Geschicke von Giaium lenken. Dieses geschah zuerst unbemerkt und mit Hinterlist. Als Amalaswinta erkannte, dass der Bruder wenig Gutes im Sinn hatte und begann, die Mapas gegeneinander aufzuhetzen, versuchte sie ihn zu bremsen. Doch beide waren gleich stark. Ein fürchterlicher Streit fegte über die Planetin, bei dem keiner von beiden gewinnen konnte. In ihrer Verzweiflung über das Geschehen rief Giaium ihren Partner und Vater der beiden Kinder zu Hilfe. Der mächtige Herrscher des Universums, Zlemar, erkannte die bösen Absichten seines Sohnes und die Gefahr für seine geliebte Planetin. Wütend verbannte der den treulosen Ramos in die Weiten des Universums.«

Nachdem Balising geendet hatte, herrschte kurz Stille. Die Schwestern sahen ihn betroffen an. »Aber warum darf er nun zurückkehren?«, fragte Windröschen schließlich verwirrt.

»Vermutlich habt ihr keine Vorstellung von der Größe des Reichs eures Großvaters. Auch wenn Giaium ihm die Liebste ist, gibt es dort draußen noch unzählige Himmelskörper, um die sich Zlemar kümmern muss. Niemand weiß, wo er gerade ist und ob er einen Hilfeschrei von hier überhaupt hören kann«, antwortete Balising.

»Vielleicht hat Ramos ja nur Sehnsucht nach seiner Mutter und möchte ihr nie wieder schaden«, gab Sandessa zu bedenken.

»Nein«, entgegnete Windröschen entschieden, »zu deutlich fühlte ich eine böse Macht.«

»Und bestimmt will er auch seiner Schwester Amalaswinta zeigen, dass nur er als erstgeborener Sohn das Recht hat, die Geschicke der Planetin zu bestimmen«, bestätigte Balising ihre Beobachtung.

»Dann sind wir verloren«, stöhnte Sandessa.

»Zu verzagen ist nicht der richtige Weg, liebes Kind«, tröstete Balising sie mit großer Überzeugung und fuhr dann fort: »Eure

Mutter ist sehr vorausschauend, weswegen sie sich auch mit den Geistern der Erde, des Wassers, des Feuers und der Luft verband. Ihr vier Schwestern verfügt über große Kräfte. Eines Tages werden diese mächtig genug sein, dass ihr es mit eurem Onkel Ramos aufnehmen könnt. Aber ihr werdet das nur gemeinsam schaffen. Deswegen ist es wichtig, Welline und Flamina herbeizurufen. Außerdem müsst ihr eure Mutter finden.«

Während Windröschens Blick schon wieder verträumt zum glaslosen Fenster gewandert war, durch das sie die Vögel beobachtete, zeichnete Schwermut Sandessas Gesicht. Dann schlug sie vor:»Warum können die Mapas diesen vom Bösen verseuchten Ort nicht einfach verlassen und sich eine neue Heimat suchen? Wir beladen die großen zottigen Tiere, die Morks, mit Vorräten und ziehen davon. Wir wollen doch nur in Frieden leben.«

Balising schüttelte bedauernd den Kopf.»Ich verstehe deinen Wunsch, Sandessa, aber Ramos und Etug werden euch überall finden. Und ich bin mir sicher, dass sich auch die Mapas in der großen Siedlung nach Frieden sehnen. Doch ihr Denken ist verwirrt. Eine dauerhafte Lösung gibt es nur, wenn alle wieder zurück auf den richtigen Weg finden.«

Sandessa spürte, wie ihr alles zu viel wurde.»Das bedeutet aber Krieg und viele Tote oder Verletzte. Das will ich nicht! Die Mapas sind meine Freunde«, entgegnete sie fast trotzig. In ihren Augen funkelte nun außerdem Wut. Balising ahnte, dass die Tochter der Erde sich mit aller Macht gegen Angreifer wehren würde. Obwohl im Wesen ausgeglichen und freundlich, zeigte sie nun ihre gefährliche Durchsetzungsstärke, ihren unbeugsamen Willen.

»Auch das kann ich gut verstehen«, versuchte Balising mit ruhiger Stimme ihr Gemüt abzukühlen,»doch bedenke, wie schnell dich Wut und Unbesonnenheit zu einer Dienerin Etugs machen können.«

Sandessa schüttelte unwillig den Kopf und rief: »Das wird nie geschehen!«

»Bitte hört mir zu, auch du, Windröschen«, verlangte Balising nun eindringlich und mit strenger Stimme. »Denn deine Aufgabe ist es, eure Schwestern Welline und Flamina zu finden. Dir fällt es leicht, mit dem Wind am Himmel zu reisen. Hast du sie gefunden, muss sich eine von euch auf die Suche nach eurer Mutter Amalaswinta machen. Ich kann nur hoffen, dass die Liebe zu ihr euch leitet. Sandessa wird hier bleiben und ihre Freunde schützen. Aber die Zeit drängt. Noch scheint Ramos von seinem langen Weg durch das Universum geschwächt zu sein. Auch die Ugs scheinen die große Siedlung verlassen zu haben, da ihre Mission erfüllt ist.«

Windröschen schaute den alten, weisen Mann ungehalten an. Sie liebte es, in den Tag hinein zu leben, der Musik der Vögel zu lauschen und ihren Träumen nachzuhängen. Pflichten waren ihr seit jeher zuwider.

Balising wusste das. Er lächelte sie gewinnend an. »Nun ist es an dir, liebes Windröschen, das Schicksal Giaiums und der Mapas mitzubestimmen. Es mag dir schwerfallen, diese Aufgabe anzunehmen, aber vergiss nie, wer du bist und dass es einen Sinn hat, warum dir besondere Fähigkeiten verliehen wurden«, sagte er mit milder Stimme.

Mit bockigem Gesichtsausdruck löste sich Windröschen in Luft auf und verschwand.

»Komm sofort zurück«, rief Sandessa erbost. »Du kannst dich doch nicht aus allem raushalten!«

»Keine Sorge«, sagte Balising ruhig. »Lass sie in Ruhe nachdenken, dann wird sie Einsicht zeigen und uns helfen.«

Windröschen landete auf der Dachterrasse in der großen Siedlung, wo sie wie erwartet Tore vorfand. Er lehnte umnebelt von fremdartigem Rauchwerk an der Brüstung und dämmerte vor sich hin. Es dauerte eine Weile, bis er Windröschen erkannte. Freudig streckte er den Arm nach ihr aus und lallte:»Komm, lass uns Musik machen.«

Windröschen erkannte den geliebten Mann kaum wieder. Seine Augen waren glasig, die Lippen rissig, die Haare lang und ungepflegt. Doch sie bemerkte auch eine große Sehnsucht nach Zuwendung und Zärtlichkeit in ihm. Tore wirkte so verloren, beinahe hoffnungslos. Aller Frohsinn und alle Schaffenskraft schienen von ihm gewichen. Die junge Magierin wusste aber, dass eine innige Umarmung von ihr ausreichen würde, um ihn dem Sumpf der Trübsal zu entreißen. Sie spürte eine große Macht in sich. Doch gerade als sie sich berühren wollten, schreckte heftiges Getöse auf der Treppe, die zu der Terrasse führte, sie auf. Schon stürmten mit Schwertern und Knüppeln bewaffnete Krieger heran. Brutal stießen sie Windröschen beiseite und polterten los:»Haben wir dich endlich, du Faulpelz. Wir werden dich lehren, den Dienst an der Waffe zu verweigern.« Mit heftigen Tritten stießen zwei der Krieger Tore zu Boden. Dann zog einer von ihnen einen Knüppel und hob ihn empor, um auf Tore einzuschlagen. Dieser starrte ihn einfach nur fassungslos und ängstlich an. Doch bevor der Knüppel niederfahren konnte, wurde er von einem heftigen Wirbelwind ergriffen und davongeschleudert.

Windröschen hatte, ohne nachzudenken, den Angriff abgewehrt. Sie stand nun etwas abseits mit dem Rücken zur Wand und fröstelte vor Entsetzen. Doch nach einer kurzen Schrecksekunde schloss sich ein Kreis von Kriegern um Tore. Sie traten und schlugen auf den Wehrlosen ein. Seine Schmerzensschreie bohrten sich in Windröschens Herz. Sie war erstarrt ob des gewalttätigen Handelns der Krieger. Nie zuvor hatte sie etwas Derartiges erfahren. Vollkommen ihrer Sinne beraubt, löste sie sich in Luft auf und flog davon.

Ihre Gedanken klärten sich erst, als sie sich auf der Spitze eines Felsens am Meer wiederfand. In sanften Wellen plätscherte das Wasser an den Stein. Die blaue Weite beruhigte ihre Seele. Sie hatte Tore im Stich gelassen und dieses Versagen quälte sie. Welche brutale Gewalt hatte Etug in den Mapas geweckt! Was war aus der Siedlung voller Musik, Tanz und Leichtigkeit geworden? Nun wurde ihr bewusst, welche bösen Mächte am Werk waren.

Ein kleiner Schwarm Vögel flatterte fröhlich vorbei. Windröschen meinte, die Ferne fordere sie auf, davonzufliegen und dem Grauen zu entfliehen. Ein Windhauch streichelte ihr Haar. Sie fühlte die Schwerelosigkeit der Freiheit.

Noch am Abend traf sie Balising und teilte ihm ihre Entscheidung, sich auf die Suche nach Welline und Flamina zu machen, mit. Beide lagen sich in den Armen, wusste der alte Mann doch, dass Windröschen die Unberechenbarste unter den Schwestern war. Er war sich nicht sicher, ob die Tochter des Geistes der Luft ihre durch die Ereignisse geweckte Zielstrebigkeit beibehalten würde. »Liebes Windröschen«, verabschiedete er sie, »vergiss nie, dass du die Tochter Amalaswintas bist. Du trägst zusammen mit deinen Schwestern eine große Verantwortung. Werde dieser bitte gerecht und hilf uns allen.«

8. Kapitel

Verwirrende Träume bescherten Sandessa eine unruhige Nacht. Wassermassen verschlangen Feuerberge, finstere Luftwirbel trugen die Erde davon. Dann schoss aus einer Fontäne gleißenden Lichts eine wunderschöne Frau und legte mit ihrem Lächeln wieder Ruhe auf das Gemüt der jungen Magierin. Ein Gefühl von Liebe und Geborgenheit durchströmte sie. Als Sandessa erwachte, erfüllte sie tiefer Frieden.

Die Sonne ging gerade auf und sie wollte Urso noch ein wenig schlafen lassen. Er arbeitete viel, baute hölzerne Scheunen für die Vorräte, schulte Mapas an Pfeil und Bogen und kümmerte sich um die Sorgen und Nöte der anderen Bewohner. Schon nannten einige ihn Häuptling, aber Urso lachte nur darüber. Er wollte keine besondere Stellung in der Gemeinschaft haben.

Sandessa begegneten viele der Mapas mit Scheu, denn ihre Fähigkeit, ganze Häuser aus Stein über Nacht aus dem Nichts zu erschaffen, beeindruckte sie in gleichem Maße, wie es sie beunruhigte. Selbst Ursos Eltern, die als Erste in den Genuss dieser Segnung gekommen waren, gewöhnten sich nur schwer daran, dass ihr Sohn offensichtlich mit einer Zauberin zusammenlebte. Dieses Misstrauen schmerzte Sandessa, aber in Ursos Armen fand sie immer wieder Trost. Mittlerweile teilte sie viele ihrer Gedanken mit ihm. Sie vertrauten einander, auch wenn ihr Partner sich schwer damit tat, die Bedeutung der vier magischen Geschwister im Kampf gegen Etug zu erkennen. Urso strebte nach einem beschaulichen Leben ohne Streit oder Krieg und im Einklang mit all den Gaben, die Giaium so reichlich für ihre Bewohner bereithielt.

Oft tauschten Sandessa und Urso Zärtlichkeiten aus und begehrten die körperliche Nähe des anderen. Nur das Bett zu teilen, war ihnen verwehrt, solange sie nicht in einer Zeremonie zu einem für immer verbundenen Paar ernannt worden waren. So forderte es der Brauch, dem sich Urso nie entgegenstellen würde. Er litt darunter, dass Sandessa bisher nicht bereit war, diesen Schritt zu gehen. Den Grund dafür verheimlichte die junge Magierin, denn Urso wünschte sich Kinder und sie war sich noch nicht sicher, ob sie dafür den Verlust ihrer Kräfte in Kauf nehmen durfte. Trotzdem vermisste sie ihn jede Nacht, die sie in getrennten Räumen verbrachten.

Kaum war die Sonne aufgegangen, öffnete Sandessa die Luken und ließ Luft und Licht in ihr Haus strömen. Dann ging sie hinaus und schaute auf die erwachende kleine Siedlung auf der einen Seite und die Weite der Ebene auf der anderen. Morks und andere Tiere zupften gierig die feuchten Halme. Wasser war knapp und es würde wohl noch schlimmer werden. Regen fiel selten in dieser Gegend und kein Fluss oder Teich war in der Nähe. Nur in der großen Siedlung sprudelte eine Quelle, die so reichlich Wasser spendete, dass die Bewohner sich aus Brunnen bedienen konnten. Der ganze Ort war von Kanälen durchzogen. Schon früh hatte Sandessa das Problem erkannt. Von ihrer Schwester Welline wusste sie, dass sich unterirdisch Flüsse einen verschlungenen Weg zum Meer bahnten. Doch diese flossen meistens unter einer dicken Schicht aus Stein oder festem Lehm. So war es beinahe unmöglich, das kostbare Nass zu erreichen. Erst nach langer Suche hatte Sandessa mit Urso eine Stelle gefunden, an der sie ein Loch bohren konnten, aus dem nun das Wasser in Eimern an langen Seilen nach oben transportiert wurde. Diese Wasserstelle lag mitten in der kleinen Siedlung und wurde reichlich genutzt. Doch es verursachte viel Arbeit und brauchte Zeit, um alle Bewohner zu versorgen. Und es reichte nie, um alle zufriedenzustellen. Auch die Tiere benötigten Wasser, sonst würden sie davonzie-

Sandessa fühlte, wie sich das Leben auf der großen Ebene langsam in eine Ruhephase zurückzog. Die sich stark vermehrenden Wasserträgerkäfer – sie hatten sich an den vielen Wurzelspitzen der noch kürzlich üppig bewachsenen Felder fett gefressen – würden sich bald in die Tiefen der Erde zurückziehen. Gras und Blumen würden sich während der Trockenheit schlafen legen. Zwar reichten sie noch als Nahrung für die Tiere, aber Wasser würden sie bald nicht mehr spenden können. Da die Ernten eingebracht und die Scheunen gefüllt waren, würden die Bewohner der kleinen Siedlung nicht hungern müssen. Aber ohne Wasser konnten sie trotzdem nicht überleben.

Nun hätte Sandessa dringend Wellines Hilfe gebraucht. Sie war die Tochter des Geists des Wassers und wüsste bestimmt, wo noch weitere Brunnen gebaut werden könnten. Aber die Schwester war an einem weit entfernten, unbekannten Ort. Wie sollte sie das Problem alleine lösen?

Plötzlich spürte sie Ursos Arme, die sie von hinten zärtlich umschlangen. »Guten Morgen, meine Schöne«, begrüßte er sie heiter. »So versonnen an diesem schönen Tag? Was beschäftigt dein Gemüt?«

Sandessa lächelte ihn an. Manchmal glaubte sie, Urso könne ihre Gedanken lesen. »Wir haben zu wenig Wasser«, erklärte sie kurz.

»Darüber habe ich auch schon nachgedacht«, antwortete er gelassen.

»Und ist dir eine Lösung eingefallen?«

»Ja«, antwortete Urso, »aber lass uns zuerst ins Haus gehen, etwas essen und einen Saft trinken. Dabei werde ich dir von meinem Vorschlag erzählen.«

Als sie am Tisch saßen, wartete Sandessa ungeduldig auf die ersten Worte ihres Partners. Doch der biss zuerst genüsslich in einen Teigfladen und kaute dann gemächlich vor sich hin. Neben der jungen Magierin fühlte er sich oft überflüssig und genoss deswegen umso mehr ihre Erwartung. Allein mit ihrer

Kraft konnte sie eben doch nicht alles regeln. »Also«, begann Urso schließlich, »in der großen Siedlung gibt es reichlich Wasser. Wir müssen es nur irgendwie hierherschaffen.«

»Aber wir können doch nicht die große Siedlung angreifen«, unterbrach ihn Sandessa. Sie war entsetzt von der Vorstellung.

»Natürlich nicht«, grinste Urso und schürte damit weiter Sandessas Neugierde. »Nun warte doch erst einmal ab, was ich noch zu sagen habe. Also, die große Siedlung hat reichlich Wasser und wir haben reichlich Nahrungsvorräte. Wir könnten doch das eine gegen das andere tauschen.«

»Was?« Sandessa beruhigte sich nicht, im Gegenteil. »Du willst Geschäfte machen mit den Mapas, die uns nachts heimlich bestehlen?«, entrüstete sie sich heftig.

»Aber, Liebes, das wäre doch ein friedlicher Weg, der beiden Seiten hilft. Warum sollte also jemand dagegen sein?«, bemerkte Urso überrascht.

Sandessa schüttelte den Kopf. Sie war fassungslos über Ursos Unwissenheit. Bekam er nicht mit, was hier gerade passierte? »In der großen Siedlung herrschen das Böse, Machthunger und Missgunst. Cormo wird niemals einwilligen, sich mit uns zu einigen«, sagte sie mit fester Stimme.

»Cormo ist nicht der Häuptling, sondern Serto, und nur mit diesem will ich sprechen«, entgegnete Urso ruhig und zuversichtlich. »Er ist ein besonnener Mann, der sich Wohlstand und Frieden für alle wünscht. Das aber ist nur möglich, wenn wir alle an einem Strang ziehen. Vertraue mir.«

Sandessa atmete einmal tief ein und wieder aus. Dann lächelte sie ihren Liebsten voll Zuneigung und Bewunderung an. Urso glaubte fest an den Sieg der Vernunft und des Guten. Ihre Lippen fanden sich zu einem innigen Kuss.

»Ich werde mich gleich auf den Weg machen«, verkündete Urso danach, nun noch überzeugter von seinem Vorhaben.

Die Tore der großen Siedlung waren seit einiger Zeit bewacht und jeder, der Zutritt wünschte, musste sich auf Waffen untersuchen lassen. Darauf war Urso vorbereitet, aber nicht auf die unwürdige Behandlung. Trotzdem bewahrte er die Ruhe. Schließlich ging es nicht um seinen Stolz, sondern um das Überleben vieler Mapas. Unter den abfälligen Blicken der Wächter durfte er eintreten.

Er war seit langer Zeit zum ersten Mal wieder an diesem Ort. Das Leben in den Gassen und auf den Plätzen hatte sich verändert. Weder Musik noch Gelächter waren zu hören. An einem Kanal wuschen Frauen stumm Kleidung. Früher hatte hier munteres Geschwätz die Arbeit begleitet. Keine lärmenden Kinder spielten im Schatten der Häuser. Gelegentlich zogen im Gleichschritt marschierende Gruppen von Männern vorbei. Auf seinem Wege zum Prachtbau des Häuptlings wurde Urso argwöhnisch von den Kriegern hoch oben auf der Schutzmauer beobachtet. Eine bedrückende Stimmung waberte zwischen den Bäumen und ungepflegten Beeten mit verdorrten Blumen. Kein Vogel trällerte sein Lied.

Als Urso das Haus des Häuptlings erreicht hatte, bemerkte er, dass seine Ankunft erwartet wurde. Eine Dienerin öffnete die Tür und leitete ihn sogleich in einen Raum, wo Cormo ihn freundlich begrüßte: »Lieber Urso, wie schön, dass du dich auch mal wieder blicken lässt. Sei willkommen.« Unbekümmert schritt Cormo auf den Gast zu und umarmte ihn kräftig.

Urso hatte ihn zwar nie einen Freund genannt, aber sie hatten ihre Jugend zusammen verbracht. Viele gemeinsame Erlebnisse aus einer Zeit, die unendlich weit weg schien, verbanden beide. Als Kinder hatten sie miteinander gespielt, aus guten wie schlechten Erfahrungen gelernt und ein Leben in Sorglosigkeit genossen. Einen Moment lang umfingen Urso diese Erinnerungen. Er musste sich beinahe zwingen, das eigentliche Ziel seines Besuches nicht aus den Augen zu verlieren.

Schulterklopfend fragte Cormo: »Wie geht es dir? Was macht Sandessa? Wie verläuft euer Leben? Was habt ihr für Pläne?«

Diese scheinbar von Interesse geprägten Worte machten Urso misstrauisch. Er war sich sicher, dass Cormo und seine Leute schon lange das Treiben in der kleinen Siedlung beobachteten und bestens unterrichtet waren. Doch Urso wollte nicht schon zu Beginn seines Vorhabens einen Streit vom Zaun brechen, also antwortete er: »Sandessa und mir geht es gut. Schon bald wollen wir unser Zusammenleben für immer festigen. Ansonsten haben wir viel gearbeitet, damit unsere Scheunen reichlich gefüllt sind. Es ist ein einfaches Leben, das wir führen, aber wir sind glücklich und zufrieden.«

Cormo nickte zustimmend und bat seinen Gast, am Tisch Platz zu nehmen, wo bereits Getränke und Früchte auf sie warteten. Urso griff zu und fragte nun seinerseits: »Und wie geht es dir? Wo ist Mimiti?«

»Ich kann nicht klagen, auch wenn viele Aufgaben mich bedrängen. Häuptling Serto ist schwer erkrankt und hat mir die Führung der Mapas in der Siedlung übertragen. Du kannst dir sicher vorstellen, mit welch vielfältigen Problemen ich mich herumschlagen muss«, antwortete Cormo und lachte kurz.

Urso nickte und hatte dabei Schwierigkeiten, sein Erschrecken über die Nachricht von der Erkrankung Häuptlings Serto zu verbergen. »Das ist wahrlich eine große Herausforderung, die du bewältigen musst.«

»Mimiti unterstützt mich, wo sie kann. Und sie kümmert sich rührend um Serto und seine ebenfalls erkrankte Frau. Beide müssen das Bett hüten und sind oft nicht ansprechbar. Mimiti versorgt sie mit Speis und Trank. Doch es sieht schlecht aus. Wir rechnen jeden Tag mit dem Tod der beiden Freunde.«

»Darf ich Serto besuchen?«, fragte Urso, der kaum glauben konnte, was er hier hörte.

»Nein, das ist leider nicht möglich. Er braucht absolute Ruhe.

Auch mir fehlt sein Rat, aber wir müssen uns in das Schicksal fügen«, entgegnete Cormo, den Blick fest auf Urso geheftet. Dieser schluckte, denn er war sich nicht sicher, ob er Cormo für seinen Plan gewinnen konnte. Irgendwie hatte er ihm nie getraut und dieser Eindruck verstärkte sich nun. Was verbarg sich wirklich hinter Cormos freundlicher Fassade? Oder ließ er, Urso, sich von Vorurteilen oder sogar Angst zu sehr beeinflussen? Um Zeit zu gewinnen, sah er sich im Raum um. Die Wände waren reich mit Malereien und Stoffen verziert. »Du lebst in einer prachtvollen Umgebung. Hier spüre ich eine weibliche Hand und den Sinn für Schönheit.«

»Ja, das stimmt.« Cormo folgte kurz Ursos Blick. Dann fuhr er schärfer fort: »Aber du bist sicher nicht hierhergekommen, um mit mir über die Gestaltung von Räumen zu sprechen.«

»Du hast recht«, antwortete Urso erneut beseelt von seiner Überzeugung. »Ich wollte mit Häuptling Serto sprechen und ihm ein Geschäft vorschlagen.«

Cormo beugte sich interessiert vor und legte eine Frucht zur Seite, die er gerade zur Hand genommen hatte. »Nun musst du mit mir vorliebnehmen, aber sprich ohne Scheu.«

»Gut«, sagte Urso und setzte sich mit straffem Rücken aufrecht hin. »Soviel ich weiß, gehen eure Vorräte zu Ende. Unsere Scheunen sind so gut gefüllt, dass die Bewohner unserer Siedlung die Vorräte gar nicht alle verspeisen können. Aber es mangelt uns an Wasser. Also schlage ich ein Tauschgeschäft vor. Ihr gebt uns Wasser und wir euch Nahrungsmittel.« Gespannt musterte Urso Cormos Gesicht.

Dieser zeigte keine Regung. Doch dann lächelte er und sagte: »Das ist ein hervorragender Vorschlag. Damit wäre beiden Siedlungen geholfen. Aber du musst verstehen, dass ich diesen Plan erst mit meinen Leuten besprechen muss. Da ich als Häuptling unerfahren bin, berate ich mich vor jeder Entscheidung. Schließlich geht es um das Wohl meines Volkes.«

Urso wusste nicht, ob er froh darüber sein sollte, dass seine Anregung ohne Widerstand von Cormo angenommen wurde. Konnte es sein, dass dessen Hoffnung darauf, für lange Zeit der anerkannte Häuptling dieser großen Siedlung zu werden, seine Vernunft siegen ließ? War Cormo vielleicht gar nicht so hinterhältig und kämpferisch, wie oft angenommen wurde?»Es freut mich, dass dir mein Vorschlag gefällt«, sagte er und zwang sich auch zu einem Lächeln.»Ich bin sicher, dass auch deine Berater die Notwendigkeit einer Zusammenarbeit erkennen werden. Wann kann ich mit eurer Entscheidung rechnen?«

»Bitte sei nicht ungeduldig«, wehrte Cormo ab. Sein Gesichtsausdruck machte mehr als deutlich, dass er sich nicht drängen lassen würde.»Ich habe genauso wie meine Vertrauten viel zu tun. Doch so bald wie möglich werde ich eine Sitzung einberufen. Anschließend werde ich dich benachrichtigen.« Die Art, wie er jetzt sprach, ließ keinen Zweifel daran, dass für ihn das Gespräch beendet war. Sogleich erhob er sich und reichte Urso die Hand zum Abschied. Damit wurde auch klar, wer von beiden die Macht über das Wohl der Mapas hatte. Nun fühlte sich für Urso die Zustimmung zu seinem Plan wie eine Niederlage an. Mit Mühe bewahrte er Haltung und ging.

Kaum war die Tür hinter ihm geschlossen, huschte Mimiti hinter einem bodenlangen Vorhang hervor.»Endlich ist er weg«, stöhnte sie.»Dass ich mich so lange nicht rühren durfte, war wirklich anstrengend. Und als er sich umsah, fürchtete ich schon, er würde mich entdecken.«

Cormo nahm sie in den Arm und küsste sie.

Sie schmiegte sich kurz an ihn, sprach aber weiter:»Was ist das bloß für ein Dummkopf, dass er denkt, wir würden für etwas bezahlen, was wir uns jederzeit holen können. Soll er bloß weiter meinen, wir würden Geschäfte mit unseren Feinden machen. Das gibt uns Zeit, den Überfall auf die kleine Siedlung sorgfältig vorzubereiten.«

»Meine kluge Frau«, schmeichelte Cormo.

Sie sah ihn nun mit blitzenden Augen an, immer noch in seinen Armen.

»Du warst äußerst geschickt. Berater, dass ich nicht lache. Du bist der Häuptling und entscheidest allein. Geh zu den Kriegern und sporne sie an. Wir werden die abtrünnigen Mapas zu unseren Sklaven machen.« Damit löste sie sich von ihm, trat zum Tisch, stopfte sich eine Frucht in den Mund und lachte voller Schadenfreude. »Jetzt muss ich aber wieder zu Serto und seiner Frau, um ihnen ihre Medizin zu verabreichen«, fuhr sie dann grinsend fort. Und mit einem fordernden Blick fragte sie: »Wann töten wir die beiden endlich? Ich finde es lästig, mich dauernd um sie kümmern zu müssen. Und ständig verlangt die Kleinsterfrau Geschenke, wenn sie ihrem Mann das giftige Mittel klauen soll. Serto und Mira dämmern doch sowieso nur noch vor sich hin.«

»Geduld, meine Liebe. Wir wissen nicht, wozu wir den Häuptling noch brauchen«, erklärte Cormo. »Wenn alles wie geplant läuft, werden er und seine Frau einer schweren Krankheit erliegen und wir beide werden zu den neuen Herrschern ausgerufen. Das wird ein Fest.«

Voller Vorfreude schnappte sich Mimiti Cormo und tanzte mit ihm durch den Raum. Anschließend schritt sie lustlos davon.

Als Cormo wieder allein war, trat er ans Fenster und schaute auf das Meer. Dort versuchten Fischer eifrig, den Hunger der Bewohner der großen Siedlung mit Fisch zu stillen. Cormo hing diese Speise zum Hals raus. Er wollte endlich wieder Fleisch essen, doch nur die Mapas in der abtrünnigen, kleinen Siedlung hatten Tiere und waren des Schlachtens mächtig. Bis vor kurzem hatten sich die Speicher dank Amalaswintas Zaubers immer wieder von allein gefüllt. Es war nie ein Mangel zu beklagen gewesen. Das hatte die Bewohner der großen Siedlung träge gemacht. Sie kannten sich nicht aus mit Ackerbau und Viehzucht. Wenn er also die Unterstützung seines Volkes wollte, musste er dafür sorgen, dass die zwanglos-glücklichen Zeiten hinter diese Mauern zurückkehrten. Die fleißigen Leute dort draußen vor den Toren mussten zu Arbeitssklaven werden.

Gerade als er sich auf den Weg zu seinen Kriegern machen wollte, entdeckte Cormo einen Schatten im Raum und hörte sogleich eine tiefe, bedrohliche Stimme: »Ich habe einen Sohn verloren. In dir, Cormo, erkenne ich einen würdigen Nachfolger mit einer verlässlichen Partnerin an seiner Seite. Knie nieder!«

Cormo erstarrte, denn ihm war sofort klar, dass Etug zu ihm sprach.

»Mein Sohn darf keine Furcht kennen«, donnerte die Stimme. »Seite an Seite werden wir diese Planetin erobern und unterjochen. Aus weiter Ferne ist eine magische Macht zurückgekehrt, die uns unterstützt. Dein Weg ist vorherbestimmt.«

Willenlos sank Cormo auf die Knie.

»Schwöre mir ewige Treue«, verlangte Etug nun.

»Ich schwöre«, stammelte Cormo mit zitternder Stimme.

Dann fiel aus dem Nichts ein glänzendes Schwert vor ihm klirrend zu Boden. »Lerne damit umzugehen, mein Sohn. Dann wird der Tag kommen, an dem du unbesiegbar sein wirst«, sprach Etug.

Mit bebender Hand griff Cormo nach dem Schwert. Noch nie hatte er so etwas besessen. Die Waffe war schwer, aber der junge Mann arbeitete täglich daran, seinen Körper zu stärken. Also erhob er sich und schwang das Schwert, zwar noch unbeholfen, aber kraftvoll durch die Luft. Ein Gefühl von Macht durchströmte ihn. Er war der Sohn eines Häuptlings, der im Kampf gestorben war. Nun wollte er Etugs Sohn sein und Herrscher über alle Mapas werden.

9. Kapitel

Ungeduldig hatte Sandessa auf Ursos Rückkehr gewartet. Seine Miene war grüblerisch, undurchschaubar, was die junge Magierin beunruhigte. Ihn mit Fragen zu bestürmen, würde vermutlich nur seinen Unmut wecken. Er ließ sich ungern drängen. Also stellte sie einen Becher mit Saft auf den Tisch und wartete, bis er sich zu ihr setzte. Dann begann er langsam zu sprechen: »Cormo gefällt mein Vorschlag.«

»Wieso Cormo?«, fragte Sandessa erstaunt. »Hast du nicht mit Häuptling Serto gesprochen?«

Urso schüttelte nachdenklich den Kopf. »Er und seine Frau sind schwer erkrankt. Ich fürchte, Cormo hat die Macht in der großen Siedlung übernommen.«

Sandessa missfiel dieser Gedanke und sie sorgte sich um die beiden Freunde. »Warum hast du ihnen keinen Krankenbesuch abgestattet? Mira und Serto haben einst viel für uns getan. Und Balising müsste doch ein Mittel haben, um sie zu heilen.«

»All das ist mir auch im Kopf herumgegangen. Doch die Versorgung unserer Siedlung mit Wasser hat Vorrang. Wenn ich Cormo nicht das Gefühl gegeben hätte, ihn als Häuptling anzuerkennen, hätte er meinen Vorschlag bestimmt gleich abgelehnt.«

»Und was geschieht nun weiter?«, wollte Sandessa wissen.

Urso seufzte tief. »Cormo will sich mit seinen Beratern zusammensetzen und dann entscheiden, ob das Tauschgeschäft zustande kommen soll.«

Sandessa ergriff seine Hand. »Das hört sich vernünftig an, mein Liebster, aber du erscheinst nicht zufrieden.«

»Die große Siedlung ist ein trübsinniger Ort geworden. Lachen und Musik sind verstummt. Und ich kann nicht verhehlen, dass ich Cormo misstraue. Doch nun müssen wir erst einmal abwarten. Vielleicht sehen Cormo und seine Berater ja ein, dass der Tausch von Wasser gegen Nahrungsmittel der einzige Weg für ein gedeihliches Miteinander ist.«

»Das werden sie bestimmt«, versuchte Sandessa ihren Partner zu ermutigen und drückte seine Hand. »Wir haben Etugs Macht gebrochen. Seine Felsenfestung ist zusammengebrochen. Nun ist es Zeit für Frieden.«

Urso lächelte die Frau seines Herzens an. Sie verstand es immer, seine Stimmung zu erhellen. »Aber jetzt wartet Arbeit auf mich. Eine Scheune muss fertiggestellt werden. Und ich werde einen Mork schlachten. Wir können sein Blut trinken. Das gibt Kraft«, sagte er mit neuer Energie.

Wenn ein Tier sterben sollte, belastete das immer Sandessas Gemüt. Doch der Zugang zum Meer wurde von Kriegern bewacht, die jedem, der nicht in der großen Siedlung wohnte, den Fischfang untersagten. Deshalb brauchten die Mapas das Fleisch dringend. Warum nur bekämpften sie einander, wo Giaium doch genug für alle bereithielt?

Mit einer herzlichen Umarmung und einem innigen Kuss verabschiedete sich Urso. Sandessa ließ ihren Blick über die weite Ebene schweifen und stellte besorgt fest, dass einige Tiere, die sich sonst immer im Umfeld der kleinen Siedlung aufhielten, bereits davongezogen waren. Sosehr die Mapas auch Wasser aus dem einzigen Brunnen schöpften, es reichte doch nicht für alle. Einige Tränken für die Tiere waren schon trocken. Der Brunnen schien langsam zu versiegen.

Sandessa blickte zu der großen Schutzmauer der anderen Siedlung und wusste, dass dahinter reichlich Wasser plätscherte. Gab es nicht auch Kanäle, in denen unmittelbar entlang der Steinmauer Wasser strömte? Wenn sie wüsste an welcher Stelle, könnte sie mit ihren magischen Kräften ein Loch ins Gestein bohren, damit das Wasser hinausfloss. Aber sie hatte sich den Grundriss der großen Siedlung nie eingeprägt. Warum nur konnte sie nicht fliegen wie Windröschen und Flamina? Ein Blaudrache wäre jetzt hilfreich. Unbemerkt von den Spähern könnte sie auf ihm die große Siedlung erkunden.

Erst in diesem Moment wurde Sandessa bewusst, dass alle Drachen verschwunden waren. Keine Flugdrachen, Nifks, bedrohten die wolligen Tiere, die an dem langsam austrocknenden Gras knabberten. Auch Nachtdrachen waren schon länger nicht mehr gesichtet worden. Selbst die friedlichen Blaudrachen zeigten sich nirgendwo. Fühlten all diese Wesen sich nur in Etugs Nähe wohl oder genossen sie einfach ihre Freiheit an einem anderen Ort?

Die Kleinster würden ihr sicher helfen können, denn sie kannten sich unter der Erde bestens aus. Einige von ihnen lebten nun in der großen Siedlung, da sie endlich wie die Mapas in Häusern wohnen, die Sonne und das Meer genießen wollten. Dafür stellten sie ihre Fähigkeiten in der Metallverarbeitung, der Kräuterkunde und der Schmuckfertigung zur Verfügung. Doch diejenigen, die sich nicht zu Dienern der Mapas machen lassen wollten und sogar eine Bedrohung witterten, waren fortgezogen.

Natürlich wäre es ein Leichtes für Sandessa gewesen, sich mit der Erde zu verbinden und in deren Tiefen nach den Wasserläufen zu suchen. Aber sie hatte sich fest vorgenommen, ihre Kräfte nur noch in Ausnahmefällen einzusetzen. Sie wollte eine echte Mapa sein, die mit Verstand und Fleiß das Leben meisterte. Und wie stolz war sie gewesen, als zum ersten Mal Wasser aus dem Brunnen geschöpft wurde. Lange hatte sie mit Urso nach einer passenden Stelle gesucht, gegraben und Enttäuschungen einstecken müssen. Doch der Lohn waren die Anerkennung der anderen Bewohner der kleinen Siedlung und die Freude über die eigene Leistung. Damit hatte sich außerdem das Misstrauen gegenüber ihren magischen Kräften gedämpft und Sandessa war näher an die Gemeinschaft herangerückt.

Am nächsten Tag sprach sich schnell herum, dass auf den Mauern keine Späher und Krieger mehr das Treiben in der kleinen Siedlung beobachteten. Das ermutigte Sandessa, die erkannte, dass der Wassermangel immer drängender wurde, Urso in ihre Gedanken einzuweihen. »Kannst du nicht noch einmal in die große Siedlung gehen und bei einem harmlosen Spaziergang feststellen, ob ein Kanal direkt an der Mauer fließt? Den könnten wir dann anzapfen«, sagte sie beiläufig, während sie eine Schale auf den Tisch stellte.

Urso stand am Fenster, dort hatte er gerade eine Hose geflickt. Erstaunt blickte er sie an. »Das mag ein guter Plan sein, aber wenn wir das machen, wird Cormo wütend. Wir müssen Geduld bewahren.«

»Uns läuft die Zeit davon. Immer mehr Tiere ziehen weiter in Gegenden, wo Flüsse fließen. Unsere Freunde können sich nicht mehr waschen, weil sie ihren Durst stillen müssen. Wie lange sollen wir denn auf Cormos Entscheidung warten?«, begehrte sie auf.

Urso legte die Hose zur Seite, lehnte sich mit verschränkten Armen neben dem Fenster an die Wand und musterte sie. »Keine Sorge, er wird sich bald melden. Auch seine Leute sehen, dass die Tiere abziehen, weil sie von uns kein Wasser mehr bekommen. Und die Bewohner der großen Siedlung sehnen sich nach Fleisch. Ihre anderen Vorräte werden immer weniger. Cormo und seine Berater werden bald einsichtig sein. Aber dein Plan kann sowieso nicht gelingen.«

»Warum?«, fragte Sandessa entrüstet und stemmte die Arme in die Hüften.

Er lächelte. »Meine Liebste, das Wasser, das dann durch ein Loch hinausfließt, würde sofort im Boden versickern. Wir müssten zuerst eine Rinne bauen und sie verlegen. Das würde aber Cormos Leuten schwerlich entgehen.«

Sandessa schämte sich ihrer Dummheit. Sie schob die Schale

auf dem Tisch hin und her, als würde sie nach dem dekorativsten Platz für sie suchen. Natürlich würde die trockene Erde das Wasser sofort aufsaugen.

Von beiden unbemerkt hatte einer von Cormos Leuten das Gespräch belauscht und kehrte nun mit guten Nachrichten in die große Siedlung zurück. Tatsächlich erschien Cormo zwei Tage später im Haus von Sandessa und Urso. Beide empfingen ihn freundlich und erwartungsvoll. »Es tut mir leid, dass ich euch sagen muss, dass meine Berater noch keine Entscheidung getroffen haben«, begann er, als er schon in der Tür stand. Den Gastgebern war die Enttäuschung deutlich anzusehen, aber sie schwiegen.

»Aber ich bin mir sicher, dass ihre Zustimmung nicht mehr lange auf sich warten lässt. Doch erst einmal machen sie sich in langen Gesprächen wichtig, äußern Bedenken und gefallen sich mit ihren eigenen Worten«, fuhr er fort.

Sandessa bot dem Besucher einen Platz am Tisch und einen Saft an. Dieser setzte sich, trank einen Schluck mit wohlwollendem Nicken und sagte: »Doch ich wäre ein schlechter Vertreter des Häuptlings, wenn ich nicht an das Wohl meines Volkes denken würde. Deswegen möchte ich gleich heute mit dem Tauschgeschäft beginnen, zunächst im Kleinen. Meine Leute sind schon auf dem Weg mit einigen Fässern Wasser. Dafür verlange ich eine gleiche Menge an Fleisch.« Er sah von Sandessa zu Urso und wieder zurück. Sie saßen ihm gegenüber, Seite an Seite.

Die junge Magierin wollte sich sogleich über diese ungerechte Forderung empören, doch ein strenger Blick Ursos ließ sie schweigen. Dafür sprach er: »Danke für dein Entgegenkommen, lieber Cormo, aber meinst du nicht, dass Fleisch wertvoller ist als Wasser?«

Cormo grinste hämisch und antwortete: »Mein Freund, das

kommt auf die Betrachtung an. Ohne Wasser sterben die Mapas schneller als ohne Nahrung.«

»Das ist bösartig!«, entfuhr es Sandessa.

Cormo lehnte sich betont entspannt auf seinem Stuhl zurück. »Nein, das ist die Wahrheit. Doch ich möchte keinen Streit mit euch. Das wäre ein schlechter Beginn eines Geschäfts.«

Urso nickte langsam.

»Deshalb möchte ich einen Vorschlag machen«, sprach Cormo nun weiter. »Direkt an der Mauer verläuft ein Kanal, er ist gefüllt mit Wasser. Wenn die Bewohner eurer Siedlung eine Rinne bauen würden und dann ein Loch in die Mauer schlagen, könnte das Wasser zu euch fließen.«

Sandessa sah Urso erstaunt an – das war doch ihr Plan gewesen. Dessen Gesicht zeigte keine Regung. Er sagte nur: »Das ist ein großartiger Vorschlag, lieber Cormo. Das würde alle Probleme lösen. Du bist wahrhaftig klug und der Position eines Häuptlings würdig.«

Sandessa ekelte diese Schmeichelei an. War das Ursos Ernst? Die einen müssen hart arbeiten, um ihre Scheunen zu füllen, und die anderen geben nur, was reichlich aus dem Boden strömt. Plötzlich gefiel ihr der eigene Plan nicht mehr. Doch sie sah keine andere Möglichkeit, den Mapas in ihrer kleinen Siedlung zum lebensnotwendigen Nass zu verhelfen. Kleinlaut lobte auch sie nun die Idee.

»Dann soll es so geschehen«, freute sich Cormo. »Und nun lasst uns die Fässer mit Wasser gegen Fleisch tauschen.«

»Aber was werden deine Berater dazu sagen?«, wandte Urso ein.

Cormo winkte ab. »Keine Sorge, die werde ich schon überzeugen.«

Die Nachricht, dass bald wieder reichlich Wasser zu der kleinen Siedlung fließen würde, verbreitete sich wie ein Lauffeuer. Eilig wurden Holzstämme herbeigeschafft, ausgehöhlt und zu einer langen Rinne von der Mauer bis zu den Häusern verlegt. Niemand aus der großen Siedlung störte diese Arbeiten, aber die Bewohner leisteten auch keine Hilfe. So dauerte es eine Zeit, in der immer wieder Wasserfässer gegen Fleisch getauscht wurden. Wirklich lindern tat dies die Not der Mapas in der kleinen Siedlung und die der durstigen Tiere nicht. Also schufteten sie Tag und Nacht, doch die schwierigste Aufgabe stand noch bevor. Die Mauer war dick und aus festem Gestein.

Sandessa half eifrig mit und stellte sich dabei immer wieder die Frage, ob sie nicht doch ihre magischen Kräfte einsetzen sollte, um das Vorwärtskommen zu beschleunigen. Aber damit würde sie das neu gewonnene Vertrauen der Mapas erschüttern.

Cormo wunderte sich, dass trotz der Anwesenheit einer jungen Magierin die Arbeiten nur schleppend vorangingen. Er vermutete, dass Etug seine Hand im Spiel und Sandessa ihre Kräfte geraubt hatte. Die Vorstellung gefiel ihm, denn damit gewann er Zeit, seine Krieger auf den Angriff vorzubereiten. Die Mapas waren immer erschöpfter und er wollte abwarten, bis sie gezwungen waren, die Nacht wieder zum Schlafen zu nutzen.

Als Sandessa das Abendessen für Urso vorbereitete, erschien unerwartet Balising. Er war durch den Tunnel gekommen, der sein Zimmer in Cormos Haus mit ihrem Haus verband. Der alte, weise Mann sah beunruhigt aus. »Du kommst gerade rechtzeitig zum Abendessen«, begrüßte ihn Sandessa freudig.

»Dies ist kein Freundschaftsbesuch, meine Liebe, sondern eine Flucht«, sagte er.

Entsetzt schaute Sandessa ihn an. »Setz dich bitte und ruhe dich aus. Was ist denn geschehen?«

Er ließ sich schwer auf einen Stuhl sinken und erzählte: »Seit ich vor zwei Tagen versucht habe, mich heimlich zum kranken

Serto und seiner Frau zu schleichen, hat Cormo mich eingesperrt. Zuerst dachte ich, es sei nur eine seiner üblen Launen, weil ich gegen seinen Willen gehandelt hatte. Doch die Tür zu meinem kargen Zimmer öffnete sich nicht wieder. Niemand brachte mir Wasser oder Nahrung.«

»Das ist ja schrecklich«, sagte Sandessa sichtlich bestürzt. »Bitte greif reichlich zu bei den Früchten und dem Saft.« Eilig schob sie ihm alles hin.

Balising lächelte müde und winkte ab. »Keine Sorge, liebes Kind, du solltest doch wissen, dass ich dank eines Zaubers deiner Mutter Amalaswinta auch ohne Wasser und Nahrung überleben kann. Doch ich muss euch warnen. Es scheint, als habe Etug Macht über Cormo gewonnen. Und es geschehen beunruhigende Dinge hinter den Mauern der großen Siedlung.«

»Hast du Beweise für deine Vermutungen?«, fragte Sandessa zweifelnd.

»Nein, denn das meiste geschieht hinter verschlossenen Türen oder an streng abgeschirmten Orten, zu denen ich nie Zugang hatte.«

»Hast du uns nicht gelehrt, Balising, dass gegenseitiges Vertrauen die Grundlage für Frieden ist? Nun haben wir uns mit Cormo geeinigt, dass wir Nahrungsmittel gegen Wasser tauschen. Er konnte sogar seine Berater von diesem Geschäft überzeugen und du säst Misstrauen.« Sie hatte sich zu ihm gesetzt und musterte ihn streng.

»Das ist bestimmt nicht meine Absicht, liebe Sandessa, und ich habe auch nicht die Gabe, in die Zukunft schauen zu können, aber hat nicht deine Schwester Windröschen die Anwesenheit einer dunklen Macht aus dem Weltall gespürt? Haben wir sie nicht besorgt gebeten, deine anderen Schwestern zu suchen? Meinst du wirklich, Etug hat aufgegeben, nachdem ihr seine Festung zerstört habt? Er schickte die hinterhältigen Ugs, um die Gedanken der Mapas in der großen Siedlung zu vergiften. Ich mahne dich nur, genau hinzusehen, um die Wirklichkeit vom Schein zu unterscheiden.« Balising klang eindringlich wie bei ihrem letzten Gespräch.

Sandessa fühlte sich unwohl und versuchte ihre Gedanken zu sortieren. »Die Wirklichkeit ist doch, dass die Mapas miteinander handeln. Warum also sollten sie Krieg führen?«, fragte sie schließlich.

»Viele Bewohner der großen Siedlung sehnen sich nach ihrem einstigen sorglosen Leben im Wohlstand zurück. Das ermöglichten ihnen die sich durch den Zauber deiner Mutter stets von selbst füllenden Speicher. Diese Mapas sind Mangel, Arbeit und Pflichten nicht gewohnt. Die Mapas in eurer kleinen Siedlung mussten stets für ihre Nahrungsmittel schuften, erlebten Schlimmes in Etugs Festung und freuen sich nun an einem normalen Dasein«, versuchte Balising die Situation zu erläutern.

»Und was ist schlecht daran?«, zickte Sandessa. »Bald haben doch alle, was sie sich wünschen.«

»Denkst du, den Mapas in der kleinen Siedlung wird es gefallen, nur für etwas Wasser zu arbeiten, während die anderen fröhliche Feste feiern?«, fragte Balising mit hochgezogenen Brauen.

Sandessa zuckte mit den Schultern. »Sie können doch zusammen feiern.«

»Ich sehe schon, meine Tochter, du glaubst fest an das Gute in den Mapas. Diesen Glauben möchte ich nicht zerstören«, gab Balising nun nach, nachdem er sie noch einmal ausführlich gemustert hatte.

Sandessa zog ein mürrisches Gesicht. Sie wollte unbedingt an ein friedliches Miteinander beider Gruppen glauben, auch wenn in ihr immer wieder Zweifel nagten.

Balising wechselte das Thema. »Die reichen Ernten auf den

Feldern und die Anwesenheit der vielen Tiere ist sicher deinen magischen Kräften zu verdanken. Ich freue mich, dass du diese zum Wohl der Mapas eingesetzt hast. Selbst Häuser aus Stein konntest du über Nacht mit deinem Willen erbauen.«

»Ja, aber die Mapas misstrauen einer jungen Frau, die solche Taten vollbringen kann. Doch ich will dazugehören, eine von ihnen sein.« Bockig warf Sandessa ihre langen, braunen Haare mit einer Kopfbewegung nach hinten.

Balising schmunzelte kurz. »Das verstehe ich, aber du musst deine Kräfte nochmals einsetzen, um den Tunnel zu zerstören, durch den ich hierhergekommen bin. Ich werde nicht mehr in die große Siedlung zurückkehren. Wenn Cormo meine Abwesenheit erkennt, wird er auch den Tunnel finden und seine Leute können so unbemerkt in eure Siedlung schleichen.«

Sandessa erschrak erneut. Gleichzeitig konnte sie all das nicht glauben, auch wenn sie Balising vertraute. Bestimmt täuschte er sich, vielleicht war er zu misstrauisch nach allem, was bereits geschehen war. Und erzeugte Misstrauen nicht wieder neues Misstrauen?

»Warum sollten sie das tun, Balising? Nach der Einigung über das Tauschgeschäft kann sich hier doch jeder frei bewegen«, entgegnete sie.

Balising schüttelte wegen so viel Gutgläubigkeit den Kopf. »Hast du in letzter Zeit Krieger in der Nähe eurer Siedlung gesehen?«, fragte er.

»Nein, sie werden ja auch nicht gebraucht«, antwortete Sandessa schnell.

Und Balising begriff, dass Sandessa wegen ihres großen Wunsches nach einem friedlichen Miteinander alle Bedenken in den Wind schlug. Sie verweigerte sich einer kritischen Betrachtung.

Die Bestätigung dafür erhielt er prompt. Verträumt fuhr sie nun fort:

»Bald werden Urso und ich den unauflösbaren Bund fürs

Leben eingehen. Wir werden Kinder bekommen, auch wenn ich dann meine magischen Kräfte verliere. Uns steht ein arbeitsreiches, aber schönes Leben bevor.«

Balising seufzte lautlos. »Sandessa, antworte bitte ehrlich, sind deine magischen Kräfte schon geschwächt?«

Aufgebracht funkelte sie ihn an. »Nein«, entgegnete sie trotzig. »Sie sind sogar stärker als zuvor. Doch ich will sie nicht mehr einsetzen. Ich will mich nicht von einer ganz normalen Mapa unterscheiden. So bereite ich mich auf meine Zukunft vor.«

Balising seufzte erneut, dieses Mal laut, hielt aber ein weiteres Gespräch für sinnlos. »Begleite mich bitte zu dem Haus von Emalia und Lirno. Sie werden mir Unterschlupf gewähren«, bat er einfach leise.

»Aber du kannst doch bei uns wohnen«, schlug Sandessa enttäuscht vor.

»Ich danke dir für dieses Angebot, aber mit den alten Freunden habe ich sicher viel zu bereden. Als Liebespaar sollten Urso und du lieber allein bleiben.« Hinter einem freundlichen Lächeln verbarg Balising seine Sorge, dass seine Anwesenheit in diesem Haus für die beiden Bewohner eine Gefahr bedeuten könnte.

Traurig über dessen Entscheidung begleitete Sandessa den Lehrmeister ihrer Kindheit. Emalia, die Witwe des Häuptlings der alten Siedlung, und Lirno, der Vater Kerdos und des getöteten Sorbas, empfingen ihre Gäste überschwänglich. Das Paar lebte sehr zurückgezogen und bescheiden. Sie hatten noch nicht den Bund fürs Leben geschlossen, weil diese Zeremonie nur Häuptling Serto vornehmen durfte. Aber das kümmerte die beiden wenig.

Sandessa hatte Früchte, Teigwaren und einen Krug voller Saft mitgebracht. Bei Tisch schwelgten alle vier in Erinnerungen an die Zeit in der alten Siedlung. Der Verstorbenen wurde gedacht, vergangene Missgeschicke erheiterten die Gemüter und die gegenwärtigen Sorgen rückten in weite Ferne. Zum Abschied umarmte Balising die junge Magierin, was diese verwirrte, denn der alte, weise Mann hatte so etwas noch nie getan. Doch sein Verhalten erklärte sich schnell, da er Sandessa beschwörend etwas ins Ohr flüsterte: »Bitte lass niemanden, selbst deine engsten Vertrauten, wissen, dass du noch über deine Kräfte verfügst und diese sogar erstarkt sind. Lerne die List der Täuschung.«

10. Kapitel

Schon bald entdeckten Cormos Leute den Weg, durch den Balising entschwunden war. Trotz der stattlichen Länge des Tunnels konnte Mapas ihn bequem durchwandern. Cormo war begeistert. Allerdings meinte er, dass nicht Sandessa diesen Gang geschaffen hatte, da er glaubte, deren Kräfte seien von Etug lahmgelegt, sondern dass er ein Werk der Kleinster war. Um ein Zeichen zu setzen, ließ er eines der kleinen Wesen einfangen und in jener Höhle erhängen, von der aus Neuankömmlinge oft an die Oberfläche traten. Niemand sollte sich ungestraft Cormos Willen widersetzen. Wer in der großen Siedlung leben wollte, musste sich an seine Regeln halten.

Cormo wollte nun nicht länger damit warten, die kleine Siedlung und ihre Bewohner in seine Gewalt zu bringen. Zuerst versammelte er seine Vertrauten in seinem Zimmer um sich.

»Der Zeitpunkt ist gekommen, die abtrünnigen Mapas vor unseren Mauern zu unseren Sklaven zu machen. So wird der Wohlstand in unsere Häuser zurückkehren. Seid ihr bereit?«, rief er ihnen zu.

Sofort erklang im Chor der Schlachtruf:»Als Helden geboren, in Treue verschworen, schreiten wir mutig von Sieg zu Sieg!«

»Die durstigen Mapas arbeiten an der Wasserrinne, sind arglos, erschöpft und unbewaffnet. Es wird ein Leichtes sein, sie mit unseren Waffen wie die Tiere zusammenzutreiben. Jeder, der sich nicht fügt oder seine Hand gegen einen von uns erhebt, wird gnadenlos niedergeknüppelt. Die Durchsetzungsstärke, die wir am Anfang zeigen, wird unsere Macht in Zukunft sichern. Alle Häuser und Hütten sind zu durchsuchen. Niemand darf uns entkommen«, sprach Cormo mit lauter Stimme weiter. Begeisterte Zustimmung drang aus den Kehlen der Krieger.

»Nun sammelt eure Leute um euch«, verlangte der Anführer schließlich. »Nur eine kleine Gruppe verlässlicher Krieger brauche ich für eine besondere Aufgabe. Wählt diese sorgfältig aus und bringt sie zu mir. Morgen bei Sonnenaufgang schlagen wir zu.«

Schon in der Dunkelheit machte sich Cormo mit fünf Begleitern auf den Weg durch den Tunnel zu der kleinen Siedlung. Friedliche Ruhe lag über den Hütten. Nur einige Mapas arbeiteten im Schein eines spärlichen Feuers an der Wasserrinne. Zuerst schlichen die kriegerischen Ankömmlinge zu Sandessas und Ursos Hütte, ergriffen Urso in seinem Zimmer, schlugen ihn bewusstlos und schleppten ihn davon. Zwar erwachte die junge Magierin, doch sie glaubte, dass ein böser Traum sie erschreckt hatte. Schnell fiel sie wieder in einen unruhigen Schlaf.

Da die sehr vorsichtig und leise vorgehenden Krieger Balising nicht in dem Haus entdecken konnten, ahnte Cormo, wo er ihn suchen musste. Und er sah sich bestätigt: Sie fanden ihn schlafend in Emalias und Lirnos Haus. Ohne Gegenwehr ließ sich der alte, weise Mann fesseln und fortbringen. In Deckung erwartete Cormo mit seinen Leuten und den Gefangenen das Licht der Sonne. Dann ging das Tor der großen Siedlung auf. Mehr als hundert Bewaffnete kamen im Gleichschritt heraus und verteilten sich. Als die Mapas sich in großer Anzahl zu der Arbeit an der fast fertigen Wasserrinne einfanden, staunten sie zwar darüber, wer sie dort erwartete, doch sie hegten kein Misstrauen. Sie erkannten sogar Freunde und Bekannte unter den lauernden Kriegern. Da sie fleißig an dem Plan, Wasser gegen Nahrungsmittel zu tauschen, arbeiteten, sahen sie keinen Grund sich zu fürchten. Und die Bewaffneten warteten geduldig auf das Zeichen ihres Anführers.

Es war ein seltsames Bild, das sich im Sonnenlicht zeigte. Fröhlich plaudernde Mapas begannen ihre Arbeit, beschenkten sich gegenseitig mit Früchten und Teigwaren und schienen erfüllt von der Freude, dass nun bald durch diese Rinne reichlich Wasser strömen würde. Mit versteinerten Mienen wurden sie von den Kriegern beobachtet. Kein freundliches Lächeln erhellte deren Antlitz. So machte sich langsam doch Unruhe unter den Mapas breit. Sie begannen eine unerklärliche Gefahr zu spüren. Schließlich wurden auch sie ernst. Keiner wagte mehr sich zu rühren.

Da ertönte plötzlich ein gewaltiger Trommelwirbel. Planlos sprangen die Mapas auf und versuchten in verschiedene Richtungen zu entkommen. Dabei schrien sie angstvoll. Nun kam auch Bewegung in die Krieger. Einige trieben die Flüchtenden mit Pfeilschüssen zurück. Andere schwangen hölzerne Knüppel. Es dauerte nicht lange, bis die Mapas eingekreist waren und sich gleichermaßen ungläubig wie furchtsam den Bewaffneten ergaben. Wagte es einer von ihnen, die Stimme zu erheben, bekam er sofort einen Knüppel zu spüren. Weinende Frauen klammerten sich aneinander. Die Männer mussten ihre Hilflosigkeit angesichts der vielen Waffen erkennen.

»Hinsetzen!«, befahl einer der Krieger.

Verwirrt und verzweifelt sanken die Mapas zu Boden.

Sandessa war von den Schreien erwacht und schaute sofort nach Urso. Dessen Bett war leer. Von bösen Ahnungen getrieben, rannte sie nach draußen. Dort erwartete sie breit grinsend Cormo. »Was geschieht hier?«, schrie sie ihn an und sah sogleich, dass Cormo nicht allein war. Jeweils zwei seiner Krieger hatten Urso und Balising gepackt. Beide waren gefesselt. Dieser Anblick ließ sie erstarren. Zitternd vor Entsetzen schritt sie auf die beiden Gefangenen zu.

»Bleib stehen«, herrschte Cormo sie an.

Sandessa gehorchte, war so erschrocken, dass sie keinen klaren Gedanken fassen konnte. »Was haben Balising und Urso denn getan?«, stammelte sie.

»Das tut jetzt nichts zur Sache«, antwortete Cormo streng, »aber sie sind mein Pfand. Ich bin mir sicher, dass du, solange die beiden in meiner Gewalt sind, brav und folgsam sein wirst.« Sandessa stand einige Schritte vor Cormo. Sie holte tief Luft und versuchte ihre Angst zu bezähmen. »Was hast du mit ihnen vor?«, fragte sie dann so ruhig, wie es ihr möglich war.

»Das wirst du noch sehen, Sandessa.« Cormo lächelte böse. Urso blutete aus einer Kopfwunde. Sandessa empfand tiefe Verzweiflung. »Bitte lass mich ihn wenigstens verbinden«, flehte die junge Magierin.

Cormo lachte auf. »Dein Liebster wird nicht daran sterben. Aber dir sollte klar sein, dass das Wohl und Weh Ursos und Balisings nur von deinem Wohlverhalten abhängt.«

Balising und Urso standen nicht weit von Sandessa entfernt. Und doch konnte sie nichts tun. Ihre Hilflosigkeit machte sie so wütend, dass sie spürte, wie der Boden unter ihr zu beben begann. Doch ein Blick aus Balisings Augen ermahnte sie, sich zu beherrschen. Wie zur Bestätigung zückte einer der Krieger ein Messer und hielt es Urso an die Kehle.

»Bringt sie fort!«, befahl Cormo. »Und du, Sandessa, wirst Mimitis und mein Gast sein.«

Bisher hatte die junge Magierin ihre Kräfte nur zum Guten eingesetzt. Sie wusste nicht, was sie machen sollte. Aber wieso fürchtete Cormo sie nicht? Dachte er vielleicht, sie hätte ihre Magie verloren? Nun verstand sie Balisings Mahnung, niemanden zu erzählen, dass sie noch immer über die Gaben ihrer Mutter und ihres Vaters verfügte. Mit betont demütig gesenktem Haupt folgte sie Cormo in die große Siedlung.

Mimiti und deren treue Dienerin waren angewiesen, Sandessa nie aus den Augen zu lassen und sofort Alarm zu schlagen, wenn sie etwas Verdächtiges bemerkten. So blieb der jungen Magierin nichts weiter, als aus dem Fenster zu schauen und mit ansehen zu müssen, wie die Mapas aus Holzstämmen ihr eigenes Gefängnis bauen mussten. Derweil plünderten die Bewohner der großen Siedlung, auch Frauen und Kinder, die Vorratsscheunen. Sobald diese leer waren, wurden die Tiere hineingetrieben. Niemand sollte sich noch ohne Aufsicht frei bewegen dürfen. Das unaufhörliche Geplapper Mimitis bereitete Sandessa zusätzliche Qualen. Sie musste sich anhören, dass nun endlich bessere Zeiten für die Mapas anbrechen würden. Musik, Feiern und Wohlstand würden in die große Siedlung zurückkehren. Und auch sie, Sandessa, dürfe sich glücklich schätzen, endlich nicht mehr im Boden wühlen zu müssen. Das hätte sie nur der Gnade Cormos zu verdanken.

Dieser war äußerst zufrieden mit dem Ergebnis seines Vorgehens. Es gab nur wenige Tote. Doch er misstraute noch immer Sandessa. Er musste sich ihrer Ergebenheit sicher sein. Um das zu erreichen, hatte er sich etwas Besonderes ausgedacht. Als der Tag sich neigte, holte er sie ab, um ihr etwas zu zeigen. Sandessa spürte, dass nichts Gutes sie erwartete. Und die Sorge um Urso und Balising bedrückte ihre Seele. »Wie geht es meinen Gefährten?«, fragte sie in möglichst gleichgültigem Tonfall.

»Das, meine Liebe, wirst du gleich sehen«, antwortete Cormo mit einem teuflischen Lächeln. Über eine geheime Tür traten sie durch die Mauer vor die große Siedlung. Dort stand, bewacht von drei Kriegern, ein Holzgerüst, an dem Urso und Balising an den Füßen aufgehängt waren. Der alte, weise Mann schien nicht bei Bewusstsein zu sein, aber in Ursos Gesicht spiegelten sich große Qualen.

Sandessa schrie bei diesem Anblick auf. Einen Moment lang flackerte der Gedanke in ihr auf, mit ihren Kräften die gesamte Siedlung zum Einsturz zu bringen. Die Erde sollte diesen Ort der Grausamkeiten verschlingen. Doch dann wurde ihr bewusst, wie viele Unschuldige dabei ihr Leben lassen würden. Und auch ihren Geliebten würde sie so nicht retten können. Balising, der Hüter des Wissens, hatte zwar von Amalaswinta die Unsterblichkeit verliehen bekommen, aber Schmerzen fühlte er wie jeder andere Mapa auch. Sandessa wusste keinen Ausweg.

Dann deutete Cormo auf einen großen Käfig, in dem sich etwas rührte. »Die armen Nachtdrachen«, säuselte er hinterhältig. »Sie haben ihr Zuhause verloren, als Etugs Festung vernichtet wurde. Ich fand sie mehr tot als lebendig. Nun kümmere ich mich um sie. Gleich wird es dunkel. Sie haben bestimmt großen Hunger. Da kommen ihnen die leckeren Bissen, die dort baumeln, sicher recht.«

Sandessa raubte es den Atem. Diese Kreaturen fraßen Lebendes wie Totes. Sie spien mit Freude Feuer. Sie kannten keine Gnade und würden hungrig Fleischbrocken aus den Körpern von Urso und Balising reißen. Und wenn sie satt waren, würden sie die noch Lebenden ihren Qualen überlassen. Voll fassungslosem Entsetzen schaute sie Cormo an.

Dieser grinste nur und sagte freundlich: »Natürlich möchtest du deinen Freunden dieses Schicksal ersparen.«

Sandessa nickte nur.

»Dann knie nieder, küss meine Füße und schwöre, dich niemals gegen mich zu wenden.«

Die junge Magierin starrte Cormo ungläubig an. Für das Leben ihrer Gefährten verlangte er ihre Erniedrigung und einen Schwur. Übelkeit bemächtigte sich ihrer, während einer der Krieger sich neben den Käfig mit den Nachtdrachen stellte, die Hand an dem Stift, der die Tür öffnete. Die Sonne zeigte sich nur noch schwach.

Auch wenn Sandessa bereit war, jede Demütigung zu ertragen, um Urso und Balising zu retten, war sie sich der Bedeutung eines Schwures bewusst. Selbst eine Magierin verlor ihre Ehre, wenn sie einen Schwur brach. Sie würde ausgeschlossen und geächtet werden. Ihr Kopf arbeitete fieberhaft. Was bedeutete es, sich niemals gegen Cormo wenden zu dürfen? Er war nicht Etug. Sandessa ersann eine List und hoffte inständig, dass niemand diese durchschaute. Und als der Krieger den Stift an dem Käfig leicht bewegte, schrie sie auf:»Nein! Ich werde gehorchen!« Angeekelt sank sie nieder, beugte sich nach vorn und küsste die schmutzigen, nackten Füße Cormos. Dann sprach sie mit fester Stimme:»Ich schwöre, dass ich mich niemals gegen den Häuptling der großen Siedlung wende. Nur ihm werde ich gehorchen und dienen.«

Lauter Jubel brach unter den drei Kriegern aus. Cormo nickte zufrieden und voller Stolz über seinen Erfolg. Großmütig sagte er:»Du darfst dich erheben.« Dann wies er seine Leute an, die Stricke zu durchtrennen, sodass die beiden Körper mit einem dumpfen Geräusch zu Boden stürzten. Urso stöhnte auf. Balising öffnete kurz die Augen und sah die junge Magierin an. Sie meinte, Anerkennung in seinen Augen zu sehen.

Sandessa wollte Urso zu Hilfe eilen, aber Cormo hielt sie zurück.»Wir werden uns um die beiden kümmern.«

Sandessa wollte protestieren, aber ihre Vernunft riet ihr ab. Stattdessen sagte sie:»Wie du befiehlst.«

Da Mimiti trotz des Schwurs die junge Magierin vorerst weiter bewachen sollte, war Cormo allein in seinem Zimmer. Da stand plötzlich ein Mann vor ihm. Er war groß, kräftig und eine ausgesprochen ansehnliche Erscheinung, doch Cormo kannte ihn nicht. Wütend über die unvermittelte Störung herrschte er den Fremden an:»Verlasse sofort meine Gemächer oder ich lasse dich hinausprügeln.«

»Vergib mir mein Eindringen, aber ich wollte unbedingt den Mapa kennenlernen, den Etug zu seinem neuen Sohn auserkoren hat«, antwortete der Besucher mit ruhiger, dunkler Stimme.

Cormo stutzte. Woher wusste dieser Mann von seiner Begegnung mit Etug?»Wer bist du?«, fragte er misstrauisch.

Der Fremde lächelte nun schmal.»Nenn mich einen Freund.

Mit Wohlwollen beobachtete ich dein Vorgehen gegenüber den abtrünnigen Mapas. Etug wird zufrieden sein.«

»Du verheimlichst mir deinen Namen? Warum? Hast du etwas zu verbergen?«, hakte Cormo nach.

»Vielleicht«, antwortete der Fremde.

»Woher kommst du?«, fragte Cormo nun sichtlich ungehalten.

»Von weit her.« Der Fremde lächelte wieder, doch es wirkte nicht freundlich, eher überlegen.

Cormo glaubte sich durchsetzen zu müssen. »Wenn du dich mir nicht vorstellen willst, verlasse sofort diesen Raum«, verlangte er.

»Aber vielleicht brauchst du meine Hilfe«, gab der Mann zu bedenken.

»Darum habe ich nicht gebeten. Ich wüsste auch nicht, wie du mir behilflich sein kannst.«

»Morgen früh werde ich zurückkehren und es dir beweisen.« Mit diesen Worten löste sich der Mann in nichts auf, einfach so, völlig lautlos. Cormo schüttelte sich und fuhr sich mit beiden Händen über das Gesicht. Der lange Tag und der wenige Schlaf hatten ihn wohl zum Opfer eines Trugbildes gemacht. Erschöpft legte er sich nieder und schlief sofort ein. Er bemerkte nicht einmal, als sich Mimiti zu ihm legte.

Am nächsten Morgen, als beide zusammen frühstückten, hatte er die Erscheinung vom vergangenen Abend bereits vergessen. Doch plötzlich stand der Fremde wieder im Raum. Mimiti verschluckte sich derartig, dass sie zu ersticken drohte. Cormo sah sich erfolglos nach einer Waffe um. Der Mann setzte sich unaufgefordert an den Tisch und sprach: »Die Mapas sind überwältigt und es wird Zeit, dass sie wieder ihrer vertrauten Arbeit nachgehen. Sie brauchen Wasser für die Felder und Tiere. Es wird aber lange dauern, bis sie ein Loch in die Mauer gebohrt haben und das Wasser durch die Rinne fließen kann.«

Cormo starrte ihn an. »Wir haben Werkzeuge aus Metall, von den Kleinstern gefertigt und sehr scharf. Damit werden wir das schaffen«, sagte er tonlos.

Der Fremde nickte, ohne den Blick von seinem Gesicht abzuwenden. »Deine Leute sind harte, körperliche Arbeit nicht gewohnt und die anderen Mapas sollten nichts in die Hand bekommen, was sie gegen dich als Waffe einsetzen können«, gab er zu bedenken.

»Und was würdest du machen?«, fragte nun Mimiti mit sanfter Stimme. Sie betrachtete den Fremden voller Wohlgefallen.

Er wandte sich zu ihr um und zwinkerte ihr zu. »Ich werde das Loch für euch bohren, groß genug, damit reichlich Wasser fließen kann, aber auch klein genug, dass ihr es jederzeit wieder verschließen könnt.«

»Wie soll dir das gelingen?«, fragte Cormo misstrauisch.

Der Mann lehnte sich auf dem Stuhl zurück und sagte nur: »Vertraue mir und meinen Kräften.«

»Einen Versuch wäre es wert«, bemerkte Mimiti eifrig und stieß Cormo unter dem Tisch mit dem Fuß an. »Doch, bitte, nenne mir deinen Namen.« Dabei lächelte sie schmeichelnd. Ihre Blicke streichelten das Gesicht des Fremden. Dann schaute sie auf seine gepflegten Hände. Vorsichtig griff sie nach einer und fuhr bedächtig fort: »Es scheint, als hätten diese Hände noch nie Werkzeug geführt. Du musst über andere Kräfte verfügen.«

Lächelnd antwortete der Fremde: »Mag sein. Doch nun ruft alle eure Untergebenen, auch die gefangenen Mapas an den Ort, wo an der Mauer die Wasserrinne beginnt. Stellt euch auf die Mauer und wartet ab.« Mit diesen Worten war er wieder verschwunden.

»Er muss ein großer Magier sein«, stellte Mimiti hingerissen fest, »wenn er kommen und gehen kann, wie er will. Nun bin ich neugierig, was er uns noch zu bieten hat. Wenn alle Mapas herbeieilen sollen, trage dein Festgewand. Ich habe da so eine Ahnung.«

Da die Gassen an der besagten Stelle eng waren, versammelten sich die Mapas vor den Mauern, wobei Krieger darauf achteten, dass die Bewohner von den Gefangenen streng abgeschirmt wurden. Hoch oben auf dem Schutzwall stand Cormo in prächtig verziertes Leder gehüllt. Erstmals trug er Etugs Schwert in einer Schwertscheide am Gürtel. Der goldene Griff glänzte im Sonnenlicht. Der Fremde war nicht zu sehen. Alle warteten ungeduldig darauf, was geschehen würde.

Endlich näherte sich auf dem Kanal ein Cormo unbekannter Mann in einem winzigen Boot, grüßte freundlich den Schutzwall hinauf und griff dann ins Wasser. An einer Kette zog er eine Steinplatte herauf. Da floss das Wasser plötzlich von drinnen nach draußen in die Rinne. Hunderte von Augenpaaren verfolgten ungläubig, wie das wertvolle Nass in Richtung der kleinen Siedlung rann. Zuerst begannen die Gefangenen zu jubeln, umarmten einander und machten dabei nicht einmal vor ihren erstaunten Wächtern Halt. Diese Freude steckte auch die Bewohner der großen Siedlung an. Die vollkommen überrumpelten Krieger waren unfähig, die beiden Gruppen wieder zu trennen.

Es war dem Fremden also tatsächlich gelungen, ein Loch in die breite Mauer zu bohren und dieses sogar zu verschließen. Sandessa, die nichts von dem Neuankömmling wusste, verstand nicht, wie ohne die Hilfe ihrer magischen Kräfte dieses Werk hatte vollbracht werden können. Sie musste dicht neben Mimiti stehen, die gebannt hinunter auf den Kanal starrte, auf dem das Boot mit dem Mann verschwunden war.

Cormo sah nun sein ganzes Volk in Freude vereint und das gefiel ihm. Eine Weile beobachtete er das fröhliche Treiben, wie sich die Mapas gegenseitig mit Wasser bespritzten oder durstig aus der Rinne tranken. Mit einer großmütigen Handbewegung wies er die Krieger an, nicht einzugreifen, doch vielen von ihnen fiel es schwer, tatenlos zu bleiben. Erst als Cormo sein Schwert aus der Scheide holte und gen Himmel streckte, ergaben sie sich seinem Befehl. Dann ertönte ein Trommelwirbel, der die Aufmerksamkeit auf Cormo lenkte. Gemächlich steckte er das glänzende Schwert wieder in seine Hülle und rief:»Es ist vollbracht!«

Wieder ertönte großer Jubel.

»Nun können die Landarbeiter die Felder bewässern, die Tiere tränken und der Wohlstand wird in unsere Siedlung zurückkehren. Niemand wird mehr darben müssen, solange jene ihre Pflicht erfüllen, die dafür bestimmt sind. Also macht euch an die Arbeit.«

Sogleich trieben die Krieger die Gefangenen wieder zusammen. Doch deren Freude und Erleichterung ließ sich dadurch nicht dämpfen. Fröhlich begannen sie mit ihrem Tagewerk. Voller warmherziger Zuneigung betrachtete Sandessa die Mapas, zu denen sie so gern ganz und gar gehören würde. Hier im Sonnenlicht, die Hände in der Erde an einem mit ihrer Hilfe geschaffenen Fluss, waren sie glücklich. Wie gern hätte ihr geliebter Urso das erlebt. Sie sehnte sich so sehr nach ihm. Wie mochte es ihm ergehen, eingesperrt in einem dunklen Kellerloch? Aber Sandessa wollte nicht verzagen. Hatte sich nicht eben gerade gezeigt, dass das Gute siegen kann? Doch wem war das zu verdanken?

11. Kapitel

Wieder zurück in seinen Gemächern, war Cormo äußerst heiterer Stimmung. Doch ehe er sichs versah, erschien erneut der Fremde. »Na, bist du zufrieden mit meiner Hilfe?«, fragte er schmunzelnd.

Cormo gab das nur ungerne zu, konnte aber auch nicht verhehlen, dass ein wichtiges Problem nun gelöst war. Also nickte er. Die Frage, wie es gelingen konnte, die Mauer zu durchbrechen, behielt er für sich. Alles, was mit magischen Kräften zu tun hatte, verunsicherte ihn.

Der Fremde stand vor ihm und musterte ihn aufmerksam. »Nun wird es Zeit, dass der alte Häuptling und seine Frau sterben und du und Mimiti ihren Platz einnehmen. Gib ihren Tod bekannt und verhänge für eine Woche Trauer. Es darf weder Musik noch Tanz noch üppiges Essen geben. Dann kündige ein großes Fest zu deiner Ernennung zum Häuptling an. Die Mapas werden sich nach Frohsinn und Völlerei sehnen«, schlug er vor.

Dieser Vorschlag fand sofort Cormos begeisterte Zustimmung. »So werde ich es machen. Alle Mapas sollen mich im Freudentaumel als neues Oberhaupt begrüßen. Aber Mimiti darf ich noch nicht als meine Frau vorstellen, denn wir sind den unauflöslichen Bund noch nicht eingegangen.«

»Das macht nichts. Sie kann warten. Später könnt ihr das mit einem weiteren großen Fest nachholen«, sprach der Fremde und entschwand wieder.

Endlich werde ich Häuptling, dachte Cormo und sonnte sich still in dem Gefühl der bevorstehenden Macht und Anerkennung. Doch sogleich vermisste er Mimiti. Sie kannte sich aus mit der Planung großer Feste. Aber zuerst musste sie mit dem Trank der Kleinster dafür sorgen, dass der alte Häuptling und seine Frau endlich starben. Doch gerade war sie mit der Bewachung Sandessas beschäftigt. Also wies er einen seiner Diener an, für den Abend ein leckeres Mahl bereiten zu lassen. Dann würde Cormo Mimiti die freudige Nachricht überbringen und das weitere Vorgehen mit ihr besprechen.

Sandessa musste immer wieder ihre Wut darüber in Zaum halten, dass sie ständig unter Aufsicht stand. Auch die ihr von Cormo zugefügte Demütigung nagte an ihr, genauso wie Ursos und Balisings Schicksal sie belasteten. Es wäre leicht für sie gewesen, durch die Mauern zu wandern und die beiden zu finden, aber damit würde sie preisgeben, dass sie noch über ihre Kräfte verfügte. Also stellte sie sich täglich an ein Fenster, schaute hinaus, presste dabei ihre Handflächen gegeneinander und zwang sich, Ruhe in ihren Körper fließen zu lassen. So hatten sie und ihre Schwestern es von Balising gelernt, als sie ihre Jugend in einer Höhle tief unter der Erde verbringen mussten. Schon damals haderten die Mädchen oft mit ihrem Leben in der Abgeschiedenheit. Selbst der alte, weise Mann schien darunter zu leiden. Immer wieder musste er damals den Töchtern der Elemente erklären, dass sie Geduld haben und auf ein Zeichen warten müssten, um an die Oberfläche von Giaium zurückkehren zu dürfen. Es waren schwere Zeiten gewesen.

Plötzlich klopfte es an der Tür. Erstaunt über diese Störung ging Mimiti, um zu öffnen. Es war die Nachdrücklichkeit, mit der um Einlass gebeten wurde, die sie verärgerte. Gewöhnlich machten Diener eher zaghaft auf sich aufmerksam. Mimiti war neugierig, wer es wagte, in dieses streng bewachte und nur wenigen zugängliche Zimmer eintreten zu wollen. Schwungvoll riss sie die Tür auf.

Draußen stand der Fremde mit einer wunderschönen roten Blume in der Hand. Das Strahlen in Mimitis Gesicht zeigte, wie sehr sie sich über den Besuch freute. Auch Sandessa hatte sich nun umgewandt. »Oh, wie schön«, stammelte Mimiti verlegen und schaute abwechselnd zum Fremden und zur Blume. »Sie steht deiner Schönheit in nichts nach«, schmeichelte der Gast. »Rieche nur ihren betörenden Duft.«

Mimiti näherte ihre Nase der Blume und säuselte: »Nie zuvor habe ich so etwas Wunderbares gerochen.«

»Sie ist ein Geschenk für dich, liebe Mimiti«, fuhr der Fremde fort. »Nun gehe in den kleinen Park und warte dort auf der Bank. Ich werde bald zu dir kommen.«

Wie von einem schönen Traum beseelt, tänzelte Mimiti davon. Der Fremde trat ein und schloss die Tür hinter sich. Sandessa schaute ihn misstrauisch an. Der Duft der Blume musste Mimitis Sinne so sehr umnebelt haben, dass sie ihre Pflicht zur Bewachung vergessen hatte. Und die junge Magierin spürte, dass mit dem Fremden eine unbekannte Macht den Raum betrat. Doch sie empfand keine unmittelbare Bedrohung, wie die Anwesenheit Etugs sie verbreitete. »Wer bist du, Fremder?«, fragte sie den stattlichen, gut aussehenden Mann und musterte ihn dabei eingehend.

Er war ein paar Schritte vor ihr abwartend stehen geblieben. »Kannst du das nicht fühlen, Sandessa?«, fragte er.

Er kannte also ihren Namen. Vermutlich wusste er dann auch, dass sie eine der Töchter Amalaswintas war. Und je länger die junge Magierin ihn betrachtete, desto verbundener fühlte sie sich dem Fremden. Eine Vermutung drängte sich in ihren Kopf. Sollte sie es wagen, diese auszusprechen? Der Mann betrachtete Sandessa wohlwollend und mit einem freundlichen Lächeln. Dennoch erfüllte eine seltsame Spannung den Raum. Er kam nun langsam auf Sandessa zu und sagte schließlich: »Ich bin dein Onkel Ramos.«

»Oh«, entfuhr es Sandessa, die nicht wusste, wie sie sich ob dieser Offenbarung verhalten sollte. Eilig trat sie einen Schritt zurück, um wieder einen gewissen Abstand zwischen sich und ihn zu legen. »Du bist wieder da.« Blitzschnell rasten Erinnerungen von Balisings Erzählungen durch ihren Kopf. Ramos war der Bruder ihrer Mutter Amalaswinta, der erstgeborene Sohn von Giaium und Zlemar, dem Herrscher des Universums. Doch dieser hatte seinen eigenen Sohn einst von der Planetin verbannt. Sandessa wollte allerdings nicht einfallen, warum. Und was hatte die Rückkehr von Ramos zu bedeuten?

Nun stand der Onkel doch ganz dicht vor der jungen Magierin, umarmte sie und drückte sie fest an sich. Sandessa war froh, ihm nicht in die Augen blicken zu müssen. Doch dann durchströmte ihren Körper eine wohlige Wärme. Sie spürte die Familienbande und das Gefühl von Einsamkeit, zu der die Magier verdammt waren, da sie sich durch ihre Kräfte so deutlich von anderen Wesen unterschieden. Plötzlich meinte sie, nicht mehr allein zu sein. Auch sie schlang ihre Arme um den Mann. So verharrten beide eine stumme Weile.

Als Ramos seine Nichte losließ, fragte er sogleich: »Wo finde ich meine Schwester Amalaswinta?«

»Das weiß ich leider auch nicht«, antwortete Sandessa traurig. »Wir haben sie lange nicht gesehen.«

»Das ist betrüblich«, antwortete der Onkel. »Ich hätte so gern Erinnerungen an unsere gemeinsame Kindheit mit ihr ausgetauscht. Kann ich denn wenigstens meine anderen drei Nichten kennenlernen?«

Sandessa schüttelte den Kopf. »Nein, denn sie sind ebenfalls verschwunden. Auch ihren Aufenthaltsort kenne ich nicht.«

Er musterte sie bedauernd. »Du armes Kind, dann musst du dich ganz allein um die hilflosen Mapas kümmern. Auf die Familie ist eben kein Verlass.«

»Ich tue das gern«, versicherte Sandessa. Und dann entschloss sie sich mit einer Lüge ihre Täuschung aufrechtzuerhalten. »Ich bin eine von ihnen.«

Misstrauisch sah Ramos sie an. »Wie konnte das geschehen? Du hast doch nicht etwa deine magischen Kräfte verloren?«

»Doch«, log Sandessa und setzte eine betroffene Miene auf. »Ich musste mich entscheiden. Meine Liebe zu dem Mapa Urso ist so groß, dass ich auch das Bett mit ihm teile. Und du weißt ja, dass eine Magierin damit ihre Kräfte verliert.«

»Wie dumm von dir«, murmelte Ramos versonnen.

Dass ihr Onkel ihr glaubte, bewies Sandessa, dass ihm nicht bekannt war, dass eine Magierin erst dann ihre Kräfte vollständig verlor, wenn sie von einem Mapa schwanger wurde. Aber sie wusste nicht, wie es sich verhielt, wenn ein männlicher Magier sich mit einer Mapa vereinigte. Also fragte sie scheinheilig: »Ist es bei euch Männern nicht genauso?«

Ramos lachte. »Natürlich, Mapas bringen nur Unglück über uns Magier. Also töten wir sie gleich nach der Vereinigung. So behalten wir unsere Kräfte.«

Sandessa krampfte sich bei dieser Vorstellung das Herz zusammen. Doch sie zeigte äußerlich keine Regung. Wie beiläufig sagte sie: »Dafür ist es bei mir wohl zu spät.«

»Erzähl mir von deinen Schwestern«, forderte Ramos seine Nichte kumpelhaft auf.

Nun galt es, diese als möglichst ungefährlich und harmlos darzustellen. »Also, Windröschen ist ein zartes Geschöpf, sie liebt die Musik und das leichte Leben. Welline fühlt sich nur im Wasser wohl und streift dort umher. Flamina ist ebenfalls rastlos und macht sich wenig aus dem Leben mit Mapas. Nur ich bin wohl etwas aus der Art geschlagen«, berichtete sie und lachte, als wäre nichts.

»Dann stimmt es also, dass eure Väter die Geister der Luft, des Wassers, des Feuers und der Erde sind«, stellte Ramos nachdenklich fest.

Sandessa nickte und trat wieder ans Fenster. Sie sah kurz

hinaus, dann sagte sie: »Ja, aber unsere Väter kümmern sich nicht um uns. Familie eben.«

Ramos schien zufrieden mit dieser Auskunft. Nun hoffte Sandessa auf die Hilfe ihres Onkels. »Du kennst doch sicher Cormo. Kannst du ihn nicht bitten, Urso, den alten Mann und mich aus der Gefangenschaft zu entlassen? Ich sehne mich so nach einem Spaziergang an der frischen Luft. Und wir alle stellen bestimmt keine Gefahr für Cormo dar. Bitte, lieber Onkel, verwende dich für uns.« Mit flehendem Blick trat sie wieder zu Ramos und legte ihm ihre Hand auf die Schulter.

Dieser lächelte gütig und antwortete: »Ich werde sehen, was ich machen kann.«

»Danke«, hauchte Sandessa, »es ist so beruhigend, einen mächtigen Verwandten an meiner Seite zu wissen.«

Geschmeichelt streichelte Ramos der jungen Magierin über die Wange. Dann verabschiedete er sich. Wieder allein, dachte Sandessa darüber nach, warum ihr Onkel nicht gespürt hatte, dass ihre Kräfte noch vorhanden waren. Vermutlich waren seine eigenen noch geschwächt. Es musste nicht leicht für ihn gewesen sein, den Schutzschild von Giaium zu durchdringen. Eine drängende Sehnsucht nach seiner Heimat musste ihn bewogen haben, an den Ort zurückzukehren, von dem er einst verstoßen worden war. Vater, Mutter und Schwester hatten sich gegen ihn gewandt. Sie musste unbedingt von Balising erfahren, was der Grund dafür gewesen war.

Als Mimiti wieder erschien, spiegelte ihr Gesicht die Seligkeit einer Verliebten. Hatte Ramos sie so betört oder war nur der Duft der Blume die Ursache? Ungewöhnlich still setzte sich die Bewacherin sich auf einen Stuhl und hing ihren Träumen nach.

Ramos, äußerst zufrieden mit seinem Besuch bei Sandessa, eilte sofort zu Cormo, der im Haus des Häuptlings mit Etugs Schwert in der Hand Ausfallschritte übte.

»Um deine Ernennung zum Häuptling vorzubereiten, brauchst du sicher Mimitis Hilfe. Außerdem kann sie, ohne aufzufallen, den Kranken den Todestrank verabreichen. Da Sandessa offensichtlich ihre Kräfte für immer verloren hat, braucht sie keine Bewachung mehr. Ich habe ein Auge auf sie. Und Mimiti kann sich den wesentlichen Aufgaben widmen«, sagte Ramos. Cormo war sichtlich erleichtert, bald seine Vertraute wieder an seiner Seite zu haben. Nun fuhr der Magier fort: »Und auch den alten Mann und Urso solltest du freilassen.«

Dieser Gedanke missfiel Cormo. »Der Alte ist mir egal, aber Urso traue ich nicht«, entgegnete er verstimmt.

»Das braucht nicht deine Sorge zu sein. Als dein Diener wird er sich nur dort aufhalten, wo du befiehlst, und bei jedem Ruf von dir sofort herbeieilen. Verlass dich auf mich.«

Cormo war noch immer verunsichert wegen der besonderen Kräfte, über die dieser Fremde offensichtlich verfügte. Doch bisher hatte der Mann ihm nur geholfen. Warum also sollte er ihm nicht vertrauen? »Gut, ich werde deiner Bitte Folge leisten. Doch sobald ich Unruhe in der Siedlung bemerke, mache ich das sofort wieder rückgängig«, sagte er schließlich.

»Ich sehe, wir verstehen uns«, entgegnete Ramos und verschwand.

Zwei Tage später wurde der Tod des Häuptlings Serto und seiner Frau Mira bekannt gegeben. Viele Mapas waren bekümmert über diese Nachricht. Eine Trauerzeit von sieben Tagen wurde für alle angeordnet. Musik, Tanz und Völlerei waren verboten. In Stille sollte den Verstorbenen gedacht werden.

12. Kapitel

Vor den Mauern der großen Siedlung flossen auch einige Tränen, doch die Mapas dort waren zu sehr mit ihrer Arbeit beschäftigt, um lange trauern zu können. Außerdem hatten sie die Anweisung, besonders fleißig zu sein, damit sich die Speicher noch mehr füllten. Auf den nun bewässerten Feldern spross schon das neue Grün. Die ersten Tiere waren an die Tränken zurückgekehrt. Und die aus der großen Siedlung herbeigeholten Setzlinge von Obstbäumen und -büschen gediehen prächtig auf dem Boden, den Sandessas Kräfte so fruchtbar gemacht hatten.

Als die junge Magierin endlich unbewacht ihren ersten Spaziergang außerhalb der Mauern der großen Siedlung unternahm, war sie überrascht von der friedlichen Stimmung. Überall herrschte reges Treiben. Dieses vollzog sich zwar wegen der Trauerzeit in Stille, aber sie konnte nur wenige Krieger entdecken. Da auch keine Kampfübungen stattfanden, sah sie einige von ihnen in trauter Eintracht mit dem Landvolk die Felder pflegen. Frauen aus der großen Siedlung ließen sich das Korbflechten zeigen. Kinder spielten fröhlich miteinander und mussten immer wieder zum Einhalten der Ruhe ermahnt werden. Etliche Tiere fraßen genüsslich das langsam austrocknende Gras oder dösten satt an den Tränken.

Die Wohnstätten waren zwar von einem Zaun umgeben, doch dieser war, eilig errichtet, recht wackelig und setzte eher ein Zeichen, als dass er jemanden einsperrte. Nur die Ruinen der von Sandessa durch Zauberkraft errichteten Steinhäuser zeugten von Zerstörungswillen. Das Leben in der kleinen Siedlung schien in seine bescheidene Gleichförmigkeit zurückgefunden zu haben. Und die sich ohne Vergnügungen langweilenden Bewohner der großen Siedlung fanden Gefallen an Handwerk und Feldarbeit. Ihre Freude über kleine Erfolge spiegelte sich in den Gesichtern.

Dann bemerkte Sandessa Tore, der mit anderen unaufhörlich Eimer mit Wasser zu den Feldern und Tränken schleppte. Wie ein lebender Toter schritt er einher, ohne eine Regung zu zeigen. Auf seinem unbekleideten Oberkörper waren viele Spuren von Schlägen zu sehen. Die junge Magierin dachte daran, wie sorglos und frohsinnig dieser junge Mann früher gewesen war. Seine feinfühlige Musik wehte durch ihre Erinnerungen. Zusammen mit ihrer Schwester Windröschen war er in der Lage gewesen, die Mapas glücklich zu machen. Nun schlurfte ein gebrochener Mann über das Gras.

Dieser Anblick schmerzte Sandessa. Das Böse konnte so vernichtend sein. Doch dann ertönte das laute Kichern der Kinder und führte sie zurück in das friedliche Bild der Gemeinschaft. Die gute Stimmung verleitete die junge Magierin, den Vorsatz, ihre Kräfte nur in Notfällen einzusetzen, zu vergessen. Mit einem kleinen Zauber erhöhte sie die Fruchtbarkeit der Erde, damit die Pflanzen besser wachsen und mehr Früchte tragen konnten. Sogleich richteten sich die Halme auf den bewässerten Feldern ein wenig mehr auf und neue streckten ihre Köpfe hervor. Sandessa lächelte zufrieden.

Sie entdeckte Balising, der auf einem Feldstein mit dem Rücken zu den Mapas auf die weite Ebene schaute. Sie ging zu ihm, doch wagte es nicht, seine Ruhe zu stören. Erleichtert stellte sie fest, dass der alte, weise Mann die Quälerei und die Gefangenschaft unbeschadet überstanden hatte. Sie setzte sich neben ihn auf den Boden. Auf der Ebene grasten Tiere. Vögel kreisten am Himmel oder pickten in Scharen zwischen den trockenen Halmen. Nichts störte den Frieden. Schließlich konnte Sandessa nicht mehr an sich halten und flüsterte: »Lieber Balising, ich freue mich so, dich gesund vorzufinden. Aber wo ist Urso?«

Der alte, weise Mann wandte sich ihr zu und lächelte gütig. »Sorge dich nicht, mein Kind, auch Urso durfte den Kerker verlassen. Doch ganz frei ist er nicht. Er muss Cormo dienen«, flüsterte er zurück.

»Wird er gut behandelt?«, fragte Sandessa leise.

»Ja, er bekommt reichlich zu essen und zu trinken. Seine Wunde ist gut verheilt.«

»Wann kann ich ihn endlich wiedersehen?«

»Gehe zu Cormo und bitte ihn darum. Urso darf sich nur dort aufhalten, wo dieser es erlaubt.«

»Und das duldet Urso?«

»Vermutlich nicht ganz freiwillig. Ich habe da so einen Verdacht.« Balising schaute die junge Magierin forschend an. »Und was hast du zu berichten?«, fragte er dann seine ehemalige Schülerin, die ihren alten Lehrmeister nie belügen konnte.

»Ramos ist hier, ich habe ihn getroffen«, gestand sie und ahnte, dass Balising diese Nachricht nicht gefallen würde.

Er nickte mit gerunzelter Stirn. »Das habe ich befürchtet. Und weiß er, dass du noch unvermindert über deine magischen Kräfte verfügst?«

»Nein, er scheint das nicht gespürt zu haben.« Sie schüttelte entschieden den Kopf.

»Dann hat dein Onkel vermutlich nach dem Durchdringen von Giaiums Schutzschild seine Kräfte noch nicht vollständig zurückgewinnen können. Aber sie werden wachsen«, stellte er bedächtig fest.

»Das ist doch gut, denn er kann uns helfen, Etug zu vernichten«, sagte Sandessa voller Überzeugung.

»Ich befürchte, das ist nicht seine Absicht«, mahnte der alte, weise Mann. »Nicht ohne Grund wurde er von Giaium verbannt.«

Sandessa schüttelte traurig den Kopf. »Ich kann mich nicht mehr erinnern, warum das geschah. Aber er ist doch mein

Onkel, er gehört zur Familie. So gern möchte er unsere Mutter Amalaswinta wiedersehen und meine Schwestern, seine Nichten, kennenlernen. Nach der langen Verbannung ist es doch normal, dass er Sehnsucht nach seiner Heimat hat.«

»Wie sehr wünsche ich mir, dass die Strafe ihn geläutert hat, meine Liebe«, räumte Balising ein. »Doch es sind damals viele Dinge geschehen und wir wissen nicht, was Ramos auf seiner Reise erlebt hat.«

»Aber was wurde ihm denn vorgeworfen?«, fragte Sandessa unglücklich.

Und Balising erzählte leise die Geschichte ihre Onkels: »Ramos war ein wilder Gesell, der seine Verantwortung für Giaium nicht annehmen wollte. Es machte ihm Spaß zu zerstören. Besonders verachtete er die Mapas. Er hielt sie für dumm und einfältig. Er suchte die Freundschaft Etugs und beobachtete lachend, wie sich die Mapas gegenseitig töteten. Krieg und Feindschaft zu schüren, betrachtete er als Spiel. Er wollte nicht einsehen, dass auch diese Wesen Giaium bereichern. So brachte Ramos das friedliche Leben auf der Planetin in große Gefahr. Deine Mutter Amalaswinta, die genau wie du die Mapas liebt, stemmte sich gegen diese Entwicklung. So wäre es beinahe zu einem Kampf zwischen den Geschwistern gekommen, dessen verheerende Auswirkungen den Untergang von Giaium hätten bedeuten können. Also verbannte sein Vater, der mächtige Herrscher des Universums, den abtrünnigen Sohn Ramos. Giaium zog sich in einen eisigen Winterschlaf ohne Sonne zurück, der viele Mapas das Leben kostete. So hoffte die Planetin, sich selbst und ihre Bewohner vom Bösen zu reinigen.«

Betroffen schwieg Sandessa eine Weile. Dann fragte sie kleinlaut: »Aber ist es nicht möglich, dass Ramos sich geändert hat?«

»Möglich ist alles, aber ich bezweifle das«, antwortete Balising nachdrücklich.

Sandessa weigerte sich, ihren Onkel für böse zu halten.

Balising sah den Kampf in ihr und sagte: »Ich verstehe, dass dir diese Vorstellung missfällt, liebes Kind, aber bitte bleibe wachsam. Ich befürchte, Ramos trachtet danach, mit Etug ganz Giaium zu beherrschen. Die Ablehnung seiner Mutter und seines Vaters Zlemar sitzt wie ein Stachel in seinem Gemüt.«

»Zu mir war er aber nett«, erwiderte Sandessa trotzig.

»Vermutlich weil er denkt, dass du über keine magischen Kräfte mehr verfügst. Du konntest ihn vielleicht tatsächlich täuschen.«

»Ja«, stimmte ihm Sandessa zu, »ich bin mir sicher, er denkt, dass ich nun eine Mapa bin.«

»Das ist auch gut so.«

»Doch sieh dich um, Balising. Die Bewohner der großen Siedlung und das Landvolk nähern sich an. Sie lachen, scherzen und lernen voneinander. Warum also können wir alle nicht in Frieden leben?«

»Das mag der Wunsch der gutmütigen Mapas sein, doch genau das will Etug nicht. Seine Macht gedeiht nur auf Gewalt und Unterdrückung.«

»Und du meinst, Ramos ist genauso?«, fragte Sandessa zweifelnd.

»Das weiß ich nicht, aber ich misstraue ihm.«

»Nur weil er einst ein Tunichtgut war?«

»Nein, weil Etug sein Freund ist und dieser versteht es blendend, auch Magier für sich einzunehmen«, beharrte Balising.

Nun war Sandessas Laune vollends getrübt. »Ich möchte Urso sehen.«

»Dann geh, mein Kind«, verabschiedete Balising die junge Magierin.

Mit gesenktem Kopf und trüben Gedanken schritt Sandessa durch die Gruppen meist fröhlicher Mapas. Auch in der großen Siedlung war die Stimmung heiter, selbst wenn die Bewohner nur leise sprechen durften. Schließlich klopfte sie an Cormos Tür. Urso öffnete, strahlte seine Geliebte an und bat sie hinein. Den Wunsch nach einer Umarmung unterdrückten beide. Doch glücklich stellte Sandessa fest, dass es Urso offensichtlich gut ging.

Cormo saß an einem Tisch und erhob sich sogar, um die Besucherin zu begrüßen. Früchte und Saft luden zu einem Mahl ein. Zu dritt setzten sie sich nieder. Zuerst gedachten sie schweigend des verstorbenen Häuptlings und dessen Frau. Doch dann war Cormo nicht mehr zu bremsen, von seiner Ernennung zum Häuptling und dem damit verbundenen Fest zu sprechen: »Ich denke, nach den Trauertagen brauchen wir noch einige Zeit, um eine große Feier vorzubereiten. Die Speicher sind prall gefüllt und Tiere zum Schlachten sind reichlich da. So können alle Mapas teilnehmen, essen, trinken und tanzen. Niemand soll dieses Ereignis je vergessen.«

Mimiti kam herein, über dem Arm ein buntes Kleid aus zartem Gewebe. »Das ist aus den Fäden einer Seli gesponnen. Findet ihr das Gewand nicht wunderschön?«, rief sie begeistert.

Alle drei nickten anerkennend. Nun erschien auch, wie immer aus dem Nichts, Ramos. Herzlich begrüßte er Sandessa und reichte dann Cormo freundschaftlich die Hand. Für Urso und Mimiti hatte der Ankömmling keinen Blick übrig. Mimiti legte ihr Kleid sorgfältig beiseite und huschte auf einen Stuhl neben Cormo. Dabei klebten ihre Augen geradezu an Ramos.

»Wie schön, euch alle so heiter beisammen zu sehen«, sprach dieser. »Ich sehe, die bevorstehende Feier erfreut eure Gemüter. Mimiti wird sicher zauberhaft aussehen.«

Die Mapa errötete heftig.

»Aber es gibt noch viel zu planen«, mischte Cormo sich ein.

»Wenn nur endlich die Trauerzeit vorbei wäre. Die Musiker müssen üben.«

»Wie wäre es denn, wenn du Tore zu ihrem Anführer bestimmst«, schlug Sandessa vor. »Du kennst ihn aus früheren Zeiten, und ist er nicht ein wirklich vorzüglicher Musiker?«

»Was? Diesen faulen Nichtsnutz?«, empörte sich Cormo.

»Du hast ja recht«, lenkte Sandessa schnell ein. »Tore drückt sich gern vor jeder Arbeit und ist auch als Krieger kaum zu gebrauchen. Aber mit Musik kennt er sich gut aus. Wenn die Feier vorbei ist, kann er ja wieder Wasser schleppen.«

Das hörte sich vernünftig an und Cormo nickte beifällig. »Was meinst du, Ramos?«

»Wir können es ja versuchen. Dieses zarte Bürschchen Tore ist dann vielleicht doch zu etwas nütze«, stimmte Ramos zu.

Nach diesem Erfolg fragte Sandessa unterwürfig: »Darf ich eine kurze Zeit allein mit Urso in meinem Zimmer verbringen?«

Cormo lachte verständnisvoll, während sich die junge Magierin einen misstrauischen Blick ihres Onkels einfing. Doch dann nickte auch dieser. Das Liebespaar wollte wohl seine Begierden ausleben, was Ramos bewies, dass Sandessa eine echte Mapa geworden war. Hand in Hand verließen beide den Raum.

Stumm gingen sie in Sandessas Zimmer, wo diese ihren Zeigefinger auf Ursos Lippen legte, um ihn zu schweigen zu ermahnen. Die junge Magierin bündelte ihre Kräfte, um zu erspüren, ob sie wirklich allein waren. Als sie sich sicher war, umarmten und küssten beide sich leidenschaftlich. »Ich habe dich so unendlich vermisst, Liebster. Bist du wohlauf?«, fragte sie schließlich.

»Meine Sandessa«, Urso drückte sie an sich und hielt sie ganz fest. »Du hast Balising und mich vor einem schrecklichen Schicksal bewahrt. Das werde ich dir nie vergessen, auch wenn mich die Demütigung, die du ertragen musstest, noch heute wütend macht. Und der von dir geleistete Schwur macht dich nun für immer zu einer Dienerin Cormos. Wenigstens sind wir zusammen an ihn gebunden.«

Wieder lauschte die junge Magierin in sich hinein, ob sie die Anwesenheit von Ramos spürte. Dann sprach sie:»Sorge dich nicht, Urso. Die Demütigung habe ich für euch gern auf mich genommen. Und an den Schwur bin ich nicht mehr gebunden, denn er galt dem Häuptling der großen Siedlung. Das war zu dem Zeitpunkt Serto. Mit seinem Tod ist auch der Schwur erloschen.«

Begeistert sah er sie an und lobte:»Du bist wirklich sehr schlau. Nun verstehe ich auch, warum Balising wenig beunruhigt über diesen Schwur war.«

Sie ließen einander los und betrachteten sich, dann setzten sie sich nebeneinander auf das Bett.»Behandelt dich Cormo gut?«, fragte Sandessa voller Fürsorge.

»Ich kann nicht klagen«, antwortete er.»Angesichts seiner bevorstehenden Ernennung hat er sehr gute Laune. Mir scheint es, als wolle er wirklich ein guter Häuptling für alle Mapas sein. Nur dieser Fremde drängt ihn immer wieder, sich im Schwertkampf zu üben und seine Krieger nicht träge werden zu lassen. Doch ich verstehe nicht, warum ich mich nicht frei in der Siedlung bewegen kann. Selbst bei aller Willenskraft ist es mir unmöglich, Cormo zu verlassen ohne seinen ausdrücklichen Befehl. Und wenn er mich zu sich ruft, höre ich auch an weit entfernten Plätzen seine Stimme. Gestern wies er mich an, auf den kalten Steinen vor seiner Tür zu nächtigen. Wie ein treuer Diener gehorchte ich, obwohl es in meinem Inneren brodelte. Ich bin außerstande, mich Cormo zu widersetzen.«

Voll tiefer Zuneigung und Mitleid schaute die junge Magierin ihren Liebsten an. Dann vergewisserte sie sich erneut durch ihre Kräfte, dass sie noch immer allein waren. Darauf beugte sie sich zu Urso, streichelte zärtlich seine Wange und flüsterte:»Was ich dir nun anvertraue, muss ein sorgsam gehütetes Geheimnis bleiben. Und auch wenn es dich besorgt oder wütend macht, musst du dich beherrschen und darfst dir nichts anmerken lassen.«

Urso schaute Sandessa in die Augen und sie erkannte darin Vertrauen und Liebe.

Sie fuhr fort: »Der Fremde ist mein Onkel Ramos, der Bruder meiner Mutter Amalaswinta, er ist ein großer Magier. Seine Kräfte sind noch geschwächt durch die Überwindung von Giaiums Schutzschild, aber er wird immer stärker. Als wir in Cormos Zimmer waren, spürte ich ein unsichtbares Band, das dich an den zukünftigen Häuptling fesselt. Vermutlich ist er sich dessen selbst nicht bewusst, sondern hält dich nur für treu ergeben. Ich vermute aber, dass Ramos dahintersteckt.«

Erwartungsgemäß wurde Urso wütend. »Ohne es sehen zu können, bin ich ein Gefangener?«, rief er aufgebracht.

»Bitte, Liebster, beruhige dich. Vielleicht habe ich die Fähigkeit, deine Fesseln zu lösen, aber Ramos darf noch nicht erfahren, dass meine magischen Kräfte weiter bestehen. Er muss in dem Glauben bleiben, ich hätte sie verloren durch die innige Verbindung mit dir. Nur wenn er mich für eine ungefährliche Mapa hält, wird er mich nicht angreifen.«

Ungläubig blickte Urso Sandessa an. »Du hast deinen Onkel belogen und er hat es nicht bemerkt?«

»Ich wusste mir nicht anders zu helfen«, entschuldigte sich die junge Magierin kleinlaut, denn sie achtete Ehrlichkeit hoch.

»Es ist zum Verzweifeln«, sagte Urso. »Ich kann die Frau an meiner Seite nicht schützen, weil Kräfte am Werk sind, die ich nicht einmal verstehe.«

Sandessas Augen füllten sich mit Tränen. Wie gern würde sie auf ihre besonderen Gaben verzichten und mit Urso ein normales Leben führen. Sie spürte, dass die eigene Hilflosigkeit ihren Liebsten quälte. Wie eine Mauer baute sich das Bewusstsein zwischen beiden auf, dass sie zwei unterschiedlichen Welten entstammten. »Was kann ich tun, damit du mich verstehst?«, wimmerte Sandessa unglücklich.

Ursos Miene war ratlos. Er hatte gelernt, Probleme wie ein Mapamann zu lösen. Nie würde er einem offenen Kampf ausweichen, um zu schützen und zu bewahren, was ihm lieb und teuer war. Doch die unsichtbare Magie war ihm fremd und unheimlich. Am liebsten würde er diesen Ort verlassen und woanders ein Leben nach seinen Regeln führen. Doch dann hörte er das leise Schluchzen Sandessas. Sein Herz spürte einen schmerzhaften Stich. Eilig zog er die Liebste in seine Arme. Sie zärtlich an sich drückend, flüsterte er: »Wir bleiben für immer zusammen. Die Zeiten mögen schwer sein, aber wir werden das gemeinsam meistern.«

Mit diesen Worten überzeugte Urso nicht nur Sandessa, sondern auch sich selbst. Plötzlich erzitterte die junge Magierin, löste sich aus seinen Armen und sprang auf. Mit einem Fingerschnipsen verschwand ihre Kleidung vom Körper. Urso hatte Sandessa noch nie nackt gesehen und starrte hingerissen auf ihre üppigen und doch straffen Rundungen. »Schnell, ziehe auch du dich aus und schlüpfe mit mir unter die Bettdecke. Ramos naht und wir müssen ihm das Bild bieten, das er erwartet«, verlangte sie flüsternd.

Urso war wie gelähmt bei dem Anblick seiner wunderschönen Liebsten und erhob sich nur langsam. Diese sah keinen anderen Ausweg, als auch ihn durch Zauber seiner Kleidung zu entledigen. Sandessa war selbst von ihrem Handeln erschrocken und blickte nun ebenfalls aufgewühlt auf den nackten, kräftigen Körper Ursos. Doch die drohende, unsichtbare Anwesenheit von Ramos weckte sogleich wieder ihren Verstand. Eilig nahm sie die Hand des Mapamannes, zog ihn auf die Lagerstatt und warf die Decke über beide. »Umarme mich und stelle dich schlafend«, flüsterte sie Urso ins Ohr.

Mit geschlossenen Augen verharrten beide. Sandessa spürte,

dass ihr Liebster seine Begierde kaum zügeln konnte. Diese Anstrengung trieb den Schweiß auf seine Stirn. Und auch die junge Magierin wünschte sich nichts sehnlicher, als sich endlich mit Urso vereinigen zu dürfen. Innerlich bebend zwangen beide sich, ruhig liegen zu bleiben. Dann hauchte Sandessa dem Mapamann einen Kuss auf die Wange, warf die Decke zurück, stand auf und war sofort wieder bekleidet. »Ramos ist verschwunden«, verkündete sie.

Beide blickten sich mit dem Wissen um ihre tiefe Zuneigung an. Es war so schwer, der Versuchung zu widerstehen. Urso erhob sich ebenfalls und zog sich an. Dann stellte er sich vor Sandessa und schaute ihr tief in die Augen. »Ich kann warten, solange ich mir deiner Liebe gewiss bin«, sprach er ernst.

Die junge Magierin umarmte ihn erleichtert und hauchte: »Ich gehöre für immer zu dir.«

13. Kapitel

Am Ende der Trauerzeit verkündeten Cormos Leute an jeder Ecke, dass er vom Rat zum neuen Häuptling erkoren worden sei und seine Ernennung bei einem großen Fest erfolgen solle, zu dem alle Bewohner der großen Siedlung und auch das Landvolk eingeladen seien. Diese Nachricht wurde mit großer Freude aufgenommen. Nach Zeiten des Mangels durfte zu diesem Anlass endlich wieder geprasst, getanzt und musiziert werden. Vereinzelte Fragen nach der Beisetzung des verstorbenen Häuptlings und seiner Frau wurden damit beantwortet, dass diese in aller Stille stattgefunden habe. Aber die meisten sehnten sich sowieso nur nach zwangloser Heiterkeit. Sie wollten ihr Leben einfach genießen.

Cormo sonnte sich in der Zufriedenheit seines Volkes. Der Alltag lief geschmeidig vor sich hin. Es herrschte Frieden in der großen Siedlung und vor ihren Toren. Alle Mapas arbeiteten Hand in Hand. Missgunst und Misstrauen waren verschwunden. Deswegen verstand Cormo auch nicht, warum Ramos von ihm immer wieder forderte, neue Krieger anzuwerben und diese hart zu schulen. Doch er fügte sich. Dabei stellte er zufrieden fest, dass Gehorsam und Härte gegen sich selbst zu den Eigenschaften geworden waren, die die Männer nicht nur achteten, sondern voneinander verlangten.

Und wieder war es Ramos, der Cormo anhielt, die Gruppe enger aneinander zu binden, indem nicht nur eine strenge Rangfolge einzuhalten war, sondern auch eine einheitliche Kleidung, die Zusammengehörigkeit zeigen sollte. An oberster Stelle stand natürlich der Häuptling mit seinem Schwert. Dann folgten wenige geschulte und kampflustige Getreue, die ihrerseits Untergebene zu Befehlsgebern ernannten. Die einen scharten Bogenschützen um sich, die anderen kräftige Keulenschwinger. Auch Späher wurden ausgebildet. Dazu gehörten sogar einige Kleinster, die sich hervorragend anschleichen konnten. Eine Schmiede wurde eingerichtet, damit Schwerter gefertigt werden konnten. Diese wurden nur von den Obersten getragen und durften nicht prunkvoller sein als das des Häuptlings.

Schließlich meinte Ramos, dass der Ernennung des Häuptlings nur eine Parade der Kämpfer eine würdige Note verleihen konnte. Zu Trommelschlägen sollten diese aufmarschieren und Cormo ehren. Ihre Anführer sollten edel geschmückt sein. So würde das Volk erkennen, dass sie von mächtigen Kriegern beschützt wurden. Die Vorstellung gefiel dem zukünftigen Häuptling. Alle Mapas sollten erkennen, wie ernst er seine Aufgabe nahm.

In trauter Eintracht begannen die Mapas das große Fest vorzubereiten. Sie fegten die Straßen, bemalten die Hauswände, fertigten Festkleidung und vergrößerten die Nahrungsvorräte. Jene Kleinster, die für immer mit den Mapas leben wollten, schleppten glitzernde Steine aus den Tiefen der Erde heran. Ihre Kräuterkunde half beim Brauen köstlicher Getränke. Sie freuten sich, bei dem Ereignis dabei sein zu dürfen, auch wenn sie noch nicht von allen als gleichberechtigte Bewohner der großen Siedlung anerkannt wurden.

Cormo schickte nach Tore, damit dieser sich um die Musik kümmern konnte. Er war erschrocken, als er den Freund aus Kindertagen so matt und elend vor sich sah. Keine Regung spiegelte sich in seinen Gesichtszügen. Stumm und freudlos biss er in die angebotenen Früchte. Der Gast machte wahrlich nicht den Eindruck, als könne er dem Fest eine fröhliche Note verleihen. Trotzdem trug Cormo sein Anliegen vor: »Lieber Tore, ich erinnere mich noch gut, mit welcher Begeisterung du musizierst. Du kannst Holzflöten und mit Sehnen bespannten Hohlkörpern die schönsten Klänge entlocken. Also habe ich dich erkoren, um die musikalische Untermalung meiner Ernennung zum Häuptling zu gestalten.«Cormo hatte erwartet, dass wenigstens diese Nachricht ein Lächeln auf das Gesicht seines Gastes zaubern würde. Doch dieser blieb wie erstarrt. »Was ist los mit dir?«, fragte Cormo ungehalten.

»Ich bin ein Wasserträger«, antwortete Tore ohne Regung.

»Gut, wenn du nicht willst, kehre zurück zu deiner Arbeit«, schnauzte Cormo fassungslos über so viel Undankbarkeit.

Tore stand auf und ging. Wütend über diese offensichtliche Absage, ließ Cormo Sandessa zu sich rufen und berichtete ihr davon. Diese versuchte ihn zu beschwichtigen. »Ich weiß auch nicht, warum Tore dein großzügiges Angebot abgelehnt hat. Scheinbar hat er allen Lebensmut verloren. Meinst du, es liegt daran, dass Windröschen ihn verlassen hat?«

Cormo dachte kurz nach und antwortete dann: »Das mag sein. Aber Tore war immer schon ein Schwächling, scheute harte Arbeit, träumte vor sich hin und machte Musik. Nun muss er eben lernen, einen sinnvollen Beitrag für die Gemeinschaft zu leisten.«

»Da gebe ich dir recht«, stimmte Sandessa zu, »aber ich denke nach wie vor, dass er der Beste ist auf seinem Gebiet. Lass mich mit ihm sprechen.«

»Gut, ich gestatte dir einen Versuch«, stimmte Cormo zu, erleichtert, von dieser lästigen Aufgabe befreit zu sein. »Wo ist überhaupt Mimiti?«

Zwar kannte Sandessa nicht deren Aufenthaltsort, doch zog sie es vor, den zukünftigen Häuptling zu belügen: »Mimiti ist in der Siedlung unterwegs und kümmert sich um den Schmuck für deine Feier. Sie ist sehr beschäftigt.«Cormo grummelte vor sich hin und Sandessa meinte, dass nun der richtige Zeitpunkt gekommen war, ihm einen anderen Vorschlag zu unterbreiten: »Sollte deine Mutter Emalia bei deiner Ernennung zum Häuptling nicht an deiner Seite sein? Sie ist sehr beliebt beim Landvolk. Außerdem würde das deine Verbundenheit zur Familie zeigen. Damit stärkst du das Gemeinschaftsgefühl.«

Bei dem Gedanken lächelte Cormo. Zwar hatte er seine Mutter, die nun zusammen mit Lirno, dem Vater des getöteten Sorbas, unter dem Landvolk lebte, nie vermisst, aber er erkannte sofort die Vorteile ihrer Anwesenheit bei seiner Ernennung.

»Wenn du es wünschst, rede ich auch mit ihr, schlug Sandessa vor. Dabei war sie sich nicht sicher, wie die Frau diesen Vorschlag aufnehmen würde. Sie war sehr stolz und hielt nicht viel von ihrem Sohn, der sich in der Festung sehr schnell Etugs Vorstellungen untergeordnet hatte. Sie lebte mit Lirno zurückgezogen, unterstützt von den Mapas, für die sie sich einst eingesetzt hatte. Aber ein dauerhafter Frieden konnte nur auf Verzeihen gründen.

Cormo stimmte erneut zu und entließ Sandessa. Diese begab sich zuerst zu Tore, der eintönig Wassereimer zu den Feldern schleppte. »Ich möchte mit dir reden«, sprach sie ihn an.

»Ich darf meine Arbeit nicht unterbrechen«, erklärte er leise.

»Keine Sorge, lieber Tore. Ich handle auf Cormos Befehl.«

Ohne Regung setzte der Mann den Eimer ab und trat zu der jungen Magierin. Er stand vor ihr wie ein lebender Toter. Sandessa zog eine Flöte hervor und ließ auf ihr einige schräge Töne erklingen. Sie kannte sich überhaupt nicht mit Musik aus. Aber die Klänge bewegten etwas in Tores Miene. Unwirsch entriss er der jungen Magierin die Flöte und setzte sie an seinen Mund. Plötzlich schwebten liebliche Töne durch die Luft. Andere Mapas hielten inne und lauschten verzückt. Tores dreckige, ungepflegte Hände hatten nicht verlernt, der Flöte zauberhafte Musik zu entlocken. Und auch sein Gesicht begann wieder Leben zu zeigen.

Nach einer ganzen Weile sprach Sandessa sanft: »Siehst du, deine Gabe ist einzigartig. Damit bringst du Freude in die Herzen aller Zuhörer. Es ist der Sinn deines Lebens zu musizieren. Wenn du das nicht für dich tun möchtest, dann tue es wenigstens für alle anderen.«

Tore schwieg, denn er war noch ganz versunken in seine Töne. Eine Träne der Freude rann über seine Wange. Vorsichtig berührte Sandessa seine Schulter, was ihn aus seiner Versenkung riss. »Nicht wahr, du wirst Cormos Angebot annehmen und mit Musik alle Gäste bei dem Fest glücklich machen.«

Tore umklammerte die Flöte und nickte.

Nun machte sich die junge Magierin auf zu Emalia und Lirno. Sie hausten in den Überresten eines Steinhauses. Der Empfang war herzlich, doch in Emalias Gesicht war zu erkennen, dass sie ahnte, dass der Besuch einen Grund hatte. Deswegen begann Sandessa ohne Umschweife: »Dein Sohn Cormo braucht dich an seiner Seite, liebe Emalia.«

»Ich denke, er kommt recht gut allein zurecht«, war die abweisende Antwort.

»Bitte sei nicht so hart. Schließlich ist er dein Sohn.«

Emalia setzte sich und Lirno legte den Arm um sie. Dann sagte er: »Wie sehr wünschte ich mir, einen meiner Söhne in meiner Nähe zu haben. Doch Sorbas ist tot und vermutlich lebt auch Kerdo nicht mehr.«

»Kerdo ist dein Sohn?«, rief Sandessa überrascht aus. Sie stand vor den beiden und sah von einem zum anderen.

»Ja, er wurde einst als Kleinkind von Etug entführt und wir hielten ihn für tot. Meine Frau Ziva hat diesen Verlust nie verschmerzt und starb schließlich daran. Auch Sorbas verlor die Erinnerung an seinen Zwillingsbruder. Erst in Etugs Festung sah ich Kerdo wieder. Er schien nichts von seiner Herkunft zu wissen. Etug hatte die Vaterstelle bei ihm eingenommen. Ich fürchte, dass seine Erkenntnis, mit einer Lüge aufgewachsen zu sein, ihn ins Verderben stürzte. Als sein Vater hätte ich ihm

Halt geben müssen. Bitte, Emalia, mache nicht den gleichen Fehler wie ich.«

Tiefe Trauer lag in diesen Worten und Emalia seufzte. »Gut«, stimmte sie schließlich zu. »Was erwartet Cormo von mir?«

»Das weiß auch ich nicht genau«, gestand Sandessa, »doch auf jeden Fall sollst du bei der Feier neben ihm stehen.« »Ohne Lirno gehe ich nirgendwo hin«, sprach die Frau voller Überzeugung.

»Gemach, meine Liebe, ich werde mich im Hintergrund halten, aber immer in deiner Nähe sein«, sagte Lirno lächelnd.

Zufrieden über den bisherigen Erfolg des Tages machte Sandessa sich auf den Weg zurück zu ihrem Zimmer. Dabei sah sie Mimiti und Ramos vertraut im Schatten eines Baumes stehen. Die junge Frau himmelte ihren Begleiter an. Sandessa hielt nicht viel von Mimiti, die immer nur auf ihren Vorteil bedacht schien. Doch nun witterte sie Gefahr für die Mapa. Würde sie sich Ramos hingeben, wäre sie des Todes. Doch wie sollte Sandessa sie davor bewahren, ohne preiszugeben, dass der Mann ihr Onkel und ein Magier war? Dieser war wirklich ein sehr gutaussehender Mann, der die Aufmerksamkeit aller Mapafrauen auf sich zog. Ein Geheimnis umgab ihn, den alle nur »den Fremden« nannten. Das machte ihn für viele noch begehrenswerter. Auch verstand er sich gut auf schmeichelnde Worte. Mimiti wurde deswegen oft von Eifersucht geplagt, doch Ramos hieß sie, sich zu beherrschen. Nur ihr würde sein Herz gehören. Und er ermahnte sie auch, ihre Gefühle für sich zu behalten und Cormo weiter etwas vorzuspielen, um das Fest zu dessen Ernennung nicht zu gefährden.

Da die Stimmung allerorten friedlich und heiter war, durfte Urso sich beinahe ganz frei bewegen. So traf er sich oft mit Sandessa. Der Anblick ihrer Nacktheit, ihres sinnlichen Körpers und die Nähe in ihrem Bett wollten ihm nicht aus dem Sinn.

Beide waren sich ihrer gegenseitigen Begierden bewusst und kämpften dagegen an. Doch ihre Liebe wuchs stetig. Lachend träumten sie von ihrer gemeinsamen Zukunft.

Dann war der Tag des großen Festes gekommen. Tore hatte sich mit Begeisterung in die Arbeit gestürzt und verschiedene Gruppen von Musikern zusammengestellt, die über die ganze Siedlung verteilt waren. Er selbst leitete natürlich jene, die auf dem Podest für die Ernennung spielten. Nur die Trommler für die Parade der Krieger unterstanden ihm nicht. Mimiti hatte die gesamte Siedlung mit Tüchern, Blumen und Malereien schmücken lassen. Deren Bewohner hatten prunkvolle Kleidung genäht, sorgsam darauf bedacht, den zukünftigen Häuptling und seine Gefährtin Mimiti nicht an Pracht zu übertreffen. Die Feuerstellen glühten und warteten auf Fleisch. Alles war trefflich vorbereitet. Freudige Erregung breitete sich bis vor die Tore der Siedlung aus.

Cormo ging unruhig in seinem Zimmer auf und ab. Bereits fertig angekleidet mit dem Schwert in der Scheide wartete er darauf, von seinen Leuten abgeholt zu werden. Plötzlich hörte er die dunkle Stimme Etugs: »Nun, mein Sohn, ist dein Tag gekommen. Feiere den Sieg, aber vergiss nie, dass ich nun dein Vater bin und du mir dienst. Herrsche in meinem Sinne und dir werden große Zeiten bevorstehen.«

Cormo schaute sich verwirrt um, doch spürte er, dass er wieder allein war. Diese kleine Ansprache Etugs dämpfte seine Vorfreude. Was wurde von ihm erwartet? Ihn fröstelte bei dem Gedanken, einer dunklen Macht zu dienen, die unsichtbar war. Frieden war nicht in Etugs Sinn, doch gerade dieser bestimmte gerade das fröhliche Leben in der großen Siedlung. Darauf war Cormo stolz. Sollte er den geheimnisvollen Fremden in sein Gespräch mit Etug einweihen? Aber auch diesem misstraute er auf unerklärliche Weise. Der zukünftige Häuptling fühlte sich sehr einsam.

Mimiti war in einem anderen Raum damit beschäftigt, sich herzurichten. Goldene Spangen, verziert mit glitzernden Steinen, hielten ihr blondes Haar zusammen. Aus den Fäden der Seli war ein pompöses Kleid für sie gesponnen worden, mit einem Ausschnitt, der ihre vollen Brüste hervorhob. Kein weiterer Schmuck lenkte von ihrer üppigen Weiblichkeit ab. Mit Farben, angemischt von den Kleinstern, betonte sie Augen und Lippen. Heute sollte der Fremde nur auf sie schauen.

Cormos Leute erschienen und holten die beiden ab. Feierlich schritten sie gemeinsam zum Podest aus Holz, wo die Ernennung stattfinden sollte. Es herrschte in den Gassen eine andächtige Stille. Emalia erwartete die beiden bereits. Lirno hielt sich wie abgesprochen im Hintergrund, ebenso Sandessa und Urso. Die Musik begann mit einem feierlichen Tusch aus Hörnern von wilden Tieren, die extra dafür erlegt worden waren. Dann wichen alle zurück und Cormo stand allein in der Mitte.

In großer Anzahl hatten sich die Bewohner der großen Siedlung und auch die Landarbeiter eingefunden. Als Cormo sie begrüßte, setzte ein lauter Jubel ein. Er hatte sich auf diesen Moment vorbereitet, doch nun versagte seine Stimme. Die Menge der Mapas, die ihm huldigte, verschlug ihm die Sprache. Unvermittelt wurde ihm bewusst, welche Verantwortung auf seinen Schultern lastete. Die aufmunternde Berührung seiner Mutter Emalia holte ihn aus seiner Erstarrung. Mit fester Stimme begann er: »Die Freude über euer zahlreiches Erscheinen überwältigt mich. Mögen wir alle einen Tag der Freude und des Vergnügens erleben.« Wieder ertönte zustimmender Jubel. Dann traten drei von Cormos Vertrauten vor und forderten ihn auf, seinen Amtseid zu sprechen. Und er sprach: »Ich, der Häuptling, diene dem Wohl aller Bewohner unserer Siedlung und all jener, die sich zu uns gesellen. Ich will sie schützen, leiten und den Wohlstand wahren. Unsere Gemeinschaft ist der Gerechtigkeit und dem Frieden verpflichtet. Jedem, der unser Dasein bedroht, werde ich tapfer entgegentreten.«

Nur in Cormos Ohren erklang dröhnend das hämische Lachen Etugs, während eine Gruppe von Zuschauern einen Lobgesang anstimmte, in den die anderen bald einfielen. Das war eine Idee Tores gewesen. Cormo tat sich schwer, seine Tränen zu unterdrücken. Gerührt lauschte er dem Gesang, bis dieser in ausgiebigem Applaus endete. Dann machten die Mapas eine Gasse frei und die Parade der Krieger setzte zum Klang von Trommeln ein. Voller Stolz marschierten die Krieger im Gleichschritt vorbei und grüßten den neuen Häuptling. Anschließend begannen mehrere Musiker, die Luft mit fröhlichen Tönen zu erfüllen. Das Volk war begeistert.

Sandessa entging nicht, dass Mimiti die ganze Zeit Ausschau nach Ramos hielt. Dieser zeigte sich mal hier, mal dort und zwinkerte der Mapa gelegentlich zu. Der jungen Magierin schwante nichts Gutes und sie nahm sich vor, Mimiti im Auge zu behalten. Urso hingegen war ganz gefangen von dem Fest. Besonders die Parade der Krieger hatte es ihm angetan.

Schließlich verließ Cormo das Podest und mischte sich unter das Volk. Schnell strömte der Duft von gebratenem Fleisch in die Nasen. Überall wurden Getränke gereicht. Die ersten, verzaubert von der erklingenden Musik, drehten sich zum Tanz. Kinder machten sich über reichlich dargebotene Früchte her und bewarfen sich sogar damit. Der lang vermisste Überfluss betörte die Gemüter.

Mimiti verschwand in der Menge. Sandessa wollte ihr folgen, aber Urso hielt sie zurück, wirbelte sie herum und begann mit ihr zu tanzen. Emalia und Lirno zogen sich in die Ruhe ihrer Gemächer im Haus des Häuptlings zurück. Schnell gesellte sich Balising zu ihnen. »Dein Sohn, Emalia, ist ein würdiger Häuptling«, erklärte der weise, alte Mann, »doch ihm werden noch große Aufgaben bevorstehen.«

»Das fürchte ich auch«, seufzte Emalia. »Zwar glaube ich, dass er im Grunde seines Herzens gut ist, aber er lässt sich so leicht beeinflussen. Ich spürte etwas Dunkles neben ihm und hoffe nur, dass Etug keine Macht über ihn gewinnt.«

Balising nickte zustimmend. »Darum ist es auch so wichtig, dass du an seiner Seite bist. Eine Mutter hat die Kraft und die Liebe in sich, einem Verirrten den richtigen Weg zu weisen. Aber es sind Mächte im Spiel, die es dir schwer machen werden.«

Emalia lächelte und fasste nach Lirnos Hand. »Was kann stärker sein als die Liebe?«

14. Kapitel

Als Urso sich zu einer Gruppe von Kriegern gesellte, begann Sandessa sich auf die Suche nach Mimiti zu machen. Doch in dem Trubel war sie nicht zu finden. Dabei wurde sie immer wieder von Mapafrauen im Plausch aufgehalten oder wurde von Männern zum Tanz gebeten. Die Unruhe der jungen Magierin wuchs, denn sie konnte auch Ramos nicht ausmachen. Würde Mimiti seine gefällige Gespielin sein und das mit dem Tode bezahlen? Auch wenn diese Mapa bestimmt nicht ihre Freundin war, mochte sie gar nicht daran denken.

Die Sonne begann bereits unterzugehen, als Sandessa endlich Ramos entdeckte. Eine hübsche junge Mapa hing geradezu an seinen Lippen und himmelte ihn an. Als Ramos seine Nichte sah, entschuldigte er sich mit einem Lächeln und trat zu ihr. »Na, meine Liebe, findest du kein Vergnügen an diesem fröhlichen Fest?«, sprach er Sandessa an.

Sie misstraute der freundlichen Maske ihres Onkels. Sie konnte die verborgene Verachtung für die Mapas und seine Hinterhältigkeit beinahe riechen. Bemüht gleichgültig erklärte sie: »Ich bin auf der Suche nach Mimiti. Sie sollte doch an der Seite von Cormo sein. Weißt du, wo sie ist?«

»Unsere kleine Schönheit, die sich so prächtig herausgeputzt hat, ist scheinbar mit dem Winde verflogen«, schmunzelte Ramos. Dabei zuckten Blitze der Bösartigkeit in seinen Augen. Sandessa wurde wütend und die Erde unter den beiden bebte leicht. Argwöhnisch fragte Ramos: »Was ist das?«

Schnell zügelte die junge Magierin ihre aufgewühlten Gefühle und beschwichtigte ihren Onkel. »Das haben wir hier häufiger. Wenn der Vulkan dort hinten rülpst, zittert der Boden ein wenig. Aber du brauchst keine Angst zu haben, das geht schnell vorüber.«

»Ich habe nie Angst, mein Kind. Ich bin ein Magier«, sagte Ramos überheblich.

»Natürlich«, bestätigte Sandessa. »Wenn du also nicht weißt, wo Mimiti ist, dann muss ich eben meine Suche fortsetzen.«

»Mapas sind so einfältig«, lächelte Ramos. »Sie lassen sich betören und verführen. Doch manche Dummheit müssen sie mit dem Leben bezahlen.«

Der jungen Magierin entglitten die Gesichtszüge.

»Oh, ich vergaß, dass du ja nun auch eine Mapa bist«, sonnte sich der Onkel im Erschrecken seiner Nichte. »Das tut mir leid.« Dann kehrte er beschwingten Schrittes zu der ungeduldig wartenden jungen Mapa zurück.

Betrübt über das Wissen um Mimitis Tod, das sie auch noch für sich behalten musste, um Ramos nicht zu reizen, ging Sandessa zu Urso. Dieser war in eifrige Gespräche mit den Kriegern vertieft, sodass sie sich schnell mit Kopfschmerzen entschuldigen konnte. Die Sonne ging unter. Überall wurden Feuer entfacht. Vermutlich würde das Fest noch bis in die Nacht hinein andauern. Doch Sandessa war nicht mehr nach Feiern zumute. Ihr Onkel Ramos gehörte zwar zur Familie, aber er schien die Mapas wirklich zu hassen. In ihm schlummerte eine Bösartigkeit, die, wenn sie zum Ausbruch kam, große Vernichtung anrichten konnte. Was hatten Ramos und sein Freund Etug vor? Balising hatte recht behalten. Und es war sehr weise von ihm gewesen, Windröschen zu ihren Schwestern zu schicken. Doch würde sie diese Aufgabe auch ernst nehmen?

Windröschen hatte sich, als sie aufgebrochen war, einfach vom Wind über das Meer treiben lassen. Sie war froh, die große Siedlung, diesen Ort der Grausamkeiten, endlich zu verlassen. Ohne Eile lauschte sie dem Gesang der Wellen, dem Grollen der Vulkaninseln und den Schreien der Vögel, die über das Meer flogen. Sie gab sich ihren Träumen von Freiheit und

Musik hin. Gelegentlich tauchte Tore in ihren Gedanken auf, doch sie verbannte ihn sogleich wieder daraus. Nichts sollte ihre friedliche Reise stören.

Nach einiger Zeit entdeckte sie eine grüne Insel voller Bäume, Büsche und Blumen. Sie hörte die Stimmen verschiedener Vögel, die sich dort tummelten. Hier wollte sie in einem Bett aus Wolken Rast in den Wipfeln machen. Endlich hatte sie einen Ort gefunden, der erfüllt war von Tönen. Ihre gefiederten Freunde tirilierten, trällerten und sangen in einem fort. Die Pflanzen boten reichlich Nahrung. Die Sorglosigkeit des Lebens lag wie eine freundliche Duftwolke über der Insel.

Windröschen lernte die Töne aus den zahlreichen Schnäbeln zu ihrer eigenen Stimme zu machen. Sie sang mit den Vögeln. Daraus erwuchsen Lieder ohne Worte, wunderbar in ihrer Vielfalt. Es war der jungen Magierin nicht wichtig, was die Töne zu bedeuten hatten. Die Luft war erfüllt von himmlischer Musik, in die sich selbst Kreischen und Krächzen als Teil eines großartigen Ganzen einfügten. Windröschen vergaß Zeit und Raum in Klängen und Träumen.

Als sie eines Tages so versonnen auf das Meer schaute, fiel ihr Blick auf eine Felseninsel. Auch diese war bevölkert von Gefiederten. Sie lebten auf dem kargen, steinigen Grund und besuchten nie die grüne Insel. Doch dann sah die junge Magierin, wovon sie sich ernährten. Sie flogen über das Wasser, stießen plötzlich hinab und trugen sogleich einen Fisch im Schnabel. Also herrschte auch an diesem friedlichen Ort ein Kampf, der den Tod des einen mit dem Hunger des anderen rechtfertigte. Betroffen wandte Windröschen ihren Blick ab. Sie wollte einfach nicht sehen, dass Derartiges zum Leben gehörte. Lieber beobachtete sie, wie die bunten, männlichen Vögel um die meist unscheinbaren Weibchen herumtanzten, sich aufplusterten und Tänze vollführten, um diese für sich zu erobern. Gelang es ihnen, blieben einige ihr ganzes Leben lang zusammen. Doch andere mussten sich immer wieder mächtig anstrengen, damit sie Nachwuchs zeugen durften. Wenn dann die kleinen Wuschel aus ihren Eiern schlüpften und sogleich ihr Futter forderten, berührte das stets Windröschens Gemüt. Wie gewissenhaft sich die Eltern um die Kleinen kümmerten. Doch auch Streit in den Nestern konnte sie erkennen. Jeder wollte die größte Frucht. Warum nur konnten selbst ihre gefiederten Freunde, diese Meister des Musizierens, nicht immer friedlich sein?

Nachts versank Windröschen in die Betrachtung des Sternenhimmels. Balising hatte ihr und ihren Schwestern einst erklärt, dass dort oben tausende Sonnen leuchteten. Und über all diese und die vielen Planeten herrschte ihr Großvater Zlemar. Damals in der Höhle tief unter der Erde konnten sich die vier jungen Magierinnen das kaum ausmalen. Doch nun bekam Windröschen eine Vorstellung von der unendlichen Weite, die die Planetin umgab.

Auch nachts herrschte keine Stille auf der Insel. Es waren nun andere Vögel, die ihre Stimmen erhoben. Einige davon klangen zum Fürchten, wie das Angriffsgeheul wilder Horden, auch wenn Windröschen sich das nur so vorstellte. Eines Tages bei Sonnenuntergang ließ sich frech eine Gruppe kleiner bunter Vögel bei der jungen Magierin nieder. Mit ihren weichen Federn kuschelten sie sich an all den Stellen ein, die geeignet für ihre Nachtruhe erschienen. Anfänglich wusste Windröschen nicht, wie sie mit dieser Dreistigkeit umgehen sollte, verscheuchte die Gäste aber nicht. Bald wurden sie ihr zu geliebten Bettgenossen. Gelegentlich trieb sie im Morgengrauen Schabernack mit ihnen, indem sie sich einfach in Luft auflöste. Jene, die noch schlaftrunken waren, fielen wie Steine zu Boden. Doch kurz bevor sie aufprallen und sich verletzen konnten, fing die junge Magierin sie auf. Diese Erfahrung hielt aber keinen der bunten Piepmätze davon ab, am Abend wieder zu erscheinen.

Träumend in den Baumwipfeln und umgeben von fröhlichen Vogelstimmen schrak Windröschen eines Tages plötzlich auf. Der Wind hatte eine angstvoll flehende Stimme zu ihr getragen: Sandessa bettelte um Hilfe. Schlagartig wurde Windröschen bewusst, dass sie eine Aufgabe zu erfüllen hatte. Sie musste ihre Schwestern finden und gemeinsam mit ihnen ihre Mutter Amalaswinta suchen. Aber das würde einen Abschied von ihrer geliebten Insel bedeuten. Warum ließ man sie nicht in Ruhe? Balising hatte von ihr gefordert, dass sie ihrer Verantwortung nachkam. Aber was für eine Verantwortung sollte das sein? Meistens hatte sie sich sehr allein gefühlt. Nur in Tore hatte sie einst eine verwandte Seele gefunden. Doch der hatte sie verlassen, um seinem Vergnügen nachzugehen. Selbst ihre Mutter hatte offensichtlich Besseres zu tun, als sich um ihre Kinder zu kümmern. Doch dann streichelte ein Windhauch ihre Wange und sang in den Blättern: »Du bist eine Magierin. Giaium und deine Schwestern brauchen dich.«

Schweren Herzens brach Windröschen auf, schwebte durch die Luft und sammelte ihre Kräfte. Sie ahnte, dass sie keine Zeit mehr verlieren durfte. Welline und Flamina waren mit einem Schiff über das Meer fortgezogen. Sie würde den Weg zu ihnen finden.

15. Kapitel

Am Morgen nach dem Fest hielt die heitere Stimmung an. Nur Cormo war übler Laune. Er schritt hin und her durch den Raum. Mimiti war ohne Nachricht einfach verschwunden. Als er dem Fremden, der gerade wieder erschienen war, sein Leid klagte, antwortete dieser:»Ich habe Mimiti immer als leichtfertige Person empfunden. Vermutlich ist sie mit einem anderen Mapa zusammen und fürchtet nun deine Wut als Häuptling. Vergiss sie einfach. Es wohnen so viele ungebundene Frauen in deiner Siedlung. Die Gespielin des Häuptlings zu sein, ist bestimmt für viele ein reizvolles Abenteuer.«

Diese Aussicht ließ Cormo schmunzeln, doch dann jammerte er:»Ich hatte mich aber so an Mimiti gewöhnt.«

»Nun reiß dich zusammen«, schimpfte der Fremde.»Dieses Gejammer ist eines Häuptlings unwürdig. Weiber sind doch nur Zeitvertreib für jene, die die Geschicke der Mapas lenken. Nun zeige deine Macht und befiehl deinen Untergebenen, die Siedlung ordentlich zu reinigen. Überall liegen angebissene Nahrungsmittel herum. Lass sie alles einsammeln und ins Meer schütten.«

»Aber gerade die Früchte könnten noch ein Genuss für die Tiere sein«, wandte Cormo ein.

»Unsinn!«, polterte der Fremde, der sich vor ihm aufgebaut hatte.»Die finden genug Gras auf der Ebene. Das Landvolk soll sich um seine Äcker kümmern und die Fischer sollen aufs Meer fahren. Die Speicher sind beinahe leer. Bei der Feier ist ohne Sinn und Verstand geprasst worden. Nun wird es Zeit, dass wieder Ordnung einkehrt.«

Cormo sah ein, dass der Fremde recht hatte, und begab sich unverzüglich auf den Marktplatz, um seine Anweisungen zu geben. Es entging ihm, dass zwei Familien laut rufend durch die Gassen zogen und verzweifelt ihre Töchter suchten. Cormo erfuhr nicht, dass neben Mimiti noch zwei weitere junge Mapafrauen auf der Feier spurlos verschwunden waren. Die Eltern schämten sich zu sehr ihres treulosen Nachwuchses.

Das Leben in und vor der großen Siedlung nahm wieder seinen gewohnten Gang. Tore hatte Gefallen daran gefunden, nun die Krieger mit seiner Musik anzuheizen. Trommeln gaben das Zeichen zum Angriff und fröhliche Klänge begleiteten einen Erfolg oder Sieg. Urso hatte sich auch der kämpfenden Truppe angeschlossen. Ihm gefiel es, seinen Umgang mit Pfeil und Bogen zu verbessern, den Speer treffsicher zu werfen und zu sehen, wie die Kleinster immer mehr Gerät mit Spitzen aus Metall versahen.

Sandessa war wenig begeistert von seinem Entschluss, behielt ihre Bedenken aber für sich. Zu sehr liebte sie diesen Mann, als dass sie seine Entscheidung kritisierte. Mit kleinen Zaubertricks half sie dem Landvolk, die Erträge zu verbessern. Das Wasser aus der großen Siedlung floss zuverlässig und bald würden die Speicher wieder zur Zufriedenheit aller gefüllt sein. Die Magierin erfreute sich an der friedlichen Gleichförmigkeit des Lebens der Mapas. Nichts schien dieses zu stören, doch immer wieder erfüllten Sandessa schlimme Ahnungen, die sie sich nicht erklären konnte.

Eines Tages näherte sich kurz nach Sonnenuntergang eine dunkle Wolke der Siedlung. Die Mapas bereiteten sich schon in ihren Unterkünften auf den Schlaf vor. Die großen zottigen und kleineren wolligen Tiere waren in ihren Ställen eingesperrt. Zwar gaben sie unruhige Geräusche von sich, aber darauf achtete niemand. Sandessa speiste mit Urso zu Abend, als ihr ein inneres Zittern Gefahr signalisierte. Aufgeschreckt ging sie zum Fenster, konnte jedoch in der finsteren Nacht nichts Besonderes entdecken. Urso hatte unentwegt von seinen Fortschritten im Kampf erzählt. Doch als er Sandessas Unruhe

bemerkte, stand er auch auf und fragte:»Was hast du, Liebste?«
Er trat zu ihr ans Fenster und nahm sie in den Arm.

Weil die Magierin nicht wusste, was sie antworten soll, schmiegte sie sich nur an ihn.

»Sorge dich nicht. Unsere Krieger sind gewappnet, jeder Gefahr zu widerstehen«, murmelte Urso beruhigend.

Zu gern hätte Sandessa Urso geglaubt, aber ihre magischen Kräfte waren in Aufruhr. Mit aller Macht unterdrückte sie diese Gefühle, denn sie wollte nur eine einfache Mapa sein.

Am nächsten Morgen mit dem ersten Sonnenlicht wollte das Landvolk wie gewohnt die Tiere zum Grasen wieder zurück auf die Ebene treiben. Sie hatten jedoch ungewohnte Mühe, diese dazu zu bewegen, ihre Ställe zu verlassen. Dann erkannten sie die Ursache und mochten ihren Augen nicht trauen. Soweit der Blick über die Ebene reichte, war das grüne Gras verschwunden. Vor ihnen lag nur kahler Boden überzogen von einem grauen, übel riechenden Schleim. Aufgeschreckt rannten sie zu ihren Feldern, die ein ähnliches Bild boten. Auch alle Büsche und Bäume waren kahl. Die Mapas standen in einer Wüste, aus der alles Leben verschwunden schien. Einige Tiere suchten unter dem Schleim nach Gras, begannen bald zu torkeln, fielen um und verendeten. Dann kam Bewegung in die kleinen Herden. Panisch flohen sie hinaus auf die große Ebene. Fassungslos sahen die Mapas ihnen hinterher.

Nach einer unruhigen Nacht rannte Sandessa bei Sonnenaufgang zum Fenster und schrie auf vor Bestürzung, als sie das ganze Ausmaß des Elends sah. Sofort wurde ihr klar, dass ihr Onkel Ramos die Hand im Spiel haben musste. Wollte er die verhassten Mapas aushungern? Aber was konnte sie tun? Schnell machte sie sich auf den Weg zu Balising, der neben Emalia und Lirno in einem Zimmer wohnte.

Auch der alte, weise Mann hatte schon von dem Unheil

gehört, denn die Späher der großen Siedlung auf der Mauer hatten sofort Alarm geschlagen. Die schreckliche Nachricht sprach sich wie ein Lauffeuer herum. »Wie konnte das passieren?«, fragte Sandessa ihren ehemaligen Lehrer verzweifelt.

»Ich vermute, das waren Friggs. Sie leben in riesigen Schwärmen, fallen über ganze Landstriche her und fressen alles Grüne, was sie finden können. Dabei hinterlassen sie einen giftigen Schleim, der den Boden für lange Zeit unfruchtbar macht. Da sie schwarz sind, nähern sich die Gefräßigen bei Einbruch der Nacht meist unerkannt. Sie sind eine echte Plage. Doch eure Mutter Amalaswinta hat die Friggs einst in ihre Schranken gewiesen und sogar mit ihrer Ausrottung gedroht. Dass sie nun in so großer Zahl an diesem Ort erschienen sind, zeugt von einem mächtigen Verbündeten.«

Mit bebender Stimme sagte Sandessa: »Ja, Ramos will die Mapas in einen Krieg zwingen.«

Balising nickte. »Das fürchte ich auch. Und seine Kräfte werden immer stärker in der Zusammenarbeit mit Etug.«

»Was kann ich tun? Ohne den Ertrag der Felder, die Früchte und die Tiere wird das Landvolk verhungern, wenn die Bewohner der großen Siedlung nicht ihre letzten Vorräte mit ihnen teilen«, stellte Sandessa mit Angst fest.

»Genau das werden Ramos und Etug zu verhindern wissen.«

Kämpferisch sagte Sandessa: »Ich werde dem Boden seine Fruchtbarkeit zurückgeben!«

»Überschätze dich nicht, mein Kind«, warnte Balising. »Ohne die Hilfe deiner Schwestern bist du zu schwach, um Ramos entgegenzutreten. Und selbst ob euch dieses zusammen gelingen kann, bleibt fraglich. Ramos wird bald seine alte Stärke zurückerlangen und dann ist er unbesiegbar. Nur Amalaswinta kann verhindern, dass ihr Bruder Giaium und die Mapas ins Elend stürzt. Hoffen wir also, dass deine Schwestern mit eurer Mutter zurückkehren.«

»Und ich soll untätig zusehen, wie die Mapas vor Hunger oder im Krieg sterben?«, fragte Sandessa, deren Gemüt zwischen Wut und Einsicht brodelte.

»Zurzeit weiß ich keinen anderen Rat«, antwortete Balising und legte ihr beruhigend eine Hand auf die Schulter.

Cormo, der gern lange schlief, erwachte, ungehalten wegen der Störung seiner Ruhe durch laute Stimmen, die durch seine Fenster drangen. Von seinem Zimmer konnte er die Ebene nicht sehen und verstand nicht den Grund für die Aufregung. Doch schon polterte ein Diener, ohne anzuklopfen, herein. Noch bevor Cormo den Mapa wegen seines ungebührlichen Verhaltens tadeln konnte, berichtete dieser über das Verhängnis, das sich vor den Toren der großen Siedlung ereignet hatte. Ungläubig kleidete der Häuptling sich an und rannte zu der Schutzmauer. Was er von dort oben sah, ließ ihn vor Schreck erstarren. Er brauchte einen Moment, um das Ausmaß und die Folgen dieser Vernichtung zu begreifen. Um seine eigene Verwirrung nicht vor seinen Untergebenen zu offenbaren, hastete er zurück in die Einsamkeit seines Zimmers. Voller Entsetzen und Hilflosigkeit in sich zusammengesunken hockte er sich auf einen Stuhl und wusste nicht weiter. Doch schon hörte er Etugs Stimme: »Nun ist die Zeit gekommen, dass du, mein Sohn, deine Führungskräfte dem Volk zeigst. Schließe alle Tore und sammle Krieger auf der Schutzmauer, die jeden Eindringling töten. Lass das Wasser für das Landvolk sperren. Befiehl, die Vorräte gut zu bewachen. Jeder Bewohner der großen Siedlung darf nur den Teil bekommen, den er zum Überleben braucht.«

»Aber wir haben doch noch reichlich Fische im Meer«, stammelte Cormo und bemerkte nicht das Verschwinden Etugs. Stattdessen vernahm er Tumult vor der Tür und schon erschien ein aufgeregter Fischer. »Verzeih die Störung, großer Häuptling, aber wir sind wie jeden Morgen aufs Meer gefahren, um zu fischen. Dort schwammen jedoch riesige Raubfische, die sogar unsere kleinen Boote angriffen. Wer ins Wasser stürzte, wurde von ihnen zerrissen. Und alle anderen Fische sind fort.« Der Mapa weinte.

Cormo verstand das alles nicht, doch erkannte er, dass er nun handeln musste. Durch das Fest waren die Nahrungsmittel knapp. Eilig gab er die Anweisung, die Tore zu schließen und zu sichern. Dann sollten sich alle Bewohner der großen Siedlung auf dem Marktplatz einfinden. Seine eigene Wut über diese schreckliche Entwicklung befähigte Cormo zu einer flammenden Rede:»Mein Volk, es ist Unheil über uns hineingebrochen. Nun müssen wir zuerst für unser eigenes Wohlergehen kämpfen. Keiner der Fremden vor unseren Toren soll sich an unserer Nahrung vergreifen. Es ist ein altes Gesetz, dass nur die Starken überleben. Und wir sind die Starken!«

Während die Krieger überzeugt jubelten, blieb die Zustimmung der anderen Bewohner zurückhaltend. Zu sehr hatten sie sich schon mit dem Landvolk angefreundet. Doch niemand wagte es, seine Stimme zu erheben. Cormos Anweisungen, den Wasserzulauf nach draußen zu sperren und die Speicher zu bewachen, wurden sogleich umgesetzt. Einige Mapas äußerten sogar ihre Bewunderung darüber, dass sich der neue Häuptling so handlungsfähig zeigte.

Urso fand Sandessa betrübt in ihrem Zimmer. Tröstend nahm er sie in den Arm. Über seiner Schulter baumelten Pfeil und Bogen.»Willst du gegen das Landvolk kämpfen?«, fragte sie verstört.

»Ich bin ein Krieger und werde die Bevölkerung dieser Siedlung verteidigen«, antwortete er ernst.

»Aber das dort draußen sind doch die Mapas, mit denen wir in Frieden lebten und gemeinsam die Felder bestellten.

Wir dürfen sie doch nicht einfach einem grausamen Schicksal überlassen«, beharrte Sandessa.

Urso seufzte. »Du hast natürlich recht, aber welche andere Möglichkeit gibt es?«

»Ich weiß es nicht«, antwortete Sandessa traurig.

»Kannst du nicht deine magischen Kräfte einsetzen, damit der Schleim verschwindet und der Boden wieder fruchtbar wird?«, fragte Urso nun vorsichtig.

Sie sah ihn an. »Vielleicht könnte mir das gelingen, aber Ramos wird das zu verhindern wissen. Balising denkt, mein Onkel sei mittlerweile wieder sehr stark geworden. Und er soll ja auch nicht wissen, dass meine Kräfte noch vorhanden sind.«

Zärtlich küsste Urso seine Liebste und streichelte über ihr langes, braunes Haar. »Dann bleibt uns nur, mit Vernunft zu handeln und abzuwarten.«

Nun flossen bei Sandessa die Tränen. Warum war ihr Traum, an Ursos Seite ein glückliches Leben mit Kindern, Feldarbeit und Tieren zu führen, wieder in so weite Ferne gerückt?

Cormo war stolz auf sich, dass er in so einer verzwickten Lage mit Umsicht gehandelt hatte, auch wenn das eigentlich Etug zu verdanken war. Doch während er durch die Siedlung schritt, um das Befolgen seiner Befehle zu überwachen, hörte er schon bald die verzweifelten Schreie der Mapas des Landvolkes. Sie hämmerten gegen die Holztüren in der Mauer und forderten Einlass. Der um Hilfe bettelnde Klang der Stimmen belastete den Häuptling und er zog sich in sein Zimmer zurück. Dort besuchte schon bald Emalia ihren Sohn. Sie erkannte sofort, dass er sich in Bedrängnis fühlte. »Es tut mir leid, Cormo, dass du schon so schnell vor eine große Herausforderung gestellt wirst. Diese Prüfung ist hart.«

»Was kümmert es dich, Weib«, herrschte er seine Mutter an, um sogleich seine Worte zu bereuen.

»Es ist gut, mein Sohn. Deine Sorge ehrt dich.«

»Ich kann dieses Geschrei vor den Toren nicht mehr hören«, entschuldigte sich Cormo.

»Das verstehe ich, denn die Mapas haben Angst und hoffen, dass du ihnen hilfst.«

»Das geht aber nicht«, erklärte Cormo aufgebracht. »Wir haben nicht genug Nahrungsmittel für alle.«

»Dann werden die Schreie bald verstummen, weil das Landvolk verhungert oder verdurstet ist.«

Cormos Miene zeigte große Bestürzung bei dieser Vorstellung. »Das weiß ich auch. Lass mich in Ruhe!«

»Egal, was du tust«, beschwichtigte Emalia ihn. »Ich liebe dich, denn du bist mein Sohn.«

Diese liebevolle Ehrlichkeit berührte Cormo tief. »Was würdest du mir raten?«, fragte er.

»Öffne die Tore und zeige dich als Häuptling aller Mapas, die dir anvertraut sind. Gemeinsam seid ihr stark.«

Allein Cormo hörte plötzlich Etugs finstere Stimme. »Hüte dich, meine Pläne zu durchkreuzen, sonst wird dich ein grausamer Tod ereilen«, grollte er.

Der Häuptling erstarrte auf seinem Stuhl. Doch Emalia legte sanft ihre Hand auf seine Schulter und sprach: »Ich bin sicher, du wirst das Richtige tun.« Die Liebe, die ihre Worte verströmten, verbannte das Böse aus dem Raum. Wie ein warmer Hauch strich sie durch das Zimmer. Cormo fühlte sich auf einmal leicht wie eine Feder und sicher in seinem Entschluss. Sogleich schickte er nach einem Vorgesetzten der Krieger und befahl voller Freude: »Öffnet die Tore!«

»Aber dann …«, begann dieser verunsichert.

»Schweig!«, rief der Häuptling. »Das ist ein Befehl.«

Erschrocken über die harte Reaktion Cormos machte sich der Mann auf den Weg. Emalia lächelte und ging ebenfalls.

16. Kapitel

Während die Krieger erstaunt und ablehnend von oben auf der Mauer das Öffnen der Tore beobachteten, wurden die Ausgesperrten freundlich von den Bewohnern der großen Siedlung empfangen. Etliche lagen sich glücklich in den Armen. Die Kinder fanden sich sofort zum Spielen zusammen. Wer noch etwas Essbares hatte, teilte es mit den Ankömmlingen. Cormo war ausgesprochen zufrieden mit seiner Entscheidung. Er dachte an seinen im Kampf gefallenen Vater, der sicher stolz auf ihn gewesen wäre. Doch dann erschrak er bei der Erinnerung, dass Etug ihn seinen Sohn genannt hatte. Nun hatte er sich dessen Befehl widersetzt. Wie würde Etugs Strafe für ihn ausfallen? Ängstlich verkroch er sich in seinen Gemächern, doch es geschah – nichts.

Als Sandessa entdeckte, dass das Landvolk in die Siedlung gelassen worden war, rannte sie sofort hinaus. Die Freude, die sie dort spürte, war zwar ob des dramatischen Unglücks verhalten, doch die Mapas schienen glücklich darüber zu sein, sich nun gemeinsam ihrem Schicksal stellen zu können. Cormo hatte sich wie ein verantwortungsvoller Häuptling verhalten, was die Magierin nicht erwartet hatte. Sie schaute auf das große Gebäude aus Stein, in dem er mit seinen engsten Beratern sowie Emalia und Lirno wohnte. Dort war auch das Heim der armen Mimiti gewesen. Da erinnerte sich Sandessa plötzlich an das Kleid, gesponnen aus den Fäden einer Seli, das Mimiti bei der Ernennung des Häuptlings getragen hatte. War diese friedliche Lichtgestalt vielleicht noch in dem Gebäude eingesperrt? Die äußerst seltenen Selis lebten nur von dem Licht der Sonne. Wenn man sie mit Blütenblättern fütterte, wuchsen aus ihren Fingerspitzen schillernde, bunte Fäden, die weich, fließend und doch reißfest waren. Wer ein Kleid aus den Fäden einer Seli trug, war hoch angesehen. Doch wenn diese Wesen über längere Zeit vom Licht der Sonne ferngehalten wurden, starben sie.

Sandessa eilte zu dem Gebäude, wo sie unbehelligt durch die Gänge streifen konnte, bis sie Mimitis Zimmer erreicht hatte. Sofort bemerkte sie die unscheinbare Tür in der Wand, die durch einen Vorhang nur mäßig verborgen wurde. Die Magierin brauchte keinen Schlüssel, um sie zu öffnen, denn die Steine lösten sich ganz von selbst. In einem dunklen Raum hockte zusammengesunken und deutlich geschwächt die Seli. Sie zeigte keine Regung, als die Tür sich auftat. Sandessa streichelte sie, bis sich kurz ihre Augenlider hoben. Das Wesen war dem Tode näher als dem Leben. Die Magierin hob sie auf und stellte fest, wie leicht die Seli war. Vorsichtig legte Sandessa sie über ihre Schulter und trug sie davon. Erst auf dem von der Sonne beschienenen, flachen Dach ihrer Wohnstätte ließ sie die Seli zu Boden gleiten. Es dauerte eine ganze Zeit, bis die Lichtgestalt die Augen öffnete und anfing sich zu bewegen. Sie war so zart und wunderschön, doch ihr Blick war voller Traurigkeit. Schließlich richtete sie sich auf und dankte Sandessa für die Rettung.

»Geht es dir besser?«, fragte die Magierin voller Mitgefühl.

Die Seli lächelte schwach. »Du weißt bestimmt, dass die Sonne meine Nahrung ist. Nun fühle ich die Kraft wieder in mir wachsen.«

»Du bist frei«, versuchte Sandessa sie aufzubauen und Lebensmut in ihr zu wecken.

Sie sah Sandessa mit großen Augen an. »Danke, aber wohin soll ich gehen?«

»Hast du denn keine Familie, zu der du zurückkehren kannst?«, fragte diese.

»Nein, Selis sind Kinder der Sonne. Aber wir leben im Verborgenen mit anderen unserer Art zusammen. Doch ich weiß nicht, wo meine Freunde sind. Sie haben sicher diesen düsteren Ort schon vor langer Zeit verlassen. Ich wurde einst gefangen und musste fortan Etug und auserwählten Mapas dienen. Soll ich mich ganz allein auf den Weg in eine ungewisse Zukunft machen?«

»Ich biete dir gern an, bei mir zu bleiben«, tröstete Sandessa sie. »Aber ich sage dir gleich, dass Etug auch in dieser Siedlung sein Unwesen treibt.«

»Dann bleibe ich also für immer seine Gefangene?«

»Nein, denn er konnte ja nie deine reinen Gedanken berühren«, antwortete die Magierin.

»Aber es gelang seinen Untergebenen, mich immer wieder von der Sonne fernzuhalten, sodass ich stets um mein Leben fürchten musste.«

»Ich werde versuchen, dir zu helfen, aber es sind starke, dunkle Mächte am Werk. Wenn diese mich angreifen, musst du fliehen.«

Sandessa blickte von dem erhöhten Platz auf dem Dach über die graue, weite Ebene, über die Siedlung und schließlich zum Meer. Dort ragten viele Felsen in den Himmel und ihr kam eine Idee. »Ich denke, es ist das Beste, wenn ich dich mit einem Boot zu einem der Felsen bringe. Dort bist du sicher und kannst in Ruhe die weiteren Entwicklungen abwarten.«

Die Seli erhob sich nun schwankend und blickte ebenfalls zum Meer. Als sie die Felsen sah, sagte sie: »Selis können nicht schwimmen.«

Sandessa ahnte, wie es dem zerbrechlichen Wesen ging, aber ihr fiel gerade keine andere Lösung ein. »Ich weiß, aber ich sehe keine andere Möglichkeit, dich aus der Gefahrenzone zu bringen«, gestand sie.

»Dann tausche ich also ein Gefängnis gegen ein anderes«, stellte die Seli bekümmert fest.

Sie tat Sandessa unendlich leid. »Vertraue mir«, sagte sie beruhigend. »Bald werden meine Schwestern zurückkehren. Gemeinsam werden wir dich zu deinen Freunden zurückbringen.« Zwar war die Magierin selbst nicht von ihren Worten überzeugt, aber fürs Erste schien ihr dieser Schritt der beste zu sein. »Gut, dann lass uns gehen«, stimmte die Seli demütig zu. Sie gingen also zum Strand. Dort lagen viele Boote, aber kein Fischer zeigte sich. Schnell erkannte Sandessa die Gefahr durch die angriffslustigen Raubfische. Ohne nachzudenken, zauberte sie einen undurchdringlichen Schutzwall um das kleine Boot. Immer wieder prallten die Angreifer dagegen, konnten die Magierin und die Seli aber nicht erreichen. Stattdessen schienen sie das Boot geradezu anzutreiben, bis sie endlich einen der Felsen erreichten. Sandessa packte die Hand der Seli und wagte einen großen Sprung. Beide landeten wohlbehalten auf einem Felsvorsprung. Die Seli fand einen ebenen Platz mit einem prächtigen Ausblick auf das Meer, der groß genug war, damit sie sich ausstrecken konnte. Dann umarmte sie Sandessa. »Ich werde dir ewig dankbar sein«, hauchte sie.

Doch Sandessa fragte sich nun beunruhigt, wie sie wieder in die Siedlung zurückkehren sollte. Das kleine Boot war abgetrieben und wurde gerade von den Raubfischen zerfetzt.

»Nun fliege heim«, sagte die Seli da plötzlich und gab der Magierin einen Schubs, sodass sie ins Meer zu stürzen drohte. Sandessa konnte nicht schwimmen und bemerkte die gierigen Blicke unzähliger Raubfische im Wasser. Doch dann erfüllte sich ihr Traum: Sie begann zu schweben. Nur geleitet von dem Wunsch nach Rückkehr flog sie ohne Mühen zurück auf das Dach ihres Heims. Noch vollkommen verwirrt, sah sie vom Strand aus, wie ihr die Seli aus der Ferne von dem Felsen zuwinkte. Ihr hüftlanges, weißblondes Haar erinnerte Sandessa an ihre Schwester Windröschen. Verfügten diese Wesen vielleicht auch über magische Kräfte? Nein, ihr selbst war das Unmögliche gelungen. Stolz auf das Vollbrachte ging sie zurück in ihr Zimmer. Voller Freude spürte Sandessa die Macht der Magie. Sie konnte fliegen.

Ramos, wenig erfreut über die Entwicklung in der großen Siedlung, suchte Etug in seiner neuen Festung hoch in den Bergen auf. Er traf ihn in einem kalten, düsteren Steingemach gleich einer Felshöhle, das nur karg eingerichtet war.

»Deine Macht über Cormo hat offensichtlich versagt«, beschimpfte er den Unsichtbaren.

Der Magier hasste es, mit jemandem zu sprechen, der keine Gestalt hatte. Also half er mit seiner Zauberkraft nach und schon erschien ein mittelgroßer, sehniger Mann mit vernarbtem Gesicht und kalten, beinahe farblosen Augen. Seine schmalen Lippen waren zu einem hinterhältigen Lächeln verzogen. Aufrecht stand er vor ihm.

»Ich ahnte schon, dass Cormo ein Weichling ist, ein Muttersöhnchen«, antwortete Etug. »Aber das durchkreuzt doch nicht unsere Pläne. Ganz im Gegenteil. Nun haben wir noch mehr Mapas, die in der großen Schlacht ihr Leben lassen müssen.«
Ein grausames Lachen erfüllte den Raum.

Ramos musterte Etug abschätzend. »Gut, sind deine Leute bereit?«

Etug nickte. »Die Krieger des Bergvolkes sind schon unterwegs und nähern sich der großen Siedlung. Es war eine hervorragende Idee von dir, ihre Reittiere mit einem Zauber zu belegen, sodass diese auch ohne Nahrung kräftig bleiben.«

»Und wie hast du die Krieger ausgestattet?«, wollte Ramos wissen.

»Schon vor einiger Zeit habe ich eine Gruppe von ihnen zu der Ruine meiner alten Festung geschickt. Dort buddelten sie eifrig Kriegsgerät aus und brachten es zu ihren Kameraden. Sie sind nun stolz auf ihre Pfeile und Lanzen mit geschmiedeten Spitzen.«

Ramos begann ziellos durch den Raum zu schreiten, während er nachdachte. »Und können wir uns auf dieses Bergvolk wirklich verlassen?«

»Natürlich. Meine Ugs haben ganze Arbeit geleistet. Diese Mapamänner sind große Entbehrungen gewohnt und träumen davon, in der Siedlung in Wärme und Wohlstand zu leben. Dafür müssen sie die Bewohner dort töten oder versklaven. Meine Ugs haben den Kriegern eingeflüstert, dass die Mapas in der großen Siedlung bösartig, verwöhnt und fremdenfeindlich seien. Dass sie nicht teilen wollen, fett und vollgefressen und es nicht gewohnt sind, zu arbeiten oder sich zu verteidigen.«

»Das hört sich gut an«, lobte Ramos. »Endlich wird es eine große Schlacht geben. Ich freue mich schon auf das Gemetzel. Doch wie wollen die Krieger des Bergvolkes die von einer hohen Mauer umgebene Siedlung einnehmen?«

Etugs böses Lächeln wurde breiter. »Nun, sie werden versuchen, die Wächter zu töten und die Mauer zu erklimmen. Sie sind zäh und kräftig. Der Hunger wird sie antreiben, denn sie haben nur Nahrung und Wasser für wenige Tage auf ihre Tiere geladen. Zur Not werden sie einige ihrer Reittiere schlachten. Aber auch die Bewohner der Siedlung wird der Hunger zum Handeln zwingen.«

Ramos lächelte nun ebenfalls, er war zufrieden.

»Nur eines musst du noch veranlassen«, forderte Etug. »Kurz vor der Ankunft der Krieger des Bergvolkes muss der giftige Schleim verschwunden sein, sonst vergiften sich ihre Reittiere daran.«

»Kein Problem«, antwortete der Magier. »Zuerst werde ich mich aber noch um etwas anderes kümmern, das unseren Plan stören könnte.«

Damit lösten sich die beiden fast gleichzeitig in nichts auf.

Nach der Rettung der Seli fühlte sich Sandessa ausgesprochen heiter, doch dann schaute sie aus dem Fenster auf die unbelebte, von grauem Schleim bedeckte Ebene und nahm sich vor, diesen trostlosen Zustand mit all ihrer magischen Kraft zu ändern. Aber plötzlich fühlte sie große Unruhe in sich aufsteigen. Dort draußen, mit den Augen noch nicht zu erkennen, näherte sich etwas Bedrohliches. Angestrengt spähte sie in die Ferne. Nichts rührte sich. Wie ein trübe schimmerndes Leichentuch lag die Ebene vor ihr. Sollte sie vielleicht ihre neue Fähigkeit des Fliegens ausprobieren und die Gegend erkunden? Doch dann drückte eine unerklärliche Furcht auf ihren Leib und ließ sie erstarren.

»Na, meine Liebe«, ertönte da die Stimme von Ramos, »gefällt dir das Bild der Zerstörung?«

Wieso hatte sie die Ankunft ihres Onkels nicht bemerkt? Unsicher drehte sie sich zu ihm um und begrüßte den Ankömmling: »Onkel Ramos, wie schön, dass du mich besuchst.«

»Du bist so dumm wie eine Mapa«, antwortete dieser und lächelte dabei bösartig.

Betont bescheiden sagte Sandessa: »Da hast du wohl recht.«

Dann polterte der Gast plötzlich los: »Meinst du wirklich, du kannst einen großen Magier wie mich belügen?«

Sandessa erschrak heftig und wollte protestieren, aber ein Blick aus Ramos vor Wut feuerrot glühenden Augen verschlug ihr die Sprache. Er hatte sie durchschaut. Dann, sehr langsam, kehrte seine Miene zurück zu der gewohnten Freundlichkeit. Ramos Mund zeigte ein Lächeln. Sandessa atmete erleichtert auf. »Es tut mir leid, dass ich versucht habe, dich zu täuschen«, entschuldigte sie sich. Ihr Misstrauen und ihre Angst waren noch nicht verflogen, aber sie wollte den Onkel besänftigen. Dieser zeigte weiter das Lächeln eines Siegers. Sandessa war bemüht, Zuneigung und Verständnis dahinter zu erkennen, doch ihr Innerstes warnte sie vor Vertrauen.

Plötzlich hielt Ramos einen Tonkrug in der Hand und stellte ihn vor seiner Nichte auf den Boden. Er war zu einem Drittel mit Erde gefüllt. »Du siehst bestimmt ein, dass du eine Strafe verdient hast«, sprach er ruhig. »Dieses gemeine, verlogene, hinterhältige Verhalten einem lieben Verwandten wie deinem Onkel Ramos gegenüber verlangt nach tiefer Reue. Du solltest darüber nachdenken. Und dazu wirst du nun reichlich Zeit haben.«

Eingeschüchtert schaute Sandessa abwechselnd auf das Gefäß und ihren Onkel. Dann spürte sie plötzlich, wie ihre Kräfte schwanden. Sie wurden geradezu aus ihr herausgesaugt. Gleichzeitig schmolz ihre Gestalt. Sie schrumpfte immer weiter, bis sie die Größe eines Fingers erreicht hatte. Angstvoll kämpfte sie dagegen an. Mit letzter Kraft hauchte Sandessa einen Hilfeschrei in die Luft. Grinsend packte Ramos seine nun winzige Nichte mit Daumen und Zeigefinger und ließ sie in den Krug fallen. Diesen verschloss er mit einem unsichtbaren Deckel der Magie.

»Nun bist du meine Gefangene«, freute sich Ramos grimmig. »Und ich werde dir täglich berichten, wie deine Freunde, die Mapas, sich gegenseitig die Köpfe einschlagen. Auch das Blut deines geliebten Urso wird die Erde tränken.«

Zitternd und weinend sackte Sandessa auf der Erde in dem Krug zusammen. Dann spürte sie, wie sie an einen fremden, kalten Ort gebracht wurde. Selbst in ihrer Schwäche konnte sie die Gegenwart Etugs spüren. Ramos hatte offensichtlich zu alter Stärke zurückgefunden. Nun waren die Mapas verloren. Warum nur war sie nicht vorbereitet gewesen? Aber hätten ihre Kräfte ausgereicht, um wenigstens sich selbst zu schützen? Konnten ihre Gedanken vielleicht noch den magischen Deckel durchdringen und ihre Schwestern herbeirufen? Sandessas Verzweiflung war grenzenlos.

Erst am nächsten Tag beunruhigte sich Urso über das Verschwinden Sandessas. Er suchte Cormo auf. Dieser zeigte aber wenig Verständnis für seine Sorgen. »So sind die Weiber eben. Wenn du sie nicht ständig überwachst, suchen sie sich einen anderen.«

Urso wollte das nicht glauben, doch dann schreckte die beiden ein Alarmsignal auf. Sie liefen zur Mauer. Die Späher dort hatten das herannahende Bergvolk gesichtet. Es waren viele, die teils auf Tieren reitend, teils zu Fuß über die wie durch ein Wunder von dem giftigen Schleim befreite Ebene in Richtung der Siedlung zogen. Cormo und Urso blickten fassungslos auf das, was sich ihnen hier näherte. Auch Tore, der ihnen gefolgt war, beobachtete neben dem Häuptling und Urso das Geschehen.

»Ruf alle Krieger zusammen«, befahl Cormo und sogleich erklang ein Horn. »Wir werden unsere Siedlung bis auf den letzten Mann verteidigen.«

17. Kapitel

Flamina konnte an nichts anderes mehr denken, als dass Kerdo nicht sterben durfte. Da die Strömung sein Schiff mitgerissen hatte, könnte sie ihre Schwester Welline, die Tochter des Geistes des Wassers, bitten, ihr zu helfen. Aber dann müsste sie zugeben, wie viel ihr noch an dem Mapa lag, den Etug als seinen Sohn aufgezogen hatte. Sie hatte sich nie des Gefühls erwehren können, dass alle Mapas ihr mit Misstrauen begegneten. Feuer speiende Wesen wie sie waren eben gefährlich.

Ihre Schwestern konnten wenigstens mit Wind, Wasser und Wachstum helfen. Aber Flamina war nur gefragt, wenn jemand beeindruckt werden sollte oder im Kampf. So war es doch wenig verwunderlich, dass sie Etugs Ruf gefolgt war, damals. Mit ihm wollte Flamina zwar nun nichts mehr zu tun haben, doch wie stand Kerdo jetzt zu seinem Ziehvater? Schließlich war er nur ein Mapa, der einer bösen Macht nichts entgegenzusetzen hatte. Hatte er vielleicht die Jungfrauen entführt, um sich selbst mit ihnen zu verlustieren? Aber warum wohnte dieser Mann noch immer in ihrem Herzen? Die Sehnsucht nach ihm schmerzte. Sie musste unbedingt mit ihm reden.

Schnell entzündete Flamina durch ihren Atem einen kleinen Halm, verband sich mit dem Rauch, der so entstand, und schwebte davon. Sie folgte der Strömung, die Kerdos Schiff fortgetrieben hatte. Diese führte um die Insel herum, vorbei an den Stränden und dem mit Bäumen und Büschen dicht bewachsenen Dschungel bis zu einer Felsenkette, in deren Mitte ein Vulkan vor sich hin brodelte. In dessen Nähe entdeckte sie endlich das Schiff. Wie eine Nussschale wurde es hin und her geschüttelt an einer Stelle nicht weit von der Küste entfernt, wo sich offensichtlich zwei Strömungen bekämpften. Beide ließen Wellenberge wachsen, die gegeneinanderprallten. Wilde Strudel hielten das Boot gefangen. Es kreiste und schlingerte. Plötzlich entdeckte Flamina Kerdo bei einem mächtigen Sprung ins Wasser. Sie erschrak bei dem Gedanken, dass er nun ertrinken würde und sie ihm nicht helfen konnte. Sie verabscheute Wasser. Voller Angst und Mitgefühl beobachtete sie Kerdos Bemühungen, das Ufer zu erreichen. Immer wieder versank er, tauchte nach Luft ringend auf und näherte sich dabei kaum den rettenden Felsen. Doch er gab nicht auf. Flamina war beeindruckt von den Kräften, die Kerdo an den Tag legte, von seinem unbedingten Willen zu überleben. Und das wurde belohnt. Vor Schwäche stöhnend zog er sich auf einen Uferstein und kroch auf dem Bauch in sichere Entfernung. Dann blieb er keuchend mit dem Gesicht am Boden liegen.

Flamina war so erleichtert, dass sie Kerdos halb nackten Körper nur voller Achtung betrachtete. Ein Gefühl der Zuneigung durchflutete sie. Welch ein Prachtmann. Er konnte sogar schwimmen und hatte den tückischen Mächten des Wassers getrotzt. Doch schon drohte eine andere Gefahr. Mit träger Langsamkeit kroch aus dem Schlund des Vulkans eine glühende Masse direkt auf Kerdo zu. Wenn sie ihn erreichte, würde sie ihn verbrennen. Doch Feuer war Flaminas Element. Schnell nahm sie Gestalt an und stellte sich zwischen Kerdo und die anrückende Lava. Wütend den Blick auf diese gerichtet, bündelte sie ihre Kräfte und rief: »Erstarre zu Stein!«

Die Masse floss weiter, wurde jedoch immer langsamer, bis sie endlich kurz vor der jungen Magierin anhielt. Mit einem unwilligen Zischen verdampfte die Glut, zurück blieb Felsen.

Wegen Flaminas lautem Befehl hatte Kerdo aufgeschaut. Ungläubig blickte er auf das Geschehen. Doch angesichts der jungen Magierin, deren langes, rotes Haar in der Sonne leuchtete, entspannte sich seine Miene zu einem Lächeln. »Flamina«, flüsterte er selig lächelnd.

Sie wirbelte zu ihm herum. Ihre Blicke trafen sich in Liebe. Alle Zweifel wichen einem tiefen Gefühl der Freude. Flamina kniete neben Kerdo nieder, streichelte sein nasses Haar und hauchte zärtlich:»Ich bin so froh, dich wiederzusehen. Bist du verletzt?« Kerdo richtete sich noch etwas zittrig auf und antwortete:»Mir geht es gut.«

Beide lachten erleichtert.»So ein Bad im Meer soll ja erfrischend sein«, scherzte Flamina.

Kerdo nickte mit einem schiefen Grinsen.»Das stimmt, aber mir ist nun etwas kühl und ich hätte mich gern an der Glut gewärmt.« Er sah zu dem Felsen, der gerade noch glühende Lava war.

»Oh, das tut mir leid. Nun ist sie erkaltet. Dann werde wohl ich dich wärmen müssen«, sagte Flamina schnell.

Schon sanken sie sich in die Arme und saßen einige Momente einfach nur eng umschlungen auf dem feuchten Sand. Die Wärme der Liebe durchströmte ihre Körper. Ihre Lippen fanden sich zu Küssen der erfüllten Sehnsucht. Erst nach einer ganzen Weile fragte Kerdo:»Wie bist du hierher gekommen? Ich dachte, du genießt dein Leben in der großen Siedlung.«

Beseelt von ihrem Glück gestand Flamina:»Ich habe dich gesucht. Zusammen mit Welline, Jami und seinen Leuten bin ich mit dem Schiff aufgebrochen. Dir ist hoffentlich klar, was ich damit auf mich genommen habe, wo ich doch Wasser so verabscheue.«

Voller Heiterkeit küssten sie sich erneut.»Ich bin dir zu ewigem Dank verpflichtet. Meine Flamina gefangen auf dem Wasser – das ist wirklich eine schreckliche Vorstellung«, murmelte Kerdo.

»Das kannst du wohl sagen«, bekräftigte Flamina.

Beide lachten herzlich. Zu groß war ihre Freude über das Wiedersehen, als dass Ernsthaftigkeit sie trüben konnte. Dann bemerkte Kerdo:»Jami ist also auch hier.«

»Ja, wir wurden von den Bewohnern der Insel nach kurzen Anfangsschwierigkeiten freundlich aufgenommen.«

»Sind die Frauen, die ich herbrachte, unversehrt?«

»Ja, und ich glaube, alle feiern gerade ihre Rückkehr.«

»Da wäre ich gern dabei«, sagte Kerdo versonnen. »Wo finde ich denn die Leute?«

»Sie sind auf der anderen Seite der Insel, dort, wo die Frauen an Land geschwommen sind. Aber zwischen uns und ihnen liegt ein gefährlicher, undurchdringlicher Wald.«

Kerdo sah auf das Meer, wo kein Schiff mehr zu entdecken war. »Es ist untergegangen«, stellte er traurig fest. »Wie soll ich nun zu den anderen Mapas kommen?«

Flamina dachte kurz nach. Dann machte sie sich auf die Suche nach einem Zweig. Wegen des Vulkans gab es hier nichts als Felsen und ein bisschen Sand, doch zwischen zwei Gesteinsbrocken wurde sie trotzdem fündig. Vermutlich hatte der Wind den kleinen Zweig an diesen Ort geweht. Stolz trug sie ihn zu Kerdo und verkündete: »Vertrau mir.« Dabei war sie sich selbst nicht sicher, ob ihr Vorhaben gelingen konnte. Kerdo blickte sie und den Zweig verständnislos an. »Gib mir bitte einen Moment der Ruhe und Sammlung«, sagte sie feierlich.

Kerdo nickte nur. Er wusste, dass Flamina über besondere Kräfte verfügte, doch auch wenn er einst Etugs Ziehsohn gewesen war, verstand er wenig von Magie. Sie war ihm unheimlich. Dann sah er, wie Flamina den Zweig mit einem Hauch entzündete. Ein Zittern durchlief seinen Körper.

»Nun nimm bitte meine Hand«, forderte die junge Magierin Kerdo auf.

Dieser tat, wie ihm geheißen. Dann spürte er plötzlich eine unerklärliche Leichtigkeit. Er meinte, sich aufzulösen. Und ehe der Mapamann sichs versah, schwebte er neben Flamina als Rauchwolke in den Himmel. Anfänglich hielt er die Augen geschlossen, doch dann traute er sich und sah die grünen Baumwipfel tief unter sich vorüberziehen. Ein Vogelschwarm flog an ihnen vorbei, ohne ein Zeichen des Erstaunens zu zeigen. So näherten sie sich bald dem Strand, erkannten eine fröhliche Feier und landeten schließlich etwas abseits, um niemanden zu erschrecken.

Kerdo war vollkommen benebelt von diesem Erlebnis. War er tatsächlich geflogen? Oder war das alles nur ein Traum gewesen? Doch er und Flamina standen auf warmem, hellem Sand direkt am Meer. Weit und breit waren keine Felsen zu sehen. Kerdo betrachtete seine Hände, die noch die Spuren von seiner verzweifelten Suche nach Halt an den Steinen zeigten. Dann hatte er sich das Ganze doch nicht eingebildet.

Flamina hatte ihn beobachtet und ergriff nun verständnisvoll seine Hand. »Lass uns zu den anderen gehen. Du hast bestimmt Hunger und Durst. Wenn jemand Fragen stellt, dann lass mich antworten.«

Kerdo war froh, nichts erklären zu müssen, aber es wurden gar keine Fragen zu seinem plötzlichen Erscheinen gestellt. Stattdessen wurde er von den befreiten Frauen und ihren Familien wie ein Held empfangen. Sie umarmten Kerdo stürmisch und feierten ihn als Retter. Flamina hatte Mühe, ihre Eifersucht zu zügeln, denn sie wusste, dass bei dem Volk auf dieser Insel andere Regeln galten, als sie es bisher kennengelernt hatte. Jeder Mann konnte mit jeder Frau das Bett teilen, wann und wie lange es beiden gelüstete. Es gab keine festen Bindungen und um die Kinder kümmerten sich alle gemeinsam.

Wem allerdings die Jungfrauen die Gunst der ersten Nacht schenkten, durften allein sie bestimmen. Da es immer etwas Besonderes war, die Unerfahrenen in die Kunst der Liebe einzuführen, warben viele Männer darum. Augenblicklich schien es aber so, als wollten alle Frauen hier nun den Helden beglücken. Würde Kerdo dieser Versuchung erliegen? Flamina zog sich in den Schatten der Bäume zurück, fügte sich unsicher und verzweifelt in die Rolle der Beobachterin.

Kerdo ließ die Annäherungen der Mapafrauen ungerührt über sich ergehen. Er hatte sich verändert. Trotz des Frohsinns um ihn herum blieb er ernst und nachdenklich. Seine Gedanken kreisten um das Schicksal der großen Siedlung und die ehrbaren Krieger auf der anderen Insel. Etug hatte keine Macht mehr über ihn und dieses Wissen machte ihn stark. Doch er wollte nicht tatenlos zusehen, wie das Böse die Seelen der Mapas vergiftete.

Auch Jami freute sich, den Gefährten lebend wiederzusehen. Nie hatte er vergessen können, dass Kerdo einst das Wohl seiner Leute über die eigene Rettung gestellt hatte. Herzlich umarmten sie einander. Da Kerdo langsam müde wurde, vereinbarten sie ein Treffen für den nächsten Tag.

Es sollte unter vier Augen stattfinden, doch Flamina schlich beiden von Neugierde getrieben nach und belauschte sie unbemerkt. Zuerst berichtete Kerdo von seiner Reise auf dem Schiff, von Hunger und Durst, der Lösung dieser Probleme, dem heftigen Sturm und dem Tod seiner Gefolgsleute. Jami lauschte betroffen und doch beeindruckt von Kerdos Kampfgeist. Dann erzählte er von den Kriegern auf der Insel, wo er gelandet war, von ihrer Kampfkunst und dem Schwur, diese nie gegen Mapas einzusetzen. Doch Etug hätte nach einer Gruppe von ihnen gegriffen. So teilten sich die Krieger. Die Abtrünnigen entführten die Jungfrauen, begannen sich gegenseitig zu unterdrücken und verloren gänzlich den Sinn für ihr Leben als ehrbare und friedliche Vertreter einer hohen Kampfkunst.

»Dann ist Etug also mit der Zerstörung seiner Festung nicht vernichtet«, stellte Jami betroffen fest.

»Nein, das hat ihn nur geschwächt«, bestätigte Kerdo ernst. Das hatte er von Anfang an geahnt. »Allein kann er aber wenig bewegen, er braucht die Mapas, um seinen Willen zu erfüllen. Er wird immer nach der Macht über Giaium streben. Also sucht er sich neue Erfüllungsgehilfen, lockt sie mit dem Versprechen von Wohlstand und Vergnügungen, bis sie für ihn in den Krieg ziehen, ohne zu bemerken, dass sie nur Diener in seinem bösen Spiel sind.«

»Das klingt beunruhigend«, gab Jami zu. »Doch ich denke, die Bewohner in der großen Siedlung sind dagegen gefeit.«

Kerdo schüttelte entschieden den Kopf. »Deine Einschätzung ehrt dich, aber ich kenne Etug besser als ihr alle. Er gibt nie auf. Zu genau weiß er um die Schwächen der Mapas und nutzt sie gnadenlos aus. Ich fürchte, er hat die Ersten schon wieder für sich eingenommen, vielleicht sogar einen neuen Ziehsohn ernannt.« Eindringlich und auffordernd sah er Jami an.

»Du willst zurück in die große Siedlung?«, folgerte Jami ungläubig. »Auf dieser Insel herrscht Frieden. Wir könnten hier bleiben und ein angenehmes Leben führen.«

»Und unsere Freunde und Verwandten der Vernichtung preisgeben?«

Jami schüttelte betrübt den Kopf und seufzte schwer.

»Ich brauche dich, Jami«, beharrte Kerdo. »Du bist ein hervorragender Bootsbauer und wir brauchen Schiffe, um zurückkehren zu können. Meines ist gerade untergegangen.«

»Aber wie können wir beide allein den Mapas in der großen Siedlung helfen, falls sie wirklich bedroht sind?«, fragte Jami zweifelnd.

»Zuerst müssen wir zu den Kriegern auf der anderen Insel fahren und sie überzeugen, an unserer Seite zu kämpfen. Das wird nicht einfach sein, denn sie müssten ihren Schwur brechen«, schlug Kerdo vor.

Jami war in sich zusammengesackt. Er war kein Krieger und wollte nie einer sein. Sein Ziel war es, die Planetin zu entdecken. In friedlicher Absicht wollte er nach neuen Gestaden suchen, erkunden, was hinter dem Horizont lag. Plötzlich kam ihm ein Gedanke. »Du weißt doch sicher, dass Flamina und Welline über besondere Kräfte verfügen. Ich habe das zwar nie ganz verstanden, aber die beiden können sicher auf besonderen Wegen zu der großen Siedlung reisen und die Bewohner warnen.«

»Wie stark die Kräfte der jungen Magierinnen sind, kann ich nicht beurteilen. Vielleicht sind sie in der Lage, Etug zu vertreiben. Sicher können sie uns helfen, aber das ist ein Kampf der Mapas. Wir werden missbraucht von Etug und nur wir können uns von ihm befreien.«

Das sah Jami ein, doch es gefiel ihm nicht. Und auch die lauschende Flamina erkannte die Wahrheit in Kerdos Worten. Wie gefestigt und überzeugend ihr Geliebter geworden war. Aber wieso hatten sie und ihre Schwestern die Eigenschaft der Magie erhalten? Durften sie den Mapas nur zur Seite stehen, aber nie wirklich in deren Schicksal eingreifen? Mit der Befreiung der Gefangenen aus Etugs Festung hatten sie das Gegenteil getan. Warum verfügten sie und ihre Schwestern über magische Kräfte, wenn sie diese nicht einsetzen durften? Flamina spürte eine große Unsicherheit in sich und sehnte sich nach einem Gespräch mit ihrer Mutter.

»Ich bin ein lausiger Kämpfer«, gestand Jami, »und scheue mich davor, andere zu töten.«

Kerdo legte ihm eine Hand auf die Schulter. »Das macht nichts, mein Freund. Deine Aufgabe soll es sein, stabile und sichere Schiffe zu bauen. Welline kann uns helfen, unsere Ziele schnell zu erreichen. Ich werde mich um die Krieger kümmern.«

Schweren Herzens willigte Jami ein. »Gut, ich werde mich mit den Männern dieser Insel sogleich an die Aufgabe machen. Wir sollten sie aber im Unklaren darüber lassen, was wir vorhaben. Umgeben von Wasser lernen sie gern die Kunst, große, schnelle Boote zu bauen, und erfreuen mich sicher mit mancher Anregung.«

Flamina im Gebüsch fühlte sich plötzlich überflüssig und ausgestoßen von den sterblichen Mapas. Tränen, geboren aus einem Gefühl von Einsamkeit, rannen ihre Wangen hinab. Sofort machte sie sich auf zu Welline. Sie traf sie am Strand, an den Stamm einer seltsamen hohen Pflanze mit schmalen, spitzen Blättern gelehnt, und setzte sich zu ihr in den warmen Sand. Unglücklich berichtete sie ihr von dem Gespräch zwischen Kerdo und Jami.

Auch die Schwester zeigte sich verwirrt und betrübt, doch erkannte ebenfalls die Wahrheit in Kerdos Worten. »Wir werden ihnen helfen, wo immer wir können und dürfen«, erklärte Welline schließlich. »Vielleicht ist es wirklich nur unsere Aufgabe, sie in ihren Bemühungen um ein friedliches Miteinander zu unterstützen. Allein mit Magie ist Etug wohl nicht zu vertreiben. Da müssen die Mapas tatsächlich selbst eingreifen und sich von ihm befreien.«

»Und was wird aus uns?«, jammerte Flamina. »Wir bleiben allein zurück.«

»Das stimmt doch gar nicht«, widersprach ihre Schwester. »Die Mapas lieben uns. Sieh nur, was die Bewohner dieser Insel mir alles geschenkt haben.«

Wellines Blick folgend entdeckte Flamina ganz in der Nähe einen großen, flachen Felsstein, der geschmückt war mit Muscheln, geflochtenen Ketten aus Seegras und im Sonnenlicht schimmernden Steinen vom Strand.

»Jeder, der etwas besonders Schönes im Meer findet, bringt es hierher, um mir eine Freude zu machen. Alle wissen, dass ich die Tochter Amalaswintas und vom Geist des Wassers bin. Sie achten mich als Magierin.«

»Aber mich fürchten sie«, stellte Flamina trotzig fest.

Welline lachte und legte einen Arm um ihre Schwester. »Na

ja, das ist wenig verwunderlich, immerhin hast du bei der ersten Begegnung ihre bewaffneten Männer mit einem Feuerstrahl aus deinem Mund erschreckt. Trotzdem achten diese Mapas dich als Magierin. Sie wissen nur nicht, wie sie dir das zeigen sollen.«

Flamina seufzte. Auch wenn die Mapas das Feuer zur Bereitung ihrer Speisen, als Hort der Wärme und für manche Arbeit schätzten, wussten sie auch um dessen Gefährlichkeit.

»Liebes Schwesterchen, es gibt bald eine Gelegenheit, bei der du zeigen kannst, dass du nicht nur mächtig, sondern den Mapas auch wohlgesonnen bist«, sagte Welline und drückte ihre Schwester noch einmal an sich, bevor sie ihren Arm wieder sinken ließ.

Erstaunt und neugierig fragte Flamina: »Was meinst du?«

»Es ist Brauch, dass in wenigen Tagen ein Feuerfest veranstaltet wird. Es findet zu Ehren des Wasserdrachens Dragius statt. Er soll das stärkste und mächtigste Tier auf dieser Planetin sein. Es heißt, er kann sich an Land, zu Wasser und in der Luft bewegen. Wird er gereizt, dann schleudert er einen riesigen Feuerstrahl aus seinem Maul. Kaum jemand hat ihn bisher gesehen. Doch die Bewohner dieser Insel verehren Dragius als Herrscher über alle vier Elemente«, erklärte Welline.

Flamina war beeindruckt von der Erzählung über diesen Drachen. Mit Drachen hatte sie sich immer verbunden gefühlt. Ihre Stimmung hob sich merklich, was Welline freute.

»Dann zeige den Bewohnern dieser Insel, wie einzigartig du dein Element, das Feuer, beherrschst. Sie werden dich wie eine Herrscherin verehren«, fügte sie nun noch hinzu.

Und so geschah es. Als der Tag des Festes gekommen war, wurde noch vor Sonnenuntergang eine Menge Holz am Strand zu einem Haufen aufgetürmt. Die Mapas versammelten sich in würdigem Abstand darum herum. Feierlich hielt die Seherin, deren Name Amara war, einen brennenden Zweig in der Hand und schob ihn langsam in den Holzhaufen. Dann ertönten Trommeln und die Mapas begannen in deren Takt tanzend um das langsam erglühende Feuer zu kreisen. Dabei sangen sie ein Lied, in dem sie um Beistand baten. Welline, Jami und Kerdo beobachteten das Geschehen aus einer angemessenen Entfernung. Doch gerade die beiden Männer wurden von der magischen Stimmung angesteckt. Nur Welline wartete gespannt auf Flaminas Auftritt. Als die Trommeln verklangen und die Tänzer stehen blieben, loderte bereits der ganze Haufen. Ehrfürchtig betrachteten alle das züngelnde Feuer. Dann erwuchs aus der Spitze des Haufens plötzlich eine Gestalt. Flamina erschien, beugte sich zurück und schoss aus ihrem Mund einen mächtigen Feuerstrahl gen Himmel. Gefangen und tief beeindruckt von diesem Anblick stöhnten die Mapas auf. Flamina wurde zu Rauch, verschwand und saß plötzlich neben Welline. Beide Magierinnen lächelten.

Doch dann verdunkelte ein riesiger Schatten den Schein des Feuers. Alle sahen in den Himmel hinauf. Dort oben flog gemächlich Dragius, der Wasserdrache, vorüber. Sein Erscheinen ließ die Mapas auf die Knie sinken. Doch ehe sie sichs versahen, zog der Drache weiter auf das Meer und tauchte in die Dunkelheit des Wassers hinab. Selbst Flamina und Welline waren von diesem Ereignis wie betäubt. Es dauerte eine Weile, bis alle begriffen hatten, was geschehen war. Dann rief die Seherin laut: »Dragius hat sich gezeigt und ist uns wohlgesonnen.«

Jubel brach aus. Fröhlich tanzten die Mapas um das Feuer herum. Ihre Freude schien grenzenlos, bis sich alle in den Armen lagen. Die Seherin aber ging zu Flamina und verbeugte sich vor der jungen Magierin. »Du hast Dragius gerufen. Deinem Ruf ist dieser mächtige Drache gefolgt. Zum ersten Mal durften wir ihn sehen. Unser Dank ist dir auf ewig gewiss.«

Gerührt und selbst noch erstaunt über das Erlebte nahm

Flamina die Hand der alten, weisen Frau. »Ich danke dir von Herzen für deine Worte«, sagte sie.

Nun näherten sich, noch immer etwas unsicher, auch die anderen Mapas. Noch nie hatten sie die Macht der Magie so deutlich gespürt. Es war Ehrfurcht und nicht Misstrauen, was nun aus ihren Blicken sprach. Welline und Flamina erhoben sich und sagten feierlich: »Habt keine Angst, wir sind eure Freunde.«

18. Kapitel

Erst nach diesem Ereignis bemerkte Flamina, wie entspannt die Bewohner dieser Insel mit Magie umgingen, solange sie keine Angst hatten, dass diese gegen sie gerichtet wurde. Ganz selbstverständlich wurde sie gerufen, wenn ein Feuer neu entzündet werden sollte. Ein Hauch von ihr ersparte den Mapas eine Menge Arbeit. Mit den Kindern spielte sie vergnügt Verstecken, indem sie sich in eine kleine Rauchwolke auflöste und woanders wieder in Erscheinung trat.

Eines Tages verbarg sie sich in einem Baum. Als die Kinder sie entdeckten, schüttelten sie diesen so heftig, dass Flamina unsanft zu Boden fiel. Kreischend liefen die Kinder ins Wasser. Die Kleinen vermochten wie die Fische zu schwimmen.

»Na, wartet«, rief Flamina lachend, »euch kriege ich.«

Sie rannte hinterher. Platschend tauchten ihre Füße ins Wasser, während die Kinder im Meer sie lockten und neckten. Plötzlich wurde ihr bewusst, dass sie bis zum Bauch in ihrem verhassten Element, dem Wasser, stand. Und es war gar kein unangenehmes Gefühl. Die Kinder bespritzten sie mit Wasser und tauchten gleich wieder unter, sodass Flamina sie nicht fassen konnte. Sie erinnerte sich, dass sie schon oft zugesehen hatte, wie die Mapas schwammen. Das konnte doch nicht so schwer sein. Mutig begann sie deren Bewegungen nachzuahmen. Zuerst ging sie unter und stellte erstaunt fest, dass sie auch unter Wasser atmen konnte. Dann besann sie sich auf ihre magischen Fähigkeiten und begann zu schwimmen. Es machte ihr sogar Spaß.

Welline hatte ihre Schwester beobachtet und war ihr gefolgt, um sie notfalls retten zu können. Doch als sie bemerkte, wie fröhlich und gekonnte sich Flamina im Wasser bewegte, glitt sie einfach nur neben sie. Die Kinder, die sich nun zwei Magierinnen gegenübersahen, flüchteten in gespielter Angst an Land. Die Schwestern schwammen ruhig aufs Meer hinaus, tauchten immer wieder unter und Welline zeigte Flamina ihre wundersame Unterwasserwelt. Viele bunte Fische näherten sich neugierig. Doch auch gefräßige Riesen mit scharfen Zähnen und gierigen Augen zogen vorbei, schnappten nach ihrer Beute und verschlangen sie. Niemals aber hätten sie gewagt, sich den jungen Magierinnen zu nähern. Wellines Kräfte schützten beide wie eine unsichtbare Mauer.

Wieder an Land perlte auch von Flamina das Wasser einfach ab. Das gemeinsame Erlebnis schuf eine innige Verbindung zwischen den beiden Schwestern. Stumm umarmten sie einander. Dann sagte Flamina: »Welline, weißt du eigentlich, dass sich die Farbe deiner Haare im Wasser verändert?«

»Tatsächlich?«, fragte diese erstaunt.

»Ja, wie Sonnenstrahlen legt sich dein Haar aufs Wasser, wenn du an der Oberfläche schwimmst. Aber sobald du tauchst, werden sie immer dunkler, bis sie ein tiefes Blauschwarz erreicht haben. Beneidenswert.«

Welline war gleichermaßen überrascht wie geschmeichelt. »Viel bewundernswerter finde ich, dass du endlich deine Scheu vor dem Wasser überwunden hast. Vielleicht kann ich ja auch eines Tages fliegen. Das wäre mein größter Traum.«

Beide hatten durch diese Begebenheit begriffen, dass sie ihre magischen Fähigkeiten mit allen Facetten noch nicht einmal ansatzweise kannten. So legten sie sich in den Sand und träumten von den Möglichkeiten, die sich noch in ihnen versteckten.

Durch die Anerkennung der Mapas war Flamina von großer Heiterkeit erfüllt. Das färbte auch auf Kerdo ab. Wenn er seine wenige Freizeit mit ihr teilte, genossen sie ihr Leben mit Zärtlichkeiten und Wanderungen am Strand. Sie lachten und küssten sich. Kein Wort wurde an Etug oder drohende Gefahren verschwendet.

Zusammen mit Jami arbeitete Kerdo hart an dem Bau eines Schiffes. Die Mapamänner unterstützten sie nach Kräften. Es sollte noch besser als jenes werden, mit dem Jami und seine Begleiter auf die Insel gekommen waren. Alle Erfahrungen und Erkenntnisse der Beteiligten sollten in das neue Boot einfließen. Als es endlich fertig war, strotzte Jami nur so vor Zufriedenheit und Stolz.

Nun galt es, das Schiff für die Reise zu der Insel mit den Kriegern auszustatten. Vorräte mussten an Bord gebracht werden und Waffen für die eigene Sicherheit. Speere und Pfeile aus Holz wurden verladen. Aber Kerdo vermisste sein Schwert, das mit dem anderen Schiff untergegangen war. Jami hätte gern alle seine Leute, die ihn schon auf der ersten Fahrt begleitet hatten, an seiner Seite gehabt. Doch einige von ihnen wollten auf der Insel bleiben. Sie fühlten sich wohl in der friedlichen Gemeinschaft, in der es so leicht war, eine Gefährtin für die Nacht zu finden. So wurde es eine überschaubare Gruppe, die sich auf eine Reise ins Ungewisse aufmachen wollte.

Auch Welline und Flamina belastete der Gedanke, den Ort verlassen zu müssen, an dem sie so freundlich aufgenommen worden waren. Doch weder wollten noch konnten sie ihre Liebsten allein lassen. Welline musste dafür sorgen, dass sie die richtige Richtung einschlugen und zügig auf dem Wasser vorankamen. Wenn auf den Wind kein Verlass war, sollte eine starke Strömung das Schiff mit sich ziehen. Und sollten sie an ihrem Ziel auf Feindschaft stoßen, würde Flaminas Feuer hilfreich sein.

Am Abend vor ihrer Abreise suchten die beiden jungen Magierinnen die Seherin Amara in ihrer Hütte auf. »Ich habe euch erwartet«, begrüßte diese sie, an der Feuerstätte stehend.

Welline und Flamina standen für einen Moment traurig wegen des Abschieds, aber auch ein wenig verlegen in der kleinen Hütte. »Liebe Freundin«, sagte Flamina schließlich, »kannst du uns etwas über den Verlauf unserer Reise und den Erfolg unseres Vorhabens sagen?« Denn trotz vieler Fähigkeiten konnten sie beide nicht in die Zukunft sehen.

Die Seherin hatte sich ihnen zugewandt und war näher getreten. Nun nahm sie die beiden nacheinander herzlich in den Arm. Dann sagte sie bedauernd: »Nein, das kann ich leider nicht. Eine dunkle Macht behindert meine Fähigkeiten. Düstere Ahnungen blitzen durch meinen Kopf, fügen sich aber nicht zu einem Bild. Ihr seid auf euch allein gestellt. Es tut mir leid. Aber ich weiß, ihr werdet nicht zurückkehren.«

Bei der Verabschiedung fühlten alle, wie sehr sie sich gegenseitig ans Herz gewachsen waren. Nur Kerdo verströmte ernste Entschlossenheit. Jamis Laune hob nur der Gedanke, endlich wieder über das Meer reisen zu können. Er war neugierig auf jene Insel und die dort hausenden Krieger, von denen Kerdo so viel erzählt hatte.

Nachdem sie in See gestochen waren, hatte Welline eine Überraschung für Kerdo. Feierlich überreichte sie ihm sein Schwert, das sie aus dem Wrack am Meeresgrund geborgen hatte. Seine Augen leuchteten vor Freude. Auch hatten die magischen Schwestern herausgefunden, welche Richtung das Schiff einschlagen musste. Dabei schien ihnen sogar der Wind gewogen, sodass sie schon nach kurzer Zeit die Insel vor sich auftauchen sahen.

In einigem Abstand ließ Jami den Anker werfen. Klugerweise hatten sie auch einige kleine Boote an Bord, mit denen sie durch das seichte Wasser an Land rudern konnten. Doch zunächst standen Kerdo, Jami, Welline und Flamina an Deck und schauten angestrengt zur Küste hinüber. Hinter dem Strand konnten sie einen Kreis aus Baumstämmen erkennen, die offensichtlich als Schutzwall in den Boden gerammt worden waren. Auf diesen turnten unter großem Geschrei kleine, ihnen unbekannte Wesen, die den Mapas ähnelten. Aus dem Inneren des Kreises waren vereinzelt Speerspitzen zu sehen, mit denen die Wesen vertrieben werden sollten. Doch diese wichen behände aus, sprangen hinab, um sogleich an einer anderen Stelle die Baumstämme wieder zu erklimmen.

»Ich vermute, hinter dem Zaun haben sich die abtrünnigen Krieger verschanzt«, erklärte Kerdo.

»Aber wer sollte sie angreifen?«, fragte Jami. »Die Krieger, die sich an ihren Schwur halten, dürfen doch ihre Waffen nicht gegen Mapas erheben.«

Kerdo runzelte nachdenklich die Stirn. »Das verstehe ich auch nicht. Uns bleibt wohl nichts weiter, als das herauszufinden.« Zärtlich nahm er Flaminas Hand. Sie spürte, wie erleichtert er war, neben sich eine Feuer speiende Magierin zu haben.

Sie waren nur wenige Männer, die wenigsten kampferprobt. Es könnte gefährlich werden, sich den Abtrünnigen zu nähern. Trotzdem machten sie sich in ihren kleinen Booten auf den Weg. Welline zog es vor zu schwimmen.

Kein Mapa zeigte sich, als sie den Strand erreichten. Außer dem Gekreische der Kletterwesen und einigen Vogelstimmen herrschte eine beängstigende Stille. Langsam gingen Kerdo, Jami und Flamina auf den Kreis aus Holzstämmen zu, während Welline bei den anderen und den beiden Booten blieb. Dann sahen sie plötzlich, wie die kleinen Wesen ängstlich auseinanderstoben und im nahen Wald verschwanden.

Kurz darauf sprangen zwei wesentlich größere Tiere auf den Zaun. Sie hatten dichtes, dunkelgrünes Fell mit tiefbraunen Streifen und gaben fauchende Geräusche von sich. Dabei wurden ihre mächtigen Zähne sichtbar. Schon zeigten sich zwei weitere, die am Boden um den Schutzwall herumschlichen. An ihren Füßen wuchsen scharfe Krallen. Die Ankömmlinge schienen nicht die Aufmerksamkeit dieser Tiere zu wecken. Ihr Ziel war offensichtlich das, was sich hinter der Mauer aus Baumstämmen befand. Von dort waren nun schwache, angstvolle Mapastimmen zu hören. Mit mehreren Speeren wurde versucht, die Eindringlinge zu vertreiben. Doch diese waren trotz des schmalen Untergrundes schnell und geschickt im Ausweichen. Es schien, als würden sie sich einen Spaß daraus machen, die Mapas bis zur Erschöpfung anzugreifen.

»Die Tiere wollen die Mapas fressen«, stellte Jami erschrocken fest.

»Das dürfen wir nicht zulassen«, verkündete Kerdo und bereute es, sein Schwert nicht mitgenommen zu haben.

»Aber was sollen wir tun?«, fragte Jami ganz benommen von der Vorstellung der sich hinter dem Zaun verzweifelt verteidigenden Mapas.

Flamina lächelte listig und sagte: »Alle Tiere haben Angst vor Feuer. Lasst mich versuchen, sie zu vertreiben.«

»Aber du wirst den Schutzwall aus Holz dabei anzünden«, wandte Kerdo ein.

Flamina zuckte mit den Schultern. »Dann müssen die Mapas sich uns ergeben.«

Entschlossen schritt sie auf die Holzwand zu. Tiere machten für sie sowieso nur Sinn, wenn sie herrlich duftend über dem Feuer brieten. Die beiden auf dem Boden bemerkten Flamina zuerst und fauchten sie böse warnend an. Die zwei anderen schlugen weiter spielerisch mit ihren Tatzen nach den Speeren der Mapas. Als Flamina sich durch das Fauchen nicht abschrecken ließ, ertönte ein furchterregendes Brüllen, das nun auch jene auf den Holzpfählen aufmerksam machte. Mit einem Satz sprangen sie zu Boden. Vier kraftvolle und kampfbereite Tiere beäugten die Magierin angriffslustig. Sie meinten, eine leichte Mapabeute vor sich zu haben. Sie duckten sich ein wenig in der deutlichen Absicht, sich mit einem großen Sprung auf die Magierin zu stürzen und diese zu zerfetzen.

Kerdo und Jami stockte bei dem Anblick der Atem. Auch Welline und die Mapas am Strand bei den Booten waren beunruhigt. Zwei wollten der Bedrängten zu Hilfe eilen, doch Welline hielt sie zurück. Schon breitete Flamina ihre Arme aus und wurde direkt vor den Tieren zu einer mächtigen Feuerwand, deren Flammen hoch in den Himmel schlugen. Erschrocken verharrten die Angreifer. Mit heißen Zungen schlug das Feuer ihnen entgegen. Sie wichen zurück, aber gaben nicht auf. Ein glühender Strahl traf eines der Tiere. Voller Schmerzen brüllte es auf. Das war das Zeichen für den Rückzug. Mit nur wenigen geschmeidig-kraftvollen Sätzen verschwanden die Tiere im undurchdringlichen Wald.

Die Feuerwand verschwand und Flamina stand unversehrt da. Kerdo rannte zu ihr und umarmte sie. Jami und alle anderen klatschten begeistert in die Hände. Nur Welline schmunzelte. Sie war stolz auf ihre Schwester. Doch dann sah sie das nächste Problem und rief: »Der Schutzwall brennt!«

Alle begriffen sofort, dass den Mapas nun eine neue Gefahr drohte. Während Welline ihre Kräfte bündelte, um das Feuer zu löschen, öffnete sich plötzlich eine Tür in den Holzstämmen. Fünf Mapas taumelten heraus, grauenvoll abgemagert und sichtlich schwach. Schon nach wenigen Schritten brachen sie zusammen. »Wasser«, stöhnte einer.

Welline hörte das. Ohne nachzudenken zauberte sie einen Krug mit Wasser und einen Becher herbei und hielt diese nun in ihrer Hand. Ihre Begleiter an den Booten sahen sich verwirrt an. Doch in Erinnerung an Flamina und die Feuerwand verschwand ihre Verwunderung schnell wieder. Eilig begab sich Welline zu den Durstigen und gab ihnen zu trinken. Einer von ihnen lächelte sie selig an, schloss die Augen und starb. Die verbleibenden vier sahen ebenfalls aus, als wären sie dem Tod näher als dem Leben.

»Wir brauchen etwas zu essen«, erklärte Flamina. Schnell trugen einige der Mapas aus den Booten Früchte und etwas Brot herbei. Gierig verschlangen die Erretteten die Nahrung. Dann wurden sie zu den beiden kleinen Booten geschleppt und hineingelegt. »Wir müssen sie zum Schiff bringen«, sagte Kerdo. Und so geschah es.

Am nächsten Tag war einer der Mapamänner kräftig genug, um Fragen zu beantworten. Kerdo hatte gleich in einem von ihnen den früheren Anführer erkannt, der von seinen Kriegern verlangt hatte, um die Jungfrauen zu kämpfen. Vermutlich hatte er immer dafür gesorgt, das meiste zu bekommen, weswegen er noch lebte und es ihm schneller wieder besser ging.

Bevor die Männer zum Schiff gebracht worden waren, hatte Flamina sich noch einmal hinter den brennenden Zaun begeben, um nach weiteren Überlebenden zu suchen. Ihr bot sich ein grauenhafter Anblick von Toten, krabbeligen Aasfressern und tierischen Überresten. Doch sie fand auch zum Trocknen aufgehängte, sorgfältig abgelöste Felle. Darunter war auch ein Grünes mit dunkelbraunen Streifen. Davon berichtete sie Kerdo.

Kerdo begab sich unter Deck in eine der kleinen Kabinen, dort lag der ehemalige Anführer der abtrünnigen Krieger auf einer Bettstatt. Er hatte sich ein wenig aufgerichtet, als Kerdo eintrat. Welline begleitete Kerdo, blieb aber in der Tür stehen. Kerdo setzte sich auf den Boden und sah den Mapa eindringlich an. »Was ist geschehen?«, fragte er dann. »Und lüg mich nicht an.«

Es war Kerdos strenger, beinahe hasserfüllter Blick, der den Mapa einschüchterte. Stotternd gestand er: »Wir haben unsere Fähigkeiten überschätzt.«

»Ihr habt die Tiere des Waldes gegen euch aufgebracht, sie getötet, verspeist oder sie wegen ihrer Felle gejagt«, entgegnete Kerdo scharf.

Sichtlich ertappt, nickte der Krieger.

»Und dann?«

Weinerlich antwortete der Mapa: »Sie haben uns angegriffen, die Tiere. Wir waren nirgendwo mehr sicher. Sie lauerten uns auf und töteten meine Leute. Wir konnten weder jagen noch fischen gehen. Auch den Weg zum Fluss versperrten sie uns. Um wenigstens etwas Ruhe zu haben, bauten wir den Schutzwall. Doch nun rafften Hunger und Durst meine Leute dahin. Wenn ihr uns nicht gerettet hättet, wären auch wir des Todes gewesen.«

Kerdo hatte wenig Mitgefühl mit den Abtrünnigen. Nun hatten sie gelernt, warum es wichtig war, die Regeln zu achten.

Doch Welline trat zu ihm und legte ihre Hand auf seine Schulter. »Sei nicht zu hart. Die Männer haben genug gelitten. Gönne ihm ein wenig Ruhe.«

Kerdo seufzte und sagte: »Nur noch eine Frage. Wo sind eure ehemaligen Freunde, die edlen Krieger?«

Der Mapa sah ängstlich auf seine Hände, als er antwortete: »Das weiß ich nicht. Als sie die Wut der Tiere erkannten, sind sie noch weiter fortgezogen.«

19. Kapitel

Kerdos eigentlicher Plan bei dem Besuch der Insel war es, die Krieger zu treffen, die im Einklang mit allen Wesen lebten und sich der körperlichen Ertüchtigung verschrieben hatten. Doch wo sollte er sie finden? Nun, da er mehrfach Zeuge der Kräfte der Magie geworden war, bat er Flamina und Welline um Hilfe.

Da der Strandabschnitt begrenzt war und an schroffen Felsen endete, war es möglich, dass die friedlichen Krieger, um sich nicht gegen einen Angriff ihrer früheren Kameraden wehren zu müssen, dem Lauf eines Flusses ins Innere der Insel gefolgt waren. Dieser mündete ganz in der Nähe ins Meer. Von dort aus wollte Welline sich auf die Suche machen.

Flamina flog währenddessen als kleine Rauchwolke über das größtenteils dicht bewachsene Land. Durch das gänzlich geschlossene, grüne Blattwerk waren von oben keine Mapas zu entdecken. Doch Flamina fühlte sich unwiderstehlich von einem Vulkan angezogen, der sich aus der Mitte einer kleinen Bergkette erhob. Eh sie sichs versah, stand sie an dessen Rand und schaute hingerissen auf die glühende Masse, die in der Tiefe blubberte. Nur wenig Rauch stieg auf, aber darin spürte die junge Magierin die Gegenwart ihres Vaters. Sie setzte sich und gab sich diesem Gefühl hin. Dann beugte sie sich vor und hauchte in den Schlund: »Vater, hilf mir bitte bei der Suche nach den Kriegern.«

Nichts schien zu geschehen, aber plötzlich bemerkte sie, dass nun der Rauch in eine bestimmte Richtung zog. Ihr Vater wies ihr den Weg.

Welline hatte sich mit ihrem Element verbunden und folgte dem Flusslauf gegen die Strömung. Kleine und große ihr unbekannte Fische kreuzten ihren Weg. Andere Wesen schlängelten sich schwimmend an der Wasseroberfläche entlang. Frösche flohen vor hungrigen Feinden. Gelegentlich erspähte Welline Tiere, die aus dem Fluss tranken. Doch dann sah sie plötzlich ein großes, langes Wesen, das unbeweglich wie ein Stück Holz auf dem Wasser trieb und sich so dem Ufer näherte. Blitzschnell riss es sein riesiges Maul auf, schnappte sich eines der trinkenden Tiere und zog es unter Wasser. Ein aussichtsloser Todeskampf begann, bis der Körper der Beute erschlaffte und fortgetragen wurde. Welline kannte ja schon das Gesetz von Fressen und Gefressenwerden, doch sie erschauerte jedes Mal ob der Grausamkeit.

Schließlich zog ein Donnern ihre Aufmerksamkeit auf sich. Sie schwamm direkt darauf zu und landete in einem See, der sich tief in felsigem Gestein gebildet hatte. An einer Stelle war das Wasser besonders unruhig. Dort fiel etwas mit großer Kraft von oben hinab. Weil sie sich das nicht erklären konnte, tauchte Welline auf und fand sich neben einem hohen Wasserfall wieder.

So etwas hatte sie noch nie gesehen. Ein Vorhang aus Tropfen umnebelte sie und nahm ihr die Sicht. Doch ihr Herz hüpfte vor Freude. Mit Leichtigkeit erklomm sie den Wasserfall und ließ sich sogleich wieder hinabfallen. Dabei hatte sie das Gefühl zu fliegen. Sie konnte gar nicht genug bekommen von diesem Spiel. Sie hatte Gestalt angenommen und bemerkte nicht, dass sie vom Ufer des Sees ungläubig betrachtet wurde. Und dann erschien dort wie aus dem Nichts Flamina. Erschrocken wichen die Beobachter zurück.

»Habt keine Angst«, beschwichtigte Flamina eilig. »Ich bin Flamina, Tochter Amalaswintas und des Geistes des Feuers. Und das ist meine Halbschwester Welline, Tochter Amalaswintas und des Geistes des Wassers.«

Die Magierin wusste sofort, dass sie ihr Ziel erreicht hatten. Dort standen die gesuchten Krieger.

Endlich bemerkte auch Welline die Anwesenden und verließ fröhlich lächelnd ihr Element. Die Schwestern umarmten sich, stolz, die Aufgabe erfüllt zu haben. Die Krieger hielten ein wenig Abstand.

»Es tut uns leid, dass wir eure Ruhe stören«, fuhr Flamina fort. »Kerdo hat uns gebeten, euch zu finden.«

Die Mapas glaubten der Magierin, dass ihre Absicht friedlich war. Und der Name Kerdo löste nun ihre Zungen. »Seid willkommen, Fremde«, sprach einer von ihnen und trat vor. Er war groß und kräftig, sein Haar weiß wie Schnee, er wirkte gelassen und weise. »Wir freuen uns, dass unser Freund zurückgekehrt ist. Und wir sehen, dass er uns zwei Frauen geschickt hat, die über die Kräfte der Magie verfügen.«

»Danke für diesen freundlichen Empfang«, sagte Welline. »Doch was unsere Kräfte angeht, sind wir noch jung und unerfahren.«

»Was ist euer Anliegen?«, fragte der Krieger.

»Das möchte Kerdo euch vortragen«, erklärte Flamina, »doch er befindet sich noch weit entfernt am Strand.«

Die Krieger sahen sich an und schienen kurz zu überlegen. Dann fragte ihr Sprecher: »Wie ist es unseren Kameraden ergangen, die sich von unseren Regeln und Grundsätzen abgewandt haben? Sind sie noch auf der Insel?«

Flamina nickte. »Ja, aber bis auf vier sind alle tot. Und die Überlebenden sind noch sehr schwach.«

Die Männer warfen sich erneut Blicke zu, bis ihr Sprecher wieder das Wort ergriff: »Das ist traurig, denn es waren brave Männer, bis sie sich von schlechten Gedanken verführen ließen. Wir werden in der Dämmerung eine Totenwache für sie halten.«

Nun sahen Flamina und Welline sich um. Der Wasserfall speiste einen See, um den sich eine Grasfläche ausbreitete. An einer Seite war diese begrenzt von Felsen, an den anderen Seiten wuchs undurchdringlicher Wald. In einer Höhle glomm ein

Feuer. Dort schliefen die Krieger vermutlich. Davor standen Körbe mit Früchten. Einige Fische aus dem See hingen an einem Seil in der Sonne. Diese Mapas hatten offensichtlich einen Ort des Friedens und der Ruhe gefunden.

»Seid ihr bereit zu einem Gespräch mit Kerdo?«, fragte Flamina schließlich.

Der Sprecher der Gruppe nickte und sagte: »Natürlich, aber der Weg zum Strand ist lang und beschwerlich. Nun, da wir dort keine Auseinandersetzungen mehr fürchten müssen, werden wir bald zurückkehren. Denn wir müssen auch bereit sein, jene Männer gebührend zu empfangen, die eine lange, gefährliche Reise antreten, um in unserer Gemeinschaft die Kampfkunst zu erlernen. Kerdo muss sich also gedulden.«

Flamina und Welline ahnten, dass die Zeit drängte, auch wenn ihnen nicht wirklich klar war, warum. Also machte Flamina mutig einen Vorschlag, ohne zu wissen, ob ihre Kräfte für dessen Durchführung ausreichten. »Hättet ihr etwas dagegen, wenn ich Kerdo hierher brächte?«

Die Krieger schauten erstaunt. Wie sollte das gelingen? Aber dann dachten sie an Flaminas plötzliches Erscheinen und die Wasserspiele Wellines. Zauberkraft konnte vieles möglich machen. Dabei hatten sie sich die Meister der Magie bisher ganz anders vorgestellt. Nicht als muntere und mitfühlende junge Frauen, sondern als machtvolle und weise Wesen, die sich selten in die Belange der Mapas einmischten. »Gut«, antwortete nach einer Weile der Gesprächsführer, »dann teile Kerdo mit, dass er bei uns herzlich willkommen ist.«

Freudig lachend nahm Flamina einen Zweig vom Boden auf, hauchte ihm Feuer ein und verschwand als kleine Rauchwolke in der Luft. So konnte sie schnell und zielgerichtet reisen und landete wenig später neben Kerdo am Strand. Mit einer stürmischen Umarmung des Liebsten verkündete sie stolz: »Wir haben die Krieger gefunden und sie wollen dich sehen.«

Auch Kerdo war erstaunt, mit welcher Leichtigkeit und frei von Überheblichkeit Flamina ihre besonderen Kräfte einsetzte. »Das sind gute Nachrichten«, strahlte er sie an. »Ich sage Jami, dass wir uns gleich auf den Weg machen.«

»Nein«, widersprach Flamina. »Wir reisen allein.« Verdutzt schaute Kerdo sie an und sie erklärte: »Es ist ein weiter Weg ins Innere der Insel. Wir würden viel Zeit vergeuden, wenn wir uns zu Fuß oder in einem Boot dorthin begeben.«

Nun trat Jami zu ihnen und begrüßte Flamina herzlich. »Warst du erfolgreich?«, wollte er sogleich wissen.

»Ja, und Welline auch«, antwortete Flamina eilig, »aber die Krieger haben sich bis an die fernen Berge zurückgezogen. Auf dem Fluss gegen die Strömung zu rudern, wäre langwierig und anstrengend. Der Wald ist dicht und es lauern viele Gefahren. Frage besser nicht, wie Kerdo und ich dorthin gelangen wollen.«

Jami schüttelte den Kopf. Diese Magierinnen und ihre Kräfte verunsicherten ihn immer wieder.

»Wünsche uns lieber viel Glück, dass wir die Krieger überzeugen können, mit uns zu gehen«, fügte Flamina nun noch hinzu.

Jami schaute Kerdo an, der nur nickte, und ging dann zurück zu seinen Leuten. Als er außer Sichtweite war, nahm Flamina Kerdos Hand, sammelte wieder einen Zweig auf, entzündete diesen und schon lösten sich beide in Rauch auf. Ihr Begleiter hatte mittlerweile jede Scheu vor dieser Art des Reisens verloren und genoss den Ausblick auf die grüne Weite. Dann sah er die Berge, den Wasserfall und den See, an dessen Rand die Krieger ihre Übungen machten. Schon landeten beide neben ihnen und nahmen Gestalt an.

Diesmal wurde das überraschende Erscheinen der Gäste mit Gelassenheit zur Kenntnis genommen. Die Krieger legten ihre langen Stöcke beiseite und verneigten sich vor Flamina und Kerdo zum Gruß. So wie es Brauch war, setzten sich zuerst alle um ein

Feuer, speisten und tranken ohne große Worte. Selten zeigten die Krieger Eile oder Ungeduld. Sie ruhten in sich selbst. Schließlich bat jener, der auch vorher im Namen seiner Kameraden gesprochen hatte, Kerdo sich zu erheben und sein Anliegen vorzutragen.

Nun stand Kerdo vor seinen ehemaligen Kameraden. Es war ein seltsames Gefühl. Doch entschlossen begann er: »Liebe Freunde, ihr wisst, dass ich immer in meine Heimat zurückkehren wollte. Etug hat mich einst von dort vertrieben. Zwar gelang es damals, die Mapas aus seiner Gefangenschaft zu befreien, doch ich fürchte, dass er diese wieder unter seine Macht zwingen will. Es sind brave Männer und Frauen, doch arglos und leicht verführbar. Sie brauchen durchsetzungsstarke Leitung gegen das Böse. Ich selbst lebte lange in Etugs Festung und kenne mich gut mit seinen hinterhältigen Methoden aus. Ohne ehrbare und gut ausgebildete Krieger kann ich Etug nicht entgegentreten.«

»Bist du denn sicher, dass den Mapas dort Gefahr droht?«, fragte der Gesprächsführer.

»Nein, es ist nur eine düstere Ahnung.«

»Hältst du die Mapas für zu schwach, ihr Leben selbst zum Guten zu gestalten?«

»Ja«, antwortete Kerdo. »Sie stehen der List von Etug hilflos gegenüber.«

Die Krieger schwiegen nachdenklich.

»Selbst in eurer Gemeinschaft«, fuhr Kerdo fort, »hat Etug Unfrieden gesät. Eure Kameraden haben sich abgewandt von euren Grundsätzen. Neid und Missgunst umnebelten ihren Geist. Sie hörten auf, die Tiere des Waldes zu achten, und scheuten selbst vor der Entführung von Jungfrauen nicht zurück. Daran seht ihr, wie gefährlich Etug ist. Er hat Freude an der Vernichtung.«

Nun erhob der weißhaarige Krieger seine Stimme und erklärte klar und deutlich: »Du weißt, dass wir uns auf dieser

Insel zusammengefunden haben, um uns in der Kampfkunst zu üben und diese zu verbessern. Wir kämpfen nicht, um zu siegen, sondern um zu lernen. Schnelligkeit, Augenmaß, Vorausschau, körperliche Stärke und innere Sammlung zur Erreichung der gewünschten Ziele sind uns wichtig.«

»Das ist mir bekannt und ich bewundere diese Einstellung«, antwortete Kerdo. »Doch es muss einen Sinn geben, all diese Fähigkeiten zu erlangen. Vielleicht liegt er gerade darin, den Mapas entgegenzutreten, die Etug verführt hat, und sie zu lehren, in Frieden miteinander zu leben. Selbst eure Familien könnten bedroht sein.«

Wieder schwiegen die Männer nachdenklich und tauschten sich kurz über Gesten aus. Dann sprach der weißhaarige Krieger: »Du meinst, wir sollen verirrte Mapas töten, um damit einem höheren Zweck zu dienen und jene zu beschützen, die durch Etug ins Elend gestürzt werden?«

»Ja, so sehe ich das«, bestätigte Kerdo.

Der Gesprächsführer nickte ihm zu. »Nach unseren Grundsätzen darf jeder Krieger frei entscheiden, ob er die Insel verlässt und wie er das Erlernte einsetzt. Gib uns eine Nacht, damit alle in sich gehen können. Morgen werden wir euch unsere Entscheidung mitteilen.«

Später gesellte sich Kerdo zu dem weißhaarigen Krieger und Gesprächsführer, der sich nicht zur inneren Sammlung in die Höhle zurückgezogen hatte, sondern genüsslich eine Frucht verspeiste. Er setzte sich zu ihm. »Du wirst auf der Insel bleiben«, begann er.

»Ja«, antwortete der Krieger. »Wenn alle gehen, werden die Neuankömmlinge keinen Lehrer finden.«

Kerdo nickte. »Das verstehe ich.«

»Wie sollen jene, die mit dir ziehen wollen, schnell den Strand erreichen?«

Kerdo seufzte leise. »Das ist ein Problem, das hoffentlich unsere beiden Magierinnen lösen können.«

Der Krieger lächelte. »Sie erscheinen mir noch recht jung und unerfahren. Dürfen wir ihnen vertrauen?«

»Die Kräfte der Magie«, erklärte Kerdo, »sind mir genauso fremd wie dir. Doch Flamina und Welline sind guten Willens.«

Da tauchte Flamina auf, umarmte ihren Liebsten und wandte sich dann an den Krieger: »Darf ich dir eine Frage stellen? Ich suche eine Erklärung.«

»Nur zu«, forderte dieser sie auf und lächelte. Es ehrte ihn, dass eine Magierin ihn nach etwas fragte.

Flamina setzte sich nun zu den Männern und sah den Krieger aufmerksam an. »Im Unterholz sah ich gerade jene Tiere mit grünem Fell, die die Abtrünnigen angegriffen haben. Warum werden sie euch nicht gefährlich?«

»Das sind die Griz, sie jagen im Rudel«, erklärte er. »Sie finden eigentlich genug Beute im Wald. Ich kenne sie aus meiner Heimat. Dort haben sie allerdings hellbraunes Fell mit dunklen Streifen oder Punkten. Ihre weichen Felle sind sehr beliebt bei den Frauen. Wir haben ein Abkommen, uns gegenseitig in Ruhe zu lassen, woran sich die Tiere normalerweise halten. Doch wer sie jagt, bekommt einen gefährlichen und klugen Gegner. Sie vergessen ihre Feinde nie. Viele Mapas glauben das aber nicht und meinen sie jagen zu müssen. So wurden auch in meiner Heimat viele zu Opfern der Griz, nur weil sie ihre Frauen mit Fellen schmücken wollten.«

»Danke für deine Erklärung«, sagte Flamina und fügte dann an Kerdo gewandt hinzu: »Doch nun lass uns schlafen gehen«, denn sie hatte tiefe Sehnsucht nach seiner Umarmung.

Beide suchten sich einen Platz nahe dem Feuer und schliefen eng umschlungen ein.

Am nächsten Morgen hatten sich etliche Männer entschieden, Kerdo zu folgen. Flamina entdeckte ihre Schwester unter dem Wasserfall badend im See. Sie winkte Welline zu sich. »Ich weiß nicht, was ich machen soll«, gestand sie ihrer Schwester betrübt ein. »Nun hat Kerdo wehrhafte Krieger an seiner Seite, doch ich spüre, dass meine Kräfte nicht ausreichen, um sie alle an den Strand zu bringen. Die Reise durch den Wald würde aber zu lange dauern. Was können wir tun?«

Welline lächelte sie aufmunternd an. »Unter dem Wasserfall bin ich meinem Vater begegnet, dem Geist des Wassers. Er gab mir Kraft und fand eine Lösung für dieses Problem.«

Neugierig und aufgeregt verlangte Flamina: »Erzähl, wie soll das gehen?«

Welline erklärte stolz: »Alle Krieger, die uns begleiten wollen, sollen sich dort sammeln, wo der Fluss beginnt. Dort ist er noch flach und das Wasser fließt ruhig aus dem See. Ich werde die Männer in meinem Element auflösen, damit sie zügig flussabwärts in Richtung Meer treiben.«

»Das ist eine wunderbare Idee, aber werden die Mapas nicht ertrinken?«, merkte Flamina an.

Welline winkte ab. »Nein, keine Sorge, sie werden zu einem Teil des Wassers und erst am Strand wieder Gestalt annehmen. Zwar wird mich das Ganze viel Kraft kosten, aber ich sehe keinen anderen Weg.« Flamina umarmte ihre Schwester voller Inbrunst. Und Welline murmelte nun noch in ihr Ohr: »Aber bitte erzähl niemandem etwas von diesem Plan, sonst bekommen die Krieger vielleicht Angst. Wir sagen ihnen einfach, die Versammlung in dem Fluss sei die Vorbereitung für einen mächtigen Zauber.«

»Das stimmt ja auch«, kicherte Flamina und ließ ihre Schwester wieder los. »Doch ich nehme mit Kerdo lieber wieder den Weg durch die Luft.«

Heiter gesellten sich die beiden wieder zu den Kriegern. Flamina nahm Kerdo zur Seite und flüsterte ihm zu: »Zeig bitte kein Erstaunen über das, was bald geschehen wird. Vertraue meiner Schwester und mir.«

Kerdo musterte sie mit erhobenen Augenbrauen, nickte dann aber, ohne weitere Fragen zu stellen.

So geschah es dann. Auch wenn ihnen ein wenig unbehaglich war, sammelten sich die zur Reise in die große Siedlung entschlossenen Krieger an dem Ort, wo das Wasser aus dem See in das Flussbett strömte. Flamina tanzte mit wilden Gesängen um ein Feuer, um den Eindruck eines Zauberrituals zu unterstützen. Welline gesellte sich zu den Männern, die bis zum Bauch im Wasser standen, und bat sie, eine Zweierreihe zu bilden. Sie war aufgeregt und hatte Mühe, ihre eigene Unsicherheit zu verbergen. Kerdo und die anderen Krieger schauten sich das Geschehen voller Spannung an. Und plötzlich waren Welline und die Männer einfach verschwunden. Ein Raunen ging durch die Zurückgebliebenen. Alle starrten ungläubig auf den kleinen Fluss, der so friedlich dalag wie immer. Diese Verwirrung nutzte Flamina, um Kerdo zu sich ans Feuer zu ziehen. »Auch wir müssen jetzt aufbrechen«, flüsterte sie und nahm seine Hand. Und schon lösten sich beide in einer Rauchwolke auf.

20. Kapitel

Zuerst erreichten Flamina und Kerdo den Strand. Ungeduldig warteten sie an der Stelle, an der der Fluss ins Meer mündete. Plötzlich tauchten die Männer, immer noch geordnet in einer Zweierreihe, wieder auf und schauten sich erstaunt um. Dann wateten sie aus dem Wasser, sichtlich beeindruckt von dem gerade Erlebten. Welline erschien als Letzte und strahlte über das ganze Gesicht. So eine Zauberkraft hatte sie sich gar nicht zugetraut. Freudig umarmte sie ihre Schwester. Nun kam auch Jami angerannt und begrüßte die Krieger. Dann ging er zu Welline und blickte sie voller Bewunderung an. Zwar begriff er nicht wirklich, was geschehen war, doch es war offenbar der Frau zu verdanken, der sein Herz gehörte. Selig küssten sie einander.

Die Krieger sammelten sich etwas abseits, setzten sich mit verschränkten Beinen auf den Boden und gaben sich stumm der inneren Sammlung hin. Flamina und Welline legten sich mit ihren Begleitern in den Sand, genossen die warme Sonne und das Bewusstsein, das beinahe Unmögliche vollbracht zu haben. Plötzlich erschien vor ihnen Windröschen. Alle vier starrten sie ungläubig an, bis Flamina und Welline aufsprangen und ihre Schwester stürmisch begrüßten. »Welche Freude, dich wiederzusehen!«, rief Welline. »Wie ist es dir ergangen?«

Windröschen sah ihre Schwestern mit einer Mischung aus Ernsthaftigkeit, Verwirrung und Freude an. »Balising hat mich geschickt, um euch zu suchen«, erzählte sie dann. »Doch dabei fand ich eine Insel mit lauter Vögeln, auf der ich mich so wohlfühlte, dass ich meinen Auftrag fast vergessen habe. Seid mir bitte nicht böse, aber nun drängt die Zeit.«

»Warum?«, wollte Flamina wissen und ahnte bereits, dass Kerdos Drängen, zurück in die große Siedlung zu kehren, einen Grund hatte.

»Setze dich zu uns, meine Liebe«, forderte Kerdo Windröschen auf, »und berichte uns.«

Alle setzten sich wieder in den warmen Sand. Und während das Meer friedlich an den Strand rollte, sprach Windröschen mit trauriger Miene:

»Ich fürchte, ich habe Balising gar nicht genau zugehört und die Entwicklungen in der Siedlung nur halbherzig wahrgenommen, aber seit einiger Zeit empfange ich die Gedanken von Sandessa. Es waren etliche erfreuliche Nachrichten dabei wie zum Beispiel, dass das Landvolk vor den Mauern der Siedlung und deren Bewohner zusammenhalten. Trotzdem wird Etug alles daransetzen, die Mapas ins Elend zu stürzen. Aber das Schlimmste ist, dass unser Onkel Ramos zurückgekehrt ist und sich mit Etug verbündet hat. Nun hat er sogar seine magischen Kräfte soweit zurückerlangt, dass er unsere Schwester Sandessa gefangen nehmen konnte. Nur noch schwach empfange ich ihre Hilferufe.«

Bestürzt blickten die Zuhörer Windröschen an. »Dann müssen wir uns eilig auf den Weg machen, um unsere Schwester und unsere Freunde zu retten«, sagte Flamina entschlossen. Ein zustimmender Blick Kerdos unterstützte die Magierin.

»Ja, das sollten wir vermutlich tun, das wäre ein Weg, aber ich weiß nicht, ob es uns überhaupt möglich ist, Ramos und Etug aufzuhalten«, gab Windröschen zu bedenken.

»Das werden wir ja sehen«, entgegnete Flamina kämpferisch. Kerdo nahm beschwichtigend ihre Hand und fragte dann: »Und was wäre der andere Weg?«

Windröschen sah ihn an und erklärte: »Balising denkt, dass wir unbedingt unsere Mutter finden müssen. Sie ist vermutlich die Einzige, die sich mit unserem Onkel messen kann.«

»Aber wir haben doch keine Ahnung, wo sie ist«, warf Welline ein.

Nun herrschte Stille, jeder grübelte vor sich, was getan werden sollte. Flamina fand als Erste ihre Sprache wieder: »Vielleicht kann die Seherin auf der friedlichen Insel uns weiterhelfen. Amara hat besondere Kräfte, und nun erkenne ich auch, dass sie bereits die Rückkehr von Ramos gespürt hat. Die böse Macht, die von ihm ausgeht, störte ihre Fähigkeiten. Doch ich bin zuversichtlich, dass sie ihre Klarheit zurückgewonnen hat.«

»Du meinst, sie kann uns helfen, den Aufenthaltsort unserer Mutter zu finden?«, fragte Welline.

»Ich sehe keine andere Möglichkeit, wir sollten es zumindest versuchen«, gab Flamina zu.

»Aber wie sollen wir schnell zu ihr kommen? Uns läuft doch gerade die Zeit davon«, fragte nun Jami, der bereits die Zeit für die Route zur Insel zurück geplant hatte.

Flamina zeigte auf ihre Schwestern. »Ich denke, Windröschen ist diejenige von uns, die am schnellsten fliegen kann. Und Welline und ich werden ihr mit unseren Gedanken den Weg zur Insel weisen.«

»Ich kenne diese Frau doch gar nicht. Wird sie sich nicht erschrecken, wenn ich plötzlich auftauche?«, wandte Windröschen ein.

»Unterschätze Amara nicht«, sagte Flamina mit einem Lächeln. »Sie wird dich bereits erwarten.«

»Dann werde ich gleich aufbrechen«, entschied Windröschen, die sich bewusst war, dass es auch ihrer Gleichgültigkeit zu verdanken war, dass nun die Zeit drängte.

Die drei Schwestern begaben sich an den Saum des Wassers und sammelten ihre Kräfte. Wenig später war die Tochter des Geistes der Luft verschwunden. Auf einmal bemerkten Flamina und Welline, dass die Hälfte der Krieger sich nackt ins Meer begaben. Bis zur Hüfte im Wasser blieben sie stehen, schöpften etwas von dem Nass mit beiden Händen und warfen es hoch in die Luft. Dabei stimmten sie einen beschwörenden Gesang an. Als er verklungen war, verneigten sie sich, bis ihre

Stirn die Wasseroberfläche berührte, und richteten sich dann wieder auf. Danach standen sie wie erstarrt. Plötzlich griff einer von ihnen ins Meer, fing mit der Hand einen Fisch und warf diesen sogleich über seinen Kopf an den Strand, wo das Tier luftschnappend verendete. Die anderen taten das Gleiche.

Welline war empört und wollte dem Treiben Einhalt gebieten, doch Kerdo hielt sie zurück. »Ich weiß, dass es grausam ist, die Fische so qualvoll sterben zu lassen. Trotzdem bitte ich dich, die Krieger nicht zu stören. Ich kenne dieses Verhalten. Sie verfolgen damit einen klugen Plan.«

»Und welcher soll das sein?«, fragte die Tochter des Geistes des Wassers wütend.

Auch Flamina und Jami hörten zu, als Kerdo erklärte: »Die Krieger mussten ihre Waffen zurücklassen, ohne die sie sich sonst nirgendwo hinbegeben. Nun wollen sie schnell neue Speere, Pfeile und Bögen anfertigen, die auch für unser Vorhaben von großem Nutzen sind.«

»Aus Fischen?«, fragte Welline ungläubig.

Kerdo lachte. »Nein, natürlich nicht, aber sie brauchen bestimmtes Holz und dieses finden sie im Wald. Dort hausen Tiere namens Rebib, die so scharfe Zähne haben, dass sie sogar Bäume fällen können. Sie bauen aus Ästen stabile Holzhaufen mit unsichtbaren Gängen, in denen sie mit ihren Familien leben. Sie ernähren sich von Käfern, Würmern und Früchten. Doch obwohl sie wasserscheu sind, ist ihre Lieblingsspeise Fisch. Die Krieger werden bald mit ihrer Beute in den Wald gehen und dort mit den Rebib Holz gegen Fisch tauschen.«

Welline schüttelte den Kopf, Jami legte ihr einen Arm um die Schulter und drückte sie schmunzelnd an sich.

»Sei unbesorgt. Natürlich haben sie deinen Vater vorher um seine Zustimmung gebeten«, ergänzte Kerdo.

»Ach, deswegen haben die Krieger gesungen und sich so seltsam benommen«, erkannte Flamina.

Kerdo nickte ihr zu. »Genau, also lassen wir sie gewähren.«

»Und was machen die anderen da?«, wollte sie nun wissen und zeigte zu einigen Kriegern, die den Strand hinaufliefen und sich immer wieder bückten, als würden sie etwas suchen. »Sie sammeln Steine und Muscheln, um damit das Holz zu bearbeiten. Die Krieger sind geschickte Handwerker«, erklärte Kerdo.

Welline war immer noch nicht ganz überzeugt von der Notwendigkeit, Fische zu töten, doch Jami nahm sie in den Arm und streichelte ihre Wange. »Wir dürfen unsere eigenen Wünsche nicht über das Ziel, den Mapas in der großen Siedlung zu helfen, stellen. Glaube mir, ich würde auch lieber mit dir über das Meer segeln und fremde Gestade erkunden«, tröstete er sie.

Nun blieb den beiden Magierinnen und ihren Begleitern nichts weiter, als geduldig abzuwarten, bis Windröschen zurückkam und alle Vorbereitungen für die Abreise vollendet waren. Nach einer ganzen Weile kehrten die Krieger bepackt mit langen und kürzeren Ästen aus dem Wald zurück und machten sich sogleich an die Arbeit, daraus Waffen zu formen. Wenig später trat einer zu ihnen und zeigte auf die etwas entfernt liegenden Überreste der Siedlung der Abtrünnigen. Das Feuer hatte alles vernichtet und nur ein paar noch glimmende Hölzer hinterlassen. »Hat jemand überlebt?«, wandte sich der Krieger an Kerdo.

Dieser nickte. »Ja, vier Männer, sie erholen sich auf unserem Schiff. Was sollen wir mit ihnen machen?«

»Auch wir müssen unsere Grundsätze verraten, um euch zu unterstützen. Und es widerstrebt uns, über jene zu richten, die sich von uns abgewandt haben. Hoffen wir auf ihre vollständige Genesung und dass sie tapfer an unserer Seite kämpfen werden«, antwortete der Krieger mit einer leichten Verbeugung.

»Ich hatte gehofft, dass ihr so entscheidet«, sagte Kerdo. »Der von den abtrünnigen Kriegern gewählte Weg endete in einem grausamen Schicksal. Das wird ihre Sinne geklärt haben und hat hoffentlich auch Etugs Macht über sie ausgelöscht.«

Die Sonne senkte sich bereits, als Windröschen zurückkehrte. Gespannt warteten ihre Schwestern darauf, was sie zu berichten hatte. Windröschen setzte sich zu ihnen auf einen kleinen Felsen direkt am Meer. Von hier hatten Welline und Flamina den Fischen zugeschaut, die in Schwärmen immer wieder vorbeizogen. Es hatte ihnen geholfen, ihrer Anspannung ein wenig zu entkommen. Doch nun waren die Fische vergessen.

Windröschen erzählte:»Amara hat mich tatsächlich schon erwartet und sehr freundlich empfangen. Zwar weiß sie auch nicht, wo sich unsere Mutter aufhält, aber sie rät uns, den Wasserdrachen Dragius zu befragen. Er ist das mächtigste Tier an Land, in der Luft und im Wasser. In ihm vereinigen sich alle vier Elemente, denn er kann auch Feuer speien. Amara meint, nur er kenne die Antwort.«

Nun schauten alle Welline an. Diese seufzte:»Dann ist es wohl an mir, mich auf die Suche zu machen.« Die Schwestern, die Freunde und vor allem Jami zurücklassen zu müssen, betrübte sie. Zwar liebte Welline das Meer und war inmitten seiner vielen Bewohner nie allein, aber mittlerweile hatte sie gelernt, auch das Leben mit den Mapas zu genießen. Mit Tränen in den Augen verabschiedete sie sich. Jami begleitete Welline ans Wasser.»Wir haben uns gefunden, verloren und wiedergefunden«, sprach er zärtlich.»Keine andere Frau wird je mein Herz erobern. Deswegen schwöre ich dir heute Treue und hoffe sehr, dass wir bald wieder vereint sind.« Innig umarmten sie einander und küssten sich leidenschaftlich. Dann entschwand Welline im Meer.

Am nächsten Morgen segelte die Truppe los. Windröschen sorgte dafür, dass günstige Winde das Schiff eilig vorantrieben. Und vielleicht hatten sie es Welline zu verdanken, dass das Meer ruhig da lag. Es gab wenig zu tun für die Besatzung. Nur die geretteten Abtrünnigen plagten sich unentwegt damit, ihre Körper zu kräftigen. Es war ihnen deutlich anzumerken, dass sie sich nach der Anerkennung ihrer ehemaligen Kameraden sehnten. Die anderen Krieger beschäftigten sich damit, Nahrung zu beschaffen. Dafür benutzten sie mittelgroße Holzspeere mit einer scharfen Spitze, an denen ein aus reißfesten Pflanzenfasern geflochtenes Seil befestigt war. Hingerissen beobachtete Kerdo, wie die Krieger mit ihren Waffen regungslos über der Reling ausharrten, plötzlich blitzschnell den Speer ins Wasser schleuderten und sogleich einen Fisch hinaufbeförderten.

Flamina hatte dafür gesorgt, dass in einer großen Holzschale stetig ein Feuer glühte, auf dem die Fische gegart werden konnten. Zwar hätte es gar nicht nötig getan, dass sich die Krieger so anstrengten, da die beiden Magierinnen dafür sorgten, dass die Nahrungsmittel und das Trinkwasser nie ausgingen, aber die Männer brauchten die Beschäftigung zum Erhalt ihrer Kräfte und Fähigkeiten. Außerdem verfeinerten sie ständig ihre Waffen, feilten an den Spitzen und erweiterten ihren Vorrat an Pfeilen.

Anfangs dösten die anderen Besatzungsmitglieder meistens faul in der Sonne. Doch schließlich schauten sie den Kriegern bei ihren verschiedenen Tätigkeiten interessiert zu. So lernten sie Holz mit scharfen Steinen zu bearbeiten, die vorüberziehenden Fische genau zu beobachten und die Vorteile der inneren Sammlung zu schätzen.

Mit dem Blick auf die endlose Weite des Meeres, die nur gelegentlich von Inseln unterbrochen wurde, fanden sich eines Tages Flamina und Kerdo zu dem von beiden lange ersehnten Gespräch ein. Zuerst teilten sie die Erinnerungen an ihre gemeinsame Zeit in Etugs Festung. Doch dann offenbarten sie einander, was sie wirklich bewegte. »Ich habe meinen leiblichen Vater getroffen«, erzählte Kerdo sichtlich berührt. »Und ich hatte einen Bruder.«

»Ja, ich weiß. Dein Bruder hieß Sorbas. Ich kannte ihn aus der kleinen Siedlung«, sagte Flamina.

»Ihn hast du anfangs in mir gesehen, nicht wahr, Flamina?«

»Ja, denn ihr gleicht euch wie ein Ei dem anderen. Doch ich ahnte schon, dass etwas nicht stimmt, als ich dein sternförmiges Muttermal entdeckte.«

»Du musst mir glauben, dass ich von Sorbas nichts wusste. Vielleicht löschte Etug meine Erinnerung an die ersten Monate meines Daseins.«

»Wo ist dein Zwillingsbruder nun?«, fragte Flamina.

»Er liegt begraben unter den Steinen von Etugs zerstörter Festung. Ich hätte so gern mit ihm gesprochen. Erzähl mir bitte von Sorbas.«

Der Schmerz in Kerdos Augen bewegte Flamina tief. »Er war groß und stark wie du, ein Kämpfer. Seine Gesinnung war ehrbar, doch ich fühlte mich zu ihm nie so sehr hingezogen wie zu dir.« Dankbar lächelte Kerdo sie an. »Mein Liebster«, sprach sie und streichelte Kerdos Arm, »dich trifft keine Schuld. Schon als sehr kleines Kind bist du unter Etugs Einfluss geraten. Du warst einsam und hast dich von ihm geliebt und bei ihm aufgehoben gefühlt. Auch ich bin der Verführungskunst Etugs erlegen. In ihm dachte ich jemanden gefunden zu haben, der mich versteht. Welch ein Irrtum.«

»Es beruhigt mich als Mapa, dass selbst eine Magierin nicht unfehlbar ist«, lächelte Kerdo.

»Wenigstens haben wir beide gelernt, uns Etug und seinen Versuchungen zu widersetzen«, antwortete Flamina.

»Am liebsten würde ich ihn vernichten«, sagte Kerdo voller Hass. »Er hat mich belogen und mich zu seinem Sklaven gemacht. Mit seiner Vernichtung werde ich zwar auch nie das

Unrecht tilgen, das er mit meiner Hilfe über die Mapas gebracht hat, doch es wäre mir eine Genugtuung.«

»Das kann ich gut verstehen«, stimmte Flamina zu, »aber du würdest nur das Böse mit dem Bösen bekämpfen und dann hätte Etug wieder gesiegt.«

»Das klingt weise, bedeutet aber, sich ohne Widerstand zu fügen. Das ist nicht mein Weg. Ich will kämpfen.«

»Und wir werden kämpfen«, bestärkte ihn Flamina. »Doch ich fürchte, mein Onkel Ramos wird eine viel größere Herausforderung für uns sein.«

»Bevor ich Ramos und Etug das Feld überlasse, sterbe ich lieber«, rief Kerdo voller Überzeugung.

Erschrocken wurde Flamina klar, dass Kerdo im Gegensatz zu ihr sterblich war. Konnte es überhaupt ein gemeinsames Leben für sie beide geben? Tränen füllten ihre Augen. Sie spürte eine tiefe Liebe zu Kerdo. Doch wie können zwei so unterschiedliche Wesen, ein Mapa und eine Magierin, eine gemeinsame Zukunft haben? Voller Leidenschaft warf sie sich in Kerdos Arme und umklammerte ihn. Das Gefühl in ihr sprengte jede Gegensätzlichkeit. Beide sahen sich in die Augen und spürten etwas, das stark genug war, jedem Widerstand zu trotzen. Mit einem Kuss legte sich der Frieden der Liebe auf ihre Gemüter.

21. Kapitel

Die Horde, die sich der Siedlung näherte, sah wild und gefährlich aus. Die Mapas waren in Felle gehüllt, sodass sie kaum als Reiter auf ihren Tieren zu erkennen waren. Sie trugen den gleichen zotteligen Behang wie ihre gehörnten Wesen. Außerdem hatten die Männer dunkle, lange Haare auf dem Kopf und im Gesicht, sodass kaum etwas von ihnen zu sehen war. Den Kriegern auf der Mauer der Siedlung erschien es, als würden die unbekannten, pelzigen Angreifer vor nichts zurückschrecken. In ihrer Angst schossen sie wahllos Pfeile ab, von denen nur wenige auch nur die Reittiere trafen.

Doch so erkannten die Mapas des Bergvolkes, welche Reichweite die Pfeile hatten, und sammelten sich in sicherer Entfernung. Sie töteten die verletzten Tiere, entzündeten Feuer und brieten das Fleisch darüber. Nun wehte mit Ramos' Hilfe ein köstlicher Duft von Gebratenem hinüber zur Siedlung und schürte mächtig den Hunger der dort Ausharrenden. Die Speicher waren fast leer.

Auch Cormo war erschrocken bei dem Anblick des offensichtlich vergnügten und gut versorgten Bergvolks, von denen einige sich sogar ihrer Umhänge entledigten, um ihre recht behaarten Körper zu zeigen. Die ungewohnte Wärme brachte die Angreifer zum Schwitzen, sodass Tropfen auf ihrem Pelz glänzten.

»Sind das Tiere oder Mapas wie wir?«, fragte Cormo in hilfloser Wut. Er atmete tief durch.

Neben ihm beobachteten Urso und Tore das Treiben vor der Mauer. Schließlich sagte Urso: »Es sind Mapas. Der alte, weise Mann Balising hat mir mal erzählt, dass dieses Volk in den Bergen wohnt. Dort herrscht meistens eisige Kälte. Es ist Entbehrungen und Überlebenskampf gewohnt. Irgendetwas

muss sie aus ihrer Heimat hierher getrieben haben. Vermutlich wollen sie sich an diesem Ort, wo alles sprießt und gedeiht, ansiedeln. Dann werden sie ihre Frauen und Kinder nachholen.«
»Aber warum suchen sie sich nicht einen Platz auf der großen Ebene?«, warf Cormo ein.

Urso antwortete: »Aus demselben Grund, aus dem unsere Siedlung hier steht. Es gibt frisches Wasser, das Meer ist nahe und bald wird auch die große Ebene wieder grünen, Früchte tragen und Tiere anlocken.«

»Meinst du, sie werden uns angreifen?«, fragte Cormo verzweifelt.

»Müssen sie doch gar nicht«, sagte Urso. »Bald wird uns der Hunger alle dahingerafft haben. Dann können sie kampflos in unsere Häuser ziehen und die wenigen Überlebenden zu ihren Sklaven machen.«

Cormo lief bei diesem Gedanken ein Schauer über den Rücken. »Was sollen wir tun?«

»Wir müssen kämpfen und das Bergvolk vertreiben«, antwortete Urso wenig überzeugt von den eigenen Worten.

»Aber es sind so viele«, äußerte Tore seine Zweifel. Der Musiker hatte sich zwar mittlerweile in der Kampfkunst geschult, aber hoffte, diese nicht anwenden zu müssen.

»Haben wir eine andere Wahl?«, seufzte Urso. »Wir müssen handeln, bevor unsere Kräfte schwinden.«

Cormo starrte ihn an – und begriff, dass es nun an ihm war. Er war der Häuptling, er musste einen Weg finden. »Also Männer«, befahl er nun mit gespielter Tapferkeit, »spart eure Pfeile für die große Schlacht. Bleibt wachsam, aber lasst euch nicht zu unsinnigen Handlungen verleiten. Unsere Mauern sind stark. Diese Barbaren werden sich kaum trauen, sie zu erklimmen.« Dann nahm er Tore beiseite und flüsterte ihm zu: »Ruf deine Musiker zusammen und schaffe eine mitreißende Musik, die die Angriffslust unserer Krieger stärkt. Wenn sie erklingt, sollen sie all ihre Zweifel und jede Angst vergessen. Mit Trommelwirbeln wollen wir in die Schlacht ziehen und unseren Feinden das Fürchten lehren.«

Tore nickte, begeistert darüber, mit so einer Aufgabe betraut zu sein. »Mein Häuptling«, antwortete er, »ich werde mit meinen Spielleuten dieses wilde Bergvolk in Schrecken versetzen und unsere Krieger zum Sieg führen.« Dann machte er sich eilig davon.

»Urso, rufe du alle Krieger zu einer Versammlung. Und anschließend will ich vor dem ganzen Volk sprechen. Jede Frau und jeder Mann soll sich als Kämpfer für unsere Siedlung fühlen«, fuhr Cormo fort.

Urso sah seinen Freund aus Jugendtagen verblüfft an. Niemals hätte er von ihm ein so vernünftiges Handeln erwartet. War Cormo tatsächlich zu einem Führer herangereift, der sein Volk mutig in einen Krieg führte? »So soll es geschehen«, stimmte er zu und ging davon.

Cormo schaute wieder zum Lager des Bergvolkes. Ihm wurde angesichts der Übermacht bang ums Herz. Wie konnten seine wenigen Krieger dieser Horde Einhalt gebieten? Leider fiel ihm kein anderer Weg ein, als sich den Angreifern mit Gewalt entgegenzustellen.

Die Stimmung bei der Versammlung der Krieger war bedrückt. Zwar fühlten sich alle gut trainiert für einen Kampf, doch dass es jemals wirklich dazu kommen würde, dass sie ihre Fähigkeiten außerhalb eines Wettkampfes unter Beweis stellen müssen, hatten sie nicht erwartet. Als Cormo die zweifelnden Mienen seiner Krieger sah, verließ auch ihn die Zuversicht. Und doch begann er mit lauter Stimme: »Meine Freunde, ein barbarisches Volk aus den Bergen bedroht unsere Siedlung und unser friedliches Leben. Mit Gewalt wollen sie uns unseren Wohlstand nehmen, uns aus unseren Häusern vertreiben und unsere Frauen schänden. Das werden wir mit all unserer Kraft verhindern. Jeder von euch ist stärker als zehn dieser Angreifer. Ihr Blut soll die Erde tränken, sodass nie wieder jemand versucht, uns zu nehmen, was unseres ist.«

Ein Raunen ging durch die Menge, aber noch spürte Cormo nicht, dass seine Männer mit voller Überzeugung in den Krieg ziehen wollten. Doch dann ertönte Musik. Hörner erklangen in düsteren Tönen und Trommeln trieben den Herzschlag der Männer nach oben. Wie eine tosende Welle erfasste diese Musik die Gemüter der Krieger. Sie peitschte die Angst aus ihnen heraus und plötzlich ertönte siegessicherer Jubel. Speere und Bögen wurden in die Höhe gestreckt. Aufgeregte Röte überzog die Gesichter. Eine unbändige Kraft durchströmte die Versammlung, erfasste auch Cormo und ließ ihn in den Jubel einfallen.

Neu erfüllt von Zuversicht machte sich Cormo auf den Weg zum Marktplatz, wo sich sein Volk bereits versammelt hatte. Der Anblick der hungrigen und ängstlichen Mapas trübte seine gute Laune allerdings schnell wieder. Selbst die Kinder schienen ihre Fröhlichkeit verloren zu haben. Hoffnungslose Gesichter schauten ihn erwartungsvoll an. Was war nur aus dieser heiteren Gemeinschaft geworden? Wie könnte er diesen Mapas nur ihre Kraft zurückgeben? Da stand seine Mutter Emalia plötzlich neben ihm und legte ihre Hand auf seine Schulter. Am liebsten hätte sich Cormo in ihre Arme gestürzt, wäre gern wieder der kleine Junge gewesen, der sich stets darauf verlassen konnte, dass seine Mutter ihn beschützte und aus jeder schwierigen Lage befreite. Doch als Häuptling durfte er keine Schwäche zeigen. Also lächelte er Emalia nur dankbar an und begann seine Rede: »Volk der großen Siedlung, ihr habt stets friedlich und im Wohlstand gelebt, habt jene bei euch aufgenommen, die in Etugs Gewalt waren, und bildet nun mit allen eine freundliche Gemeinschaft. Aber Fremde aus den Bergen wollen diese jetzt zerstören. Sie wollen euch die Freiheit und alles Gut nehmen. Das dürfen wir nicht zulassen. Es sind schwere Zeiten, doch wenn wir zusammenhalten und uns wehren, werden Frieden und Glück wieder Einzug in diese Mauern halten.«

Wie auf Befehl erklang plötzlich heitere Musik wie jene, zu denen die Leute früher in den Gassen und an diesem Ort getanzt hatten. Sie zauberte mit der Erinnerung ein Lächeln auf viele Gesichter. Tore hatte an alles gedacht. Auch Cormo hielt kurz inne und dachte an das fröhliche Beisammensein mit Mimiti. Als die Töne verklangen, fuhr er schweren Herzens fort: »Wollen wir nicht alle, dass diese unbeschwerten Zeiten zurückkehren?«

Schwache Worte der Zustimmung wehten zu ihm hinauf.

»Wenn wir aufgeben, sind wir verloren«, rief Cormo nachdrücklich. »Doch wir haben mutige Krieger, die sich dem Kampf für euer Wohl stellen werden. Aber sie brauchen eure Unterstützung gegen den mächtigen Feind. So rufe ich alle Männer zu den Waffen. Die Krieger werden euch anleiten. Aber auch die Frauen sollen sich bereithalten, überall dort zu helfen, wo sie gebraucht werden. Selbst die Kinder, wenn sie nicht zu klein sind, können von Nutzen sein. Wenn wir zusammenhalten und anpacken, werden wir die Angreifer vertreiben und wieder in Frieden und Wohlstand leben können.« Cormo bemerkte, dass die meisten Mapas ihm nicht glaubten und doch klatschten sie zaghaft. Dann löste sich die Menge schnell auf.

»Das hast du gut gemacht, mein Sohn«, lobte Emalia Cormo.

Beinahe weinerlich fragte dieser: »Meinst du wirklich, wir können dem grausamen Schicksal entgehen?«

»Das weiß ich nicht«, antwortete Emalia ehrlich, »aber auch die guten Mächte schlafen nicht. Doch zuerst müssen wir alle tun, was getan werden muss. Zweifel oder Hoffnungslosigkeit helfen dabei wenig.«

Bedrückt zog Cormo von dannen.

Während sich alle mit den Vorbereitungen für die Schlacht beschäftigten, schlich Urso durch die Gassen. Er konnte die Suche nach Sandessa nicht aufgeben. Warum hatte sie ihn verlassen? Es war nicht ihre Art, ohne ein Wort der Erklärung zu verschwinden. Warum hatte sie ihn und ihre Freunde einfach dem Schicksal überlassen? Gerade jetzt wurde sie so sehr gebraucht. Stets hatte er sich geweigert, eine Magierin in seiner Liebsten zu sehen. Die Welt der Zauberei war ihm fremd und verunsicherte ihn. Doch nun sehnte er Sandessa und ihre Fähigkeiten herbei. Er ahnte, dass Ramos und Etug hinter dem Erscheinen des Bergvolkes steckten. Diesen mächtigen Gegnern war allein mit Waffen nicht beizukommen. Sollte er im Kampf sein Leben lassen und Sandessa niemals wiedersehen?

So in seine Gedanken versunken, erreichte er plötzlich die Höhle mit dem Zugang zum Reich der Kleinster. Der Ort wurde nicht mehr bewacht. Etliche von ihnen, die bereits in der großen Siedlung lebten, hatten sich beim Erscheinen des Bergvolkes schnell davongemacht. Urso setzte sich auf einen Stein, erfüllt von der Sehnsucht nach Sandessa. Ihr Beistand und Trost hatten ihm stets Sicherheit und Kraft gegeben. Plötzlich stand ein Kleinster mit einem Korb vor ihm. »Hallo, ich bin Kalle«, sprach dieser und zeigte auf den Korb. »Mehr konnte ich leider nicht auftreiben. Es herrscht ziemlicher Aufruhr in meinem Volk. Die meisten ziehen fort von hier. Sie wollen wieder in Ruhe und Frieden leben.«

Urso betrachtete den Korb. Er war gefüllt mit Nahrungsmitteln.

»Ich musste mich echt anstrengen, um das ganze Zeug durch die engen Tunnel zu schleppen«, erklärte Kalle und wischte sich den Schweiß von der Stirn. »Und mehr konnte ich auf die Schnelle nicht auftreiben.«

Beim Anblick der Früchte, des Brotes und des getrockneten Fleisches lief Urso das Wasser im Munde zusammen, doch er beherrschte sich. »Ich danke dir für diese Gabe«, sagte er höflich.

»Ach, keine Ursache. Hätte ich Helfer gehabt, könnte es noch mehr sein. Das hier ist sicher nur ein Tropfen auf dem heißen Stein. Viele meiner Leute wollen so weit wie möglich von der großen Siedlung weg. All jene, die euch geholfen haben, müssen sich allerdings zuerst zu der reinigenden Quelle begeben und darin baden, damit sie von unserem Volk wieder aufgenommen werden.«

»Reinigende Quelle?«, fragte Urso erstaunt.

»Ja, sie liegt tief unten im Erdinneren. Der Weg dorthin ist eng und anstrengend.«

»Und warum müssen die Kleinster, die uns geholfen haben, dort hin?«, fragte Urso weiter.

»Wir sind überzeugt, dass Etug sein Unwesen in der großen Siedlung getrieben hat. Und nur ein Bad in der reinigenden Quelle kann die Kleinster, die dort gewohnt und gearbeitet haben, von seinem Einfluss befreien«, erklärte der Kleinster. Ungläubig schaute Urso Kalle an. Der fuhr sogleich fort: »Wo ist denn eigentlich Sandessa? Ihr hängt doch sonst immer zusammen?«

Urso wunderte sich, woher wusste der Kleinster von der engen Beziehung zwischen ihm und Sandessa? »Sie ist nicht da«, antwortete er unwillig.

»Was heißt das ›nicht da‹?«, hakte Kalle nach.

»Sie ist verschwunden«, gab Urso traurig zu.

»Dann stimmt das Gerücht also doch«, stellte Kalle nun fest.

Urso musterte ihn scharf. »Was für ein Gerücht?«

»Die Krabbeltiere sprachen darüber. Sie sind ja sehr neugierig, besonders jene, die auch fliegen können. Ich verstehe aber nur die Sprache von denen, die unter der Erde leben. Auf jeden Fall streuen sie gern Gerüchte, um sich wichtig zu machen. Deswegen habe ich das Ganze zunächst nicht ernst genommen.«

»Und was erzählen die Krabbeltiere nun?«, wollte Urso ungeduldig wissen.

»Sie behaupten, Sandessa sei entführt worden und würde in Etugs neuer Festung gefangen gehalten.«

Urso stöhnte auf. Das würde erklären, warum seine geliebte Freundin ohne Abschied verschwunden war.

Kalle grübelte und sagte dann: »Aber wie konnte das geschehen? Sandessa verfügt doch über magische Kräfte.«

»Das stimmt«, antwortete Urso sichtlich beunruhigt, »aber ihr Onkel Ramos ist wieder aufgetaucht und er ist vermutlich weit mächtiger als meine Liebste.«

»Dann habt ihr ein Problem«, stellte Kalle sachlich fest. »Ramos ist ein übler Gesell. Zwar kenne ich ihn nicht, aber ich habe viele Geschichten über die Zeit gehört, als Amalaswinta und ihr Bruder noch Kinder waren. Damals spielten sie gern mit Kleinstern. Aber Ramos war immer fies und hinterhältig zu seinen Spielkameraden. In selbstgefälliger Art probierte er seine Zauberkräfte an ihnen aus, quälte sie oft sogar. Immer wieder musste Amalaswinta eingreifen, um das Schlimmste zu verhindern. Schließlich beschlossen die Kleinster, dass niemand von ihnen Umgang mit den beiden magischen Kindern haben durfte. So wandte sich Ramos dann den Mapas zu, bis er zum Glück von Giaium vertrieben wurde. So wird es jedenfalls erzählt.«

Die Vorstellung, dass Sandessa in der Gewalt ihres Onkels war, ließ Urso wütend und verzweifelt aufspringen. Das Bewusstsein, dieser fremden Macht gegenüber hilflos zu sein, zerriss ihm beinahe das Herz.

»Wieso helfen Sandessa eigentlich ihre Schwestern nicht?«, wollte Kalle nun wissen.

Zornig rief Urso: »Sie gehen irgendwo ihren Vergnügungen nach und kümmern sich weder um Sandessa noch um uns.«

»Dann sieht es übel aus«, sagte Kalle. »Da verschwinde ich

mal lieber.« Flink trollte sich der Kleinster davon. Urso konnte ihm kaum mit dem Blick folgen.

Wieder allein versuchte er seine Gefühle in den Griff zu bekommen. Sein Verstand befahl ihm, sich wieder mit der gegenwärtigen Lage in der Siedlung zu beschäftigen. Aber was auch geschehen würde, er musste Sandessa suchen und befreien.

22. Kapitel

Als es dunkel wurde, strich Ramos durch die Gassen der Siedlung auf der Suche nach Beute. Wieder sollte eine junge, schöne Frau sein Lager teilen. Er hatte schon ausgespäht, welche von ihnen seine Begierde weckte. Mit seiner schmeichelnden Art, seiner anziehenden Erscheinung und bewandert in der Kunst der Verführung überzeugte er meistens schnell eine leichtgläubige Mapa. Doch besonders reizten ihn die Widerborstigen. Sie stellten eine Herausforderung für seine Männlichkeit dar. Lächelnd bei der Vorstellung des baldigen Vergnügens mischte er sich unbemerkt unters Volk. Doch was musste er sehen? Die einst lebensfrohen, jungen Weiber zeigten sich ungepflegt und erschöpft von der Arbeit. Kein Lachen und keine Heiterkeit ließen ihre Gesichter erstrahlen. Ihre oft wunderschönen, langen Haare waren nachlässig zu Knoten am Hinterkopf zusammengebunden. Ihre Hände waren schmutzig und die Kleidung ohne schmückendes Beiwerk. Diese Gestalten stießen Ramos eher ab, als dass sie Begierde in ihm weckten. Zornig kehrte er auf Etugs Festung zurück und schrie seinen Verbündeten an: »Ich langweile mich zu Tode. Wo bleibt das versprochene Fest der Vernichtung?«

Etug erschien sofort und baute sich vor ihm mit einer Verbeugung auf. »Gemach, mein Freund«, begann er. »Wir lassen die Mapas in der Siedlung einfach hungern. Dann haben es die Krieger des Bergvolkes leicht, diejenigen zu meucheln, die sich nicht unterwerfen wollen.«

»Das war nicht der Plan«, tönte Ramos. »Ich will eine Schlacht!«

»Keine Sorge, die wirst du kommen«, beschwichtigte Etug mit düsterer Stimme.

»Ich will aber nicht warten«, brüllte Ramos. »Ich langweile

mich. Los, bring endlich Bewegung in das Bergvolk. Diese Krieger liegen faul in der Sonne und schlagen sich den Bauch voll.«

»Gut«, gab Etug nach, »dann schicke ich meine Ugs zu ihnen, damit sie den Männern des Bergvolks Feuer unterm Hintern machen. Keiner soll eine ruhige Nacht haben. Das Weinen ihrer Frauen und Kinder wird durch ihren Schlaf klingen und sie aufrütteln. Und sie werden von prunkvollen Häusern mit reich gedeckten Tischen, willigen Weibern und süßem Müßiggang träumen. Schon morgen werden sie sich zusammenrotten.«

Sandessa, gefangen in ihrem Krug, musste alles mitanhören. In ihrer Verzweiflung schlug sie wild gegen die tönernen Wände. Doch dann ertönte Ramos' hämisches Lachen und sie hielt inne.

Hoch oben im Mast des Schiffes, auf dem Jami und seine Leute, Kerdo, die ehrbaren Krieger, Flamina und Windröschen reisten, spähte ein Matrose angestrengt in die Richtung, in die das Schiff vom Wind getrieben wurde. Plötzlich rief er: »Land! Ich sehe die Umrisse der Siedlung.«

Sogleich strömten alle an Deck. Doch ehe sie sichs versahen, wurde das Schiff gerammt. Ein großer Raubfisch stieß heftig gegen den Bug. Schon folgte ein zweiter. Ein Blick auf die Wasseroberfläche zeigte, dass weitere folgten. Wie Geschosse nahten die großen Angreifer offensichtlich mit der Absicht, das Schiff zu versenken. Die Krieger zückten ihre Bögen, doch die Pfeile prallten an den schnellen Jägern ab. Flamina und Windröschen sahen sich kurz an, fassten sich an die Hände und schlossen die Augen. Es dauerte nicht lange, da schien das Schiff plötzlich von einer unsichtbaren Mauer umgeben, die die Meeresbewohner nicht durchdringen konnten. Wie von Sinnen stießen sie mit aller Kraft immer wieder gegen den Widerstand, bis sie nach einer Weile benommen aufgaben.

Erleichterung machte sich in der Besatzung breit. Flamina und Windröschen strahlten ob ihres Erfolges. Doch schon wandten alle ihre Aufmerksamkeit wieder ihrem Ziel zu. Auch in der großen Siedlung waren die Ankömmlinge im Morgenlicht nicht unbemerkt geblieben. Aufgeregt rannte ein Fischer zu Cormo, der sich gerade mit Urso beriet, und verkündete atemlos:

»Nun greifen sie vom Wasser aus an!«

Sofort eilte der Häuptling in Begleitung von Urso zu einem Aussichtspunkt. Fassungslos starrten beide abwechselnd durch ein Sehrohr der Kleinster auf das sich nähernde Schiff. Doch dann jubelte Urso: »Das sind keine Feinde. Ich erkenne Jami, Flamina und Windröschen.«

Nun schaute auch Cormo genauer hin. »Tatsächlich, aber Kerdo ist ebenfalls an Bord. Er ist Etugs Sohn und das bedeutet nichts Gutes.«

Wieder schaute Urso durch das Sehrohr. Die Ankömmlinge winkten zu ihnen herüber, lachten und schienen sich zu freuen. Und da war auch tatsächlich Kerdo. Außerdem waren noch andere dort. »Sie haben Fremde dabei. Große kräftige Männer mit Speeren, Pfeil und Bogen«, stellt er langsam fest.

»Könnten das die Krieger von dieser Insel sein, die bekannt für ihre Kampfkunst sind?«, fragte Cormo hoffnungsvoll.

»Das ist möglich«, antwortete Urso.

»Dann können sie uns helfen«, sagte Cormo hoffnungsvoll.

Nun trat Tore zu ihnen, auch er war aufmerksam geworden auf das Schiff. Und als er durch das Sehrohr blickte, entdeckte er sogleich Windröschen. Glücklich über das Wiedersehen winkte er ihr zu. Cormo und Urso zögerten noch kurz, aber dann folgten sie seinem Beispiel. »Kommt, lasst uns runter zum Strand eilen und die Ankömmlinge begrüßen«, sagte Tore und rannte davon.

»Ich glaube nicht, dass unsere Freunde uns feindlich gesonnen sind, auch Kerdo nicht. Wer weiß, was passiert ist«, bemerkte Urso nun und legt Cormo eine Hand auf die Schulter. »Komm, Cormo, lass sie uns willkommen heißen.«

Jami hatte seine Leute angewiesen, das Schiff mit voller Kraft auf den Strand zu steuern. Dabei nahm er zwar in Kauf, dass es erheblichen Schaden nimmt, aber wenigstens würden sie trocknen Fußes das Land erreichen und mussten sich nicht der Gefahr von Angriffen durch die riesigen Raubfische aussetzen. Er wollte nicht sein ganzes Vertrauen auf magische Kräfte setzen müssen, die er nicht verstand.

Schon im flachen Wasser schabte das Schiff deutlich hörbar über den Boden, doch der Wind trieb es vorwärts, bis es mit dem Bug auf dem Strand zum Halten kam. Dort neigte es sich ächzend zur Seite. Windröschen war zuerst an Land und fiel Tore in die Arme. Dann folgten die anderen, glücklich, wieder festen Boden unter den Füßen zu spüren. Auch Jami, Urso und Cormo umarmten einander. Nur Kerdo stand abwartend abseits. Schließlich stellte sich Jami neben ihn und verkündete laut und überzeugend: »Kerdo ist nun ein Freund, er ist einer von uns und kämpft mit uns!«

So wurde auch dieser freundlich empfangen. Zwar hatte Windröschen den Männern auf dem Schiff immer wieder Nachrichten aus der Siedlung überbracht, die sie aus der Luft aufgefangen hatte, doch nun wollten sie sich selbst einen Überblick über die Lage verschaffen. Aber als Erstes kamen Urso, Kerdo und Cormo überein, dass das Schiff versenkt werden musste, damit die Ankömmlinge nicht von den Feinden entdeckt wurden. Schweren Herzens willigte Jami ein und gab den Auftrag an seine Besatzung weiter.

Die Krieger von der Insel krochen wenig später auf die Mauer der Siedlung, wo sie geduckt verharrten, um so ungesehen einen Blick auf das Bergvolk werfen zu können. Dieses machte einen friedlichen Eindruck. Die Männer saßen um Feuerstellen herum, aßen oder dösten vor sich hin. Aber die Krieger waren klug genug, um zu erkennen, dass es unter dieser Fassade brodelte.

Und tatsächlich war es den Ugs gelungen, die Mapas aus den Bergen aufzustacheln. Die Anführer hatten sich, in einem Kreis aus ihren Reittieren vor Blicken geschützt, versammelt. Sie wollten einen Plan entwickeln, um die Siedlung anzugreifen. Die Krieger ihres Volkes mussten endlich Erfolge sehen, um ihre Familien nachholen zu können. Zuerst sprach ein Mann, der die Gruppe der Kletterer befehligte. Seine Männer waren es gewohnt, steile Felswände zu erklimmen. Da dürfte auch die Schutzmauer der Siedlung keine Hürde für sie sein. Wenn diese erobert war, mussten die Tore geöffnet werden.

»Wir sind deutlich in der Überzahl«, sagte ein anderer. »Meine Männer werden die Siedlung erstürmen.«

»Meine Bogenschützen werden jeden Feind auf der Mauer erlegen«, bekräftigte ein anderer.

»Noch wägen sich die Bewohner der Siedlung in Sicherheit. Alle unsere Vorbereitungen müssen deshalb weiter im Geheimen stattfinden. Sollen diese verwöhnten Angeber doch arglos auf ihre Vernichtung warten. Wir kämpfen für unser Recht auf Wohlstand. Wir sind stark, Entbehrungen und harte Arbeit gewöhnt. Diese Faulpelze werden von uns lernen, was es heißt, ums Überleben zu kämpfen. Der Sieg ist unser!«, sagte der Anführer der Sturmtruppen.

Nun erhob der Anführer der Kletterer erneut die Stimme: »Ich habe geträumt, an welchen Stellen meine Männer die Mauer ohne großen Widerstand einnehmen können. Nun lasst uns flüsternd unser Volk auf den Kampf vorbereiten und dann mit aller Härte zuschlagen.«

Nachdem das Schiff zertrümmert war und seine Balken im Meer davontrieben, fanden sich Jami, Kerdo, Urso, Tore und die beiden magischen Schwestern in Cormos Gemächern ein.

»Wo ist unsere Schwester Sandessa?«, wollte Flamina wissen.

»Euer Onkel Ramos hält sie in Etugs neuer Festung gefangen«, erklärte Urso betont sachlich. Doch unter der Fassade brodelte seine Wut.

»Dann müssen wir sie befreien«, rief Flamina aufgebracht, gerade als Balising eintrat.

Nach einer herzlichen Begrüßung ergriff dieser sogleich das Wort: »Ich kann dein Ansinnen gut verstehen, liebe Flamina, doch Ramos ist mächtig. Ich glaube nicht, dass du und Windröschen selbst mit vereinten Kräften ihm trotzen könnt. Eure Mutter Amalaswinta und er wurden von ihrem Vater Zlemar mit den gleichen Fähigkeiten ausgestattet. Wenn Ramos nun diese nach dem anstrengenden Durchdringen des Schutzschildes unserer Planetin Giaium in vollem Umfang wiedererlangt hat, birgt die Befreiung von Sandessa für dich und deine Schwester Windröschen eine große Gefahr.«

»Du meinst, wir sind zur Hilflosigkeit verdammt?«, empörte sich die Magierin wütend.

»Ich rate nur zu größter Vorsicht«, antwortete Balising ruhig.

Windröschen beunruhigte etwas anderes. »Ich spüre eine wachsende Angriffslust bei unseren Feinden«, meldete sie.

Nun stand Kerdo auf und sprach: »Wie euch bekannt ist, bin ich als Etugs Sohn aufgewachsen. Kaum jemand kennt ihn so gut wie ich, aber ich musste erst erwachsen werden, um seine Hinterlist zu durchschauen. Seine Macht gründet ausschließlich auf der Beeinflussung von Mapas. Er vergiftet ihre Gedanken und macht sie zu seinen willigen Gehilfen. Dabei lockt er mit Versprechungen, weckt ihre verborgenen Sehnsüchte, hetzt sie gegeneinander auf, schürt ihre Angst vor Schmerzen oder Verlust und fängt sie in einem Gespinst aus Lügen. So fesselt er seine Untergebenen an sich, die schließlich glauben, dass sie das Richtige tun, indem sie ohne Rücksicht andere ausbeuten oder sogar töten.« Beeindruckt lauschten die Anwesenden Kerdos Worten. Er machte eine kurze Pause, damit das Gesagte sacken konnte. Dann fuhr er fort: »Dank Flamina bin ich der Liebe begegnet. Dieses Gefühl, das ich vermutlich schon von meinen Eltern kannte, verunsicherte mich. Es hat keinen Platz in Etugs Welt. Doch schließlich klärte es meine Gedanken. Und so begriff ich, dass sich allein die Mapas gegen Etugs Macht wehren müssen, indem sie ihm den Kampf ansagen. Es ist unser Kampf, der Kampf der Sterblichen. Wir Mapas müssen von Opfern zu Siegern werden.«

Flamina, der gerade noch Tränen der Rührung in die Augen gestiegen waren, erstarrte bei diesen Worten. Wollte Kerdo damit sagen, dass sie und ihre Schwestern sich aus dem bevorstehenden Kampf heraushalten sollen? Auch die anderen sahen sich zweifelnd an. Nur mit den Zauberkräften der Magierinnen sahen sie eine Möglichkeit, das zahlenmäßig überlegene Bergvolk zu besiegen.

Da erhob sich einer der einst abtrünnigen Krieger der Insel und sagte: »Kerdo hat recht. Auch meine Leute und ich mussten erfahren, wie zerstörerisch die Macht von Etug ist, hat er erst die Gedanken eingenommen. Viele bezahlten das mit einem elenden Tod, ohne zu verstehen, warum dies geschah. Wir können uns nicht mit einem Sieg über andere Mapas von Etugs Einfluss befreien. Wir müssen kämpfen, um den Frieden für alle wieder herzustellen. Doch das kann nur geschehen, wenn wir uns nicht von Angst oder Hass leiten lassen.«

»Aber wir werden doch bedroht«, entrüstete sich Cormo.

»Ja«, stimmte Kerdo zu, »und wir werden uns mit unseren Mitteln dagegen wehren müssen. Doch nur wenn wir einsehen, dass unsere Gegner auch Opfer sind, können wir selbstbewusst in den Kampf ziehen. Denn ich bin mir sicher, dass Etug auch das Bergvolk zu seinen Dienern gemacht hat.«

Flamina fühlte sich ausgeschlossen, während Windröschen

und Tore Arm in Arm ihr Beisammensein genossen. Die lange Trennung schien sie noch enger zusammengeführt zu haben. Doch dann erhob sich Tore und sagte: »Nun, Männer, lasst uns gemeinsam den Kampf vorbereiten. Windröschen spürt, dass das Bergvolk nicht mehr lange mit seinem ersten Angriff warten wird.«

Erschrocken griff sie nach Tores Hand. Sie wollte ihn nicht verlieren.

»Richtig«, sprach Kerdo mit fester Stimme, »doch vorher bitte ich Flamina und Windröschen, einen Schwur abzulegen. Versichert uns, dass ihr euch unter keinen Umständen in unseren Kampf einmischen werdet. Diese schwere Aufgabe müssen wir Mapas ohne eure magischen Kräfte meistern, sonst werden wir nie frei sein.«

»Aber du könntest sterben«, schluchzte Flamina verzweifelt.

»Dann, meine Liebste, weiß ich wenigstens, wofür ich mein Leben gelassen habe«, antwortete Kerdo und lächelte sie voller Zuneigung an.

Windröschen schaute hilflos und verzweifelt Tore an. Doch sie sah in seinem Gesicht eine Überzeugung, die sie stolz machte. Aus dem sorglosen und Rauschmitteln verfallenen Musiker war ein tatkräftiger Mann geworden. Aber durfte sie zulassen, dass er sein Leben in Gefahr brachte? Sein Blick vermittelte ihr Verständnis, doch auch, dass die Ablehnung des Schwurs eine tiefe Trennungslinie zwischen ihnen ziehen würde.

Balising schwieg, doch er wirkte zufrieden mit der Entwicklung. Es schien, als würden die jungen Mapas und auch die Magierinnen erwachsen. Fast erkannte er so etwas wie Weisheit in ihrem Handeln, insbesondere bei Kerdo, der gereift schien nach allem, was ihm widerfahren war.

Kerdo forderte die beiden Magierinnen auf, sich zu erheben. Widerwillig folgten sie seinem Wunsch. »Sprecht mir bitte nach«, begann er. »Wir, Flamina und Windröschen, werden uns nicht mit unseren magischen Kräften in den Kampf mit dem Bergvolk einmischen.«

Beide zögerten, doch gehorchten schließlich dem Willen der anderen ohne wirkliche Einsicht. Sogleich wurden sie von Kerdo und Tore umarmt, während Cormo nur fassungslos den Kopf schüttelte. Dann zogen die Männer fort und die Magierinnen waren allein im Raum.

»Ich verstehe das nicht«, jammerte Windröschen. »Die Krieger hätten doch gut unsere Hilfe brauchen können. Wie sollen sie sich jetzt gegen die Übermacht behaupten?«

»Das weiß ich auch nicht«, seufzte Flamina traurig. »Aber ich denke, dass sich die Mapas wirklich selbst von Etug befreien müssen. Wir unterscheiden uns eben sehr von den Sterblichen, auch wenn selbst ich schon Etugs Verführungskünsten erlegen bin. Manchmal kann ich Sandessa verstehen, die so ganz zu den Mapas gehören möchte. Dann wäre sie nie wieder einsam.«

Plötzlich kam Windröschen eine Idee. »Wenn wir hier sowieso nicht helfen können, haben wir Zeit, uns um unsere Schwester Sandessa zu kümmern. Sie soll doch in Etugs neuer Festung gefangen sein. Es dürfte nicht schwer sein, diese zu finden.«

»Aber sind wir nicht gewarnt worden, dass sich dort auch Ramos aufhalten könnte und unser Onkel nicht nur bösartig, sondern auch sehr mächtig ist? Denk an Balisings Worte, er glaubt, dass wir es nicht mit ihm aufnehmen können«, wandte Flamina ein.

»Sollen wir deswegen unsere Schwester ihrem Schicksal überlassen?«, fragte Windröschen ungehalten.

»Du hast ja recht. Nur was geschieht, wenn uns Ramos auch gefangen nimmt?«, gab Flamina zu bedenken.

»Das werden wir schon zu verhindern wissen. Immerhin sind wir zu zweit«, antwortete Windröschen ungewohnt kämpferisch. Tores Verwandlung in einen willensstarken Mapa hatte in ihr etwas geweckt, sie wollte sich nicht mehr hinter Bedenken verstecken. »Du warst doch immer die Kämpferischste von uns, Flamina. Hast du jetzt etwa Angst?« Das wollte die Schwester nicht auf sich sitzen lassen. »Natürlich nicht. Also lass uns aufbrechen«, sagte sie mit blitzenden Augen.

Sie ahnten nicht, dass sie bereits von Ramos belauscht wurden. Grinsend begab er sich in Etugs neue Festung, verbarg den Tonkrug mit Sandessa unter einem Tuch und erwartete seine Nichten.

Es dauerte nicht lange, da erreichten die beiden die unbelebt wirkende Festung Etugs. Hoch oben auf einem Berg, aus dessen grauen Steinen gebaut, reckte sie sich finster gen Himmel. Im Vergleich zu der alten, zerstörten Festung war sie allerdings eher eine mickrige Behausung. Kalt war es dort oben, und Flamina und Windröschen waren froh, dass sie als Magierinnen nicht frieren konnten. Erst bei genauerem Hinsehen entdeckten die Schwestern einige Mapas, die umherhuschten. Es waren nur wenige und sie gehörten eindeutig zum Bergvolk. Unsichtbar an vielen Fenstern vorbeifliegend, erspähten sie endlich einen Raum, der bewohnt zu sein schien. Darin standen ein Tisch, vier Stühle und ein Schrank. Auf einem Regal an einer Wand gegenüber dem Fenster stand etwas Verhülltes, daneben ein rotglänzender Krug aus einem klaren, festen, durchsichtigen Material und ein blauer Krug, der teilweise ebenfalls durchsichtig war. Niemand schien anwesend zu sein. Dort landeten die beiden Magierinnen und nahmen wieder Gestalt an. Bewundernd standen sie vor den Gefäßen, wagten es aber nicht, sie zu berühren. »Ich spüre Sandessas Anwesenheit«, hauchte Windröschen.

Neugierig wollte Flamina gerade das Tuch über dem einen

Krug anheben, da öffnete sich die Tür. Ertappt fuhren die Schwestern herum. Dort stand ein Mann von großer Gestalt und lächelte sie freundlich an. Erleichtert darüber, wegen ihres Eindringens nicht gescholten zu werden, versuchte Flamina eine ungezwungene Stimmung herzustellen, indem sie ihre Hand ausstreckte und sich vorstellte: »Guten Tag, wir wollten nicht stören. Ich bin Flamina«, sagte sie schlicht. Im gleichen Moment wusste sie, dass das irgendwie nicht ganz passend war.

Doch der Mann reagierte charmant und entspannt, was ihr eigentlich zu denken geben sollte. Er ergriff ihre Hand, beugte sich hinab und küsste sie. Flamina war beeindruckt von der Geste der Verehrung und schaute beschämt zu Boden. »Was treibt zwei so wunderschöne Frauen an einen so düsteren Ort?«, fragte der Mann mit schmeichelnder Stimme.

Windröschen verharrte derweil unsicher im Hintergrund.

»Wir haben uns verirrt«, log Flamina hingerissen von der Erscheinung des gut aussehenden Fremden. »Was sind das für wunderschöne Krüge?«

Windröschen traute der Gestalt nicht und sagte: »Nun wird es aber Zeit, dass wir wieder gehen. Komm, Flamina.«

»Aber warum so eilig?«, fragte der Mann. »Ich freue mich über Gesellschaft.«

Nun spürte auch Flamina eine seltsame Gefahr. Sie stellte sich neben Windröschen und nahm deren Hand. So fiel es ihnen leichter, ihre Kräfte zu vereinen. Doch etwas legte sich wie eine unsichtbare Fessel um beide. Flamina wurde wütend und wollte ihre Macht mit einem heftigen Feuerstrahl aus ihrem Mund beweisen, aber ihre Lippen wollten sich nicht öffnen.

Stattdessen ertönte das schallende Gelächter des Mannes. »Denkt ihr wirklich, ihr könnt ungestraft in meine Gemächer eindringen? Denkt ihr, eure Kräfte reichen aus, um euch dem mächtigen Ramos zu widersetzen?« Windröschen und Flamina erschauerten. »Ja, da staunt ihr«, schmunzelte der Mann siegessicher. »Ich bin euer Onkel Ramos. Und ihr seid gekommen, um eure Schwester Sandessa zu befreien. Wie lächerlich, zu glauben, ihr könntet es mit mir aufnehmen.«

Windröschen wollte Ramos besänftigen, doch sie brachte kein Wort heraus. Auch rühren konnte sie sich nicht mehr. Ihr Onkel ging zum Regal, zog mit einer großspurigen Geste das Tuch von dem verhüllten Tonkrug und trug ihn zu den beiden Magierinnen. »Schaut hinein«, forderte er sie auf. Zögernd folgten Flamina und Windröschen der Aufforderung und erblickten Sandessa, die winzig klein auf etwas Erde hockte. Als sie die Schwestern erkannte, erhellte sich ihr Gesicht und sie winkte fröhlich. Doch dann hörte sie Ramos' Stimme, was all ihre Hoffnungen ersterben ließ.

»Habe ich nicht ein hübsches Heim für eure Schwester ausgewählt? Aber ihr braucht nicht neidisch zu sein. Auch auf euch warten ganz besondere Krüge, in denen ihr darüber nachdenken dürft, was es bedeutet, ein Familienmitglied zu belügen und Zauberkraft nur als Spiel zu betrachten. Magie ist vollkommen sinnlos, wenn sie nicht einem deutlichen Willen folgt. Nun beantwortet mir noch eine Frage: Wo ist die vierte im Bund, eure Schwester Welline?«

Windröschens und Flaminas Lippen lösten sich und sie antworteten gleichzeitig: »Im Meer.«

»Auch dort werde ich sie finden und meinen letzten Krug füllen. Ich bin der Herrscher über Giaium. Selbst eure Mutter ist zu schwach, um euch und den Mapas zu helfen. Und ich sorge dafür, dass ihre vier Töchter ihre Kräfte nicht mehr vereinigen können. Ihr werdet ein Leben als meine Gefangenen fristen.«

Schon fühlten Flamina und Windröschen, dass auch sie schrumpften. Nur noch so groß wie der Finger eines Mapas versuchten sie davonzulaufen, aber Ramos fing sie ein und warf jede von ihnen in einen Krug. Flamina landete hinter rotglänzenden Wänden auf kalter Asche, während Windröschen hart in dem durchsichtigen Gefäß aufschlug. Dann stellte Ramos die mit Magie verschlossenen Krüge wieder auf das Regal neben den einen, der noch leer war.

Sandessa konnte zwar nicht aus ihrem Krug hinausschauen, ahnte aber, was geschehen war, und trommelte mit ihren Fäusten verzweifelt an die tönernen Wände, die unzerstörbar schienen. Flamina griff ihr Gefängnis wütend mit Feuer an, doch der winzige Strahl, der aus ihrem Mund kam, war vollkommen wirkungslos. Derweil flog Windröschen kleinmütig in ihrem Krug umher und stieß dabei immer wieder gegen durchsichtige Wände. Schließlich sackten alle drei erschöpft zusammen, aber sie gaben nicht auf.

23. Kapitel

Während die ehrbaren Krieger von der Insel die Mapas, die noch ungeübt im Umgang mit Waffen waren, anleiteten, mit Pfeil und Bogen oder Speeren umzugehen, fanden sich diejenigen, die sich bereits als Krieger fühlten, in einer großen Halle im Haus des Häuptlings zusammen. Dort herrschte eine erwartungsvolle, aber auch gedrückte Stimmung. Den Männern war bewusst, dass der Kampf ihr Leben kosten konnte. Urso verteilte unter ihnen die Nahrungsmittel, die er von Kalle bekommen hatte. Stumm taten sich die Krieger daran gütlich.

Schließlich entspannten sich Gespräche unter ihnen. Sie tauschten ihre Träume und Ängste untereinander aus. Sehr vertrauliche Gedanken wurden dabei geäußert, von der Liebe zur Familie wurde gesprochen und die Sorgen wurden geteilt. So wuchsen die Männer, die schon immer in der großen Siedlung gewohnt hatten, mit jenen zusammen, die einst von Etug entführt worden waren und nun das Landvolk genannt wurden. Sie entdeckten Gemeinsamkeiten ganz besonders in dem Wunsch nach Frieden. Diese in der Not willkürlich zusammengewürfelte Truppe begann, füreinander Verantwortung zu entwickeln. Es entstand ein Gefühl des Zusammenhalts, das den Kriegern innere Kraft gab. So ertönte irgendwann auch manches Lachen und einige umarmten sich sogar.

Cormo saß auf seinem Häuptlingsstuhl und beobachtete das Geschehen mit Argwohn. Eine so freundliche und friedliche Gesinnung hielt er für keine gute Voraussetzung, um in einen Kampf zu ziehen. Er musste die Angriffslust schüren, den Willen zum Töten und Siegen anstacheln. Also erhob er sich, um die Krieger mit einer flammenden Rede in die richtige Spur zu führen. Aber Kerdo hielt ihn zurück.

»Ich verstehe, dass du unsere Männer zu einem gnadenlosen

Kampf ermutigen willst«, sprach er, als ob er Cormos Gedanken lesen könnte. »Doch die Kameradschaft, die sich gerade entwickelt, ist genauso wichtig für unseren Erfolg. Indem alle an einem Strang ziehen, gewinnen sie Willen und Stärke. Dann kämpfen sie nicht nur für sich, sondern für alle.«

Cormo war sehr ungehalten über diese Belehrung, auch wenn ihm schwante, dass Kerdo recht hatte. Er fühlte sich in seiner Ehre als Häuptling gekränkt. Ohne ein Wort und mit mürrischem Gesicht verließ er beleidigt die Gruppe und ging in sein Zimmer. Kaum hatte er die Tür hinter sich geschlossen, hörte er schon Etugs Stimme:

»Lass dich nicht von diesem Kerdo in die Ecke drängen. Er will dich entmachten und selbst zum Häuptling aufsteigen. Du darfst seinen angeblich ehrbaren Absichten nicht trauen. Er ist ein Lügner und Betrüger. Ich habe ihn als Sohn verstoßen, weil ich ihn erkannt habe. In dir sehe ich den einzigen rechtmäßigen Häuptling der großen Siedlung.«

Damit fühlte sich Cormo in seiner Wut bestätigt. Schon fuhr Etug fort:

»Du darfst die Bewohner der Siedlung nicht Kerdos selbstsüchtigen Zielen aussetzen. Gnadenlos wird der zusehen, wie die Mapas getötet werden. Dann wird er sich selbst an die Spitze des Bergvolkes stellen, seine Freunde zu Sklaven machen und sich zum Anführer über alle küren. Das musst du verhindern.«

Cormo streckte seine Glieder in der festen Überzeugung, als Retter seines Volkes handeln zu müssen. Doch wie sollte er das anstellen?

»Nimm das Schwert, das ich dir einst schenkte, und merze den Verräter aus«, schlug Etug vor. Und wie durch Zauberhand lag das sonst in einer Truhe verwahrte Schwert plötzlich auf dem Tisch. Kampflustig griff Cormo danach.

Schon pochte es an der Tür. Kerdo war ihm gefolgt, weil

er erkannt hatte, dass der Häuptling seine Einmischung verurteilte. Er wollte keine Zwietracht und Cormo um Verzeihung bitten. Doch als Kerdo unaufgefordert eintrat, sah er sich einem Mann mit hassverzerrtem Gesicht gegenüber, der angriffslustig sein Schwert erhoben hatte. »Mein Freund«, begann Kerdo erschrocken, »es tut mir leid. Ich wollte dich weder beleidigen noch verstimmen.«

»Du bist ein Verräter«, schrie Cormo ihn an. »Hinterhältig versuchst du mir die Häuptlingswürde abspenstig zu machen. Hinter scheinheiligen Worten verbirgst du deine wahren Absichten. Aber ich werde für mein Volk kämpfen.«

»Das ist nicht wahr«, verteidigte sich Kerdo, doch schon stürmte Cormo auf ihn zu. Rasch zog auch der Angegriffene sein Schwert aus der Scheide und parierte den ersten Hieb. Wie tollwütig schwang Cormo sein Schwert, doch Kerdo hatte von den Kriegern auf der Insel gelernt, sich zu verteidigen. Immer wieder krachte klirrend Metall aufeinander. Was Kerdo an Geschick zeigte, glich Cormo durch unbedingten Vernichtungswillen aus.

Unsichtbar beobachtete Ramos das Geschehen, aber es wurde ihm schnell langweilig. Offenbar wartete Kerdo nur darauf, dass die Kräfte seines Gegners nachließen. »Warte ab«, hauchte Etug ihm ins Ohr. »Es wird nur einer überleben.«

»Und wer von beiden wird das deiner Meinung nach sein?«, fragte Ramos gleichgültig.

»Das ist egal. Einer von ihnen wird töten und damit zu meinem Handlanger werden.«

Cormos Angriffe wurden tatsächlich bald schwächer, doch er gab nicht auf. Keuchend schlug er immer wieder auf seinen Gegner ein, während Kerdo oft nur noch auszuweichen brauchte. Cormos Schwert stieß ins Leere, was seine Wut immer wieder anstachelte. Das Gewicht der scharfen Waffe ließ die Kraft in seinem Arm mehr und mehr erschlaffen.

Schweißperlen tropften von seiner Stirn. Kerdo tanzte derweil auf flinken Beinen vor ihm her und musste nur selten sein Schwert erheben. Schließlich verlor Cormo sein Gleichgewicht und stürzte. Als er sich mit seiner Hand abstützen musste, entglitt ihm sein Schwert. Schon stand Kerdo über ihm und richtete das Schwert auf die Kehle des Gefallenen. Cormo erkannte, dass er besiegt war, und rief: »Na los, töte mich.«

Kerdo blieb regungslos stehen und schaute in das verzweifelte Gesicht des Unterlegenen. Dann hob er sein Schwert an, ließ es einmal zischend durch die Luft sausen und steckte es wieder in die Scheide. Sofort wollte Cormo nach seinem Schwert neben ihm auf dem Boden greifen, doch Kerdo stellte seinen Fuß darauf. »Bitte, lass es gut sein«, beschwor er den Häuptling, »und nimm meine Entschuldigung an.«

Langsam entspannten sich Cormos Gesichtszüge. Ein Hauch von Versöhnung schwebte durch den Raum. Kerdo lächelte voller Ehrlichkeit und streckte seine Hand aus, um dem Gestrauchelten aufzuhelfen. Dabei sprach er: »Dein Volk braucht dich.«

Zögernd nahm Cormo die dargebotene Hilfe an. Dann standen die beiden Männer voreinander. Eine ganze Weile schauten sie sich nur in die Augen. Dabei erkannte Kerdo die Scham und Unsicherheit seines Gegenübers, während Cormo in Kerdos Blick wahrhaftiges Wohlwollen wahrnahm. Schließlich wich das Misstrauen und beide umarmten einander fest. Dann kehrten sie in stummer Eintracht zu den Kriegern zurück.

Etug war, als ihm seine Machtlosigkeit bewusst wurde, fluchtartig verschwunden. Ramos schüttelte enttäuscht den Kopf. Dann folgte er Etug und in dem dunklen, steinernen Raum in der Festung brüllte er den Unsichtbaren an: »Nun sieh wenigstens zu, dass das Bergvolk endlich die Siedlung angreift! Ich habe keine Lust, vor Langeweile einzugehen.«

Als Kerdo und Cormo sich wieder unter die Krieger mischten, die teils in ihre Gedanken und teils in leise Gespräche vertieft waren, bemerkten sie die Abwesenheit von Tore, Jami und Urso nicht. Wortlos setzten sich die beiden Männer etwas abseits nieder. Das Geschehene hatte ihnen bewusst gemacht, was Wut und Hass anrichten konnten. Ein Kampf forderte Sieger und Besiegte, auch wenn sich die Gegner im friedlichen Leben gar nicht gram waren. Sie mussten das Leben anderer vernichten, um ihr eigenes und das ihrer Lieben zu bewahren. Dabei begaben sie sich selbst in große Gefahr, durften nicht auf Gnade hoffen und anderen keine gewähren.

Zwar hatte Kerdo schon als Ziehsohn Etugs an Überfällen teilgenommen, doch dabei waren er und seine Leute stets im Vorteil gewesen. Nun aber musste er sich mit anderen Kriegern einer Übermacht aus wilden, unberechenbaren Mapas aus den Bergen stellen. Cormo und er suchten ihre Angst zu verbergen, doch sie ahnten, dass nach einer tödlichen Auseinandersetzung nichts mehr sein würde wie früher.

Da kehrten Tore, Jami und Urso zurück. Mit ernsten, bedrückten Mienen setzten sie sich zu Kerdo und Cormo. »Sie sind verschwunden«, sagte Tore voll traurigem Unverständnis.

»Wer?«, fragte Kerdo erstaunt. »Das Bergvolk?«

»Nein, Windröschen und Flamina«, antwortete Tore.

»Und Sandessa ist schon länger unauffindbar«, ergänzte Urso.

Kerdo schaute entsetzt. Konnte es sein, dass der den Magierinnen abverlangte Schwur sie vertrieben hatte? Er war so sehr mit dem bevorstehenden Kampf beschäftigt gewesen, dass er seine Liebste vergessen hatte.

»Mimiti ist auch schon seit Tagen weg«, schmollte Cormo. »Weiber sind eben untreues Gesindel.«

»Nicht meine Sandessa«, widersprach Urso. Kurz überlegte er, ob er seine Freunde in das Geheimnis um Ramos einweihen sollte. Dann sagte er nur:»Ich fürchte, die Frauen sind entführt worden.«

»Aber das kann doch nicht sein«, sagte Kerdo. »Sie verfügen über besondere Kräfte, das wissen wir alle. Kein Mapa kann sie gefangen nehmen.«

Urso nickte.»Damit magst du recht haben, aber ein mächtiger Magier könnte sie ihrer Kräfte berauben.«

Alle vier sahen Urso ungläubig an.

»Doch was können wir tun?«, fragte Kerdo kämpferisch.

»Ich fürchte, wir müssen uns auf den bevorstehenden Kampf konzentrieren. Das sind wir unserem Volk schuldig. Es scheint, als seien Mächte im Spiel, denen wir nicht trotzen können«, antwortete Urso.

»Wir sollen die Frauen im Stich lassen, die uns am meisten bedeuten?«, empörte sich Kerdo.

»Hoffen wir, dass Welline noch rechtzeitig ihre Mutter Amalaswinta findet«, mischte sich Jami ein.»Wenn es stimmt, was Urso vermutet, kann nur sie ihre Töchter retten.«

24. Kapitel

Welline streifte auf der Suche nach dem Wasserdrachen Dragius, der als Einziger wusste, wo ihre Mutter Amalaswinta sich aufhielt, planlos durch das Meer. Egal welche Wesen sie auf ihrem Weg fragte, sie erhielt keine Antwort auf die Frage nach dem Gesuchten. Es schien ihr, als hätten alle Bewohner des Wassers geschworen, niemals über Dragius ein Wort zu verlieren. Es mochte Angst vor dessen Vergeltung sein, aber eher meinte Welline in dem Schweigen eine große Achtung vor dem Drachen zu erkennen.

Sie hatte sich das Meer nicht so groß vorgestellt. Ihr begegneten die seltsamsten Gestalten. Einige waren winzig klein und beinahe durchsichtig, andere so groß, dass ihre Mäuler gleich mehrere Mapas hätten verschlucken können. Fische von geringer Größe taten sich oft in Schwärmen zusammen, wurden so zu einem einzigen, sich ständig verändernden Schatten. Andere lebten im Familienverband, stets besorgt um ihren Nachwuchs, denn auch im Wasser gab es Jäger und Gejagte.

Welline erkannte, dass es keinen so großen Unterschied zum Leben an Land gab. Berge und Riffe, in denen sich Wesen des Meeres versteckten, damit sie nicht gefressen wurden, erhoben sich aus dem dunklen Untergrund. Wenn das Wasser in der Nähe einer Küste flacher wurde und die Sonne bis auf den Boden reichte, wuchsen Pflanzen, die sich wie Gras in der Strömung wiegten. Bunte Blumen entfalteten ihre Pracht. Behäbige Tiere zupften Halme, kauten und verschlangen sie. Dabei waren sie umgeben von schillernden Fischen, die sich im aufgewirbelten Sand ihre Nahrung suchten. Sie entdeckte lebende Steine in fröhlichen Farben und wenn sie in die lichtlose Tiefe reiste, begegneten ihr Wesen, die aus sich selbst heraus leuchteten. Diese Vielfältigkeit des

Lebens ließ sie oft den eigentlichen Sinn ihres Umherstreifens vergessen.

Wenn sich Welline zu sehr danach sehnte, wieder Gestalt anzunehmen, erklomm sie einen aus dem Wasser ragenden Felsen und genoss träumerisch die Sonne. In ihrem Element konnte sie sich unsichtbar bewegen, wurde ein Teil davon. Doch in ihr steckte auch eine Mapa, die die Wärme auf ihrem Körper spüren, den Wind durch ihr langes Haar streichen lassen wollte. Dann drückte die Einsamkeit auf ihr Gemüt. Wie schön war es gewesen, auf einem Schiff mit Jami an der Seite über das Meer zu gleiten. Und schon erinnerte sie sich daran, dass ihre Schwestern und ihre Freunde in Gefahr sein könnten. Ihre Aufgabe war es, ihre Mutter zu finden, die als einzige Rettung bringen kann. Welline verzweifelte fast an dem Gedanken, sie könnte versagen.

Als sie sich eines Tages voller Hoffnungslosigkeit wieder ins Wasser begab, um ihre Suche fortzusetzen, meinte sie die Hilferufe ihrer Schwestern zu hören. Ihr Herz drohte zu zerreißen. Voller Qual schrie sie:

»Dragius, wo bist du? Bitte hilf mir.«

Dann sank sie wieder in die Tiefe des Meeres. Da geschah es: Wenig später näherte sich ihr ein mächtiger Schatten. Er war so riesig, wie sie bisher noch keinen gesehen hatte. Doch Welline spürte keine Furcht. Regungslos verharrte sie in dem Bewusstsein, dass ihr kein Wesen im Wasser etwas anhaben konnte. Diesen Schutz verdankte sie ihrem Vater. Dann erkannte sie einen Drachen, dessen Kopf größer als ein Mapa war. Seine Augen schauten sie misstrauisch an.

»Dragius«, stammelte Welline erleichtert. Der Blick des Drachen wurde freundlicher. »Bitte hilf uns«, flehte Welline. »Meine Schwestern sind in Gefahr und nur unsere Mutter Amalaswinta kann uns helfen. Weißt du, wo ich sie finde?«

Dragius' Augen verengten sich zu einem Schlitz. Welline

spürte, wie er tief in ihre Gedanken eindrang. Nach einer kurzen Zeit entspannte sich seine Miene wieder.

»Gut, ich werde dich zu Amalaswinta bringen«, ertönte seine tiefe Stimme. »Aber ich glaube nicht, dass sie schon wieder erwacht ist. Um Giaium zu schützen vor den bösen Mächten, musste sie ihre ganze Kraft einsetzen. Nun ruht deine Mutter, bis sie sich wieder stark fühlt.«

»Dann sind wir verloren«, flüsterte Welline verzagt.

»Vielleicht erweckt die Liebe zu ihren Töchtern die große Magierin.«

»Dann lass uns bitte schnell aufbrechen. Plötzlich fühle ich, dass Eile geboten ist«, bat Welline.

»Folge mir«, sagte Dragius daraufhin, drehte sich um und schoss wie ein Pfeil davon.

Welline hatte anfangs Mühe ihm zu folgen. Mit großer Geschwindigkeit glitten beide durchs Wasser. Dann stießen sie hinab in eine tiefe Felsspalte, vorbei an glattem Gestein, bis die Dunkelheit alles um sie herum verschlang. Wie in einem Sog zog Dragius Welline mit sich. Dann sah sie unvermittelt weit unten ein Licht. Als sie näher kamen, erkannte Welline einen Feuerstrahl, der aus dem Meeresboden kam. Neben dem Licht und aufsteigenden Luftblasen war eine Gestalt zu sehen. Es war eine schlafende Frau, deren langes Haar sich im Wasser wiegte und in hellen, dunklen und roten Tönen schimmerte. Sie war bedeckt von grünem Seetang und gelbem Sand. Darin funkelten sowohl durchsichtige als auch rote, blaue und grüne Steine.

Das Antlitz der Frau war von einer so betörenden Schönheit, dass Welline von Ehrfurcht erfüllt wurde. Als sie sich schließlich umsah, war Dragius verschwunden. Die Magierin nahm Gestalt an und setzte sich neben die Schlafende. An diesem Ort waren Feuer, Erde, Luft und Wasser vereint. Welline konnte das Herz von Giaium schlagen hören. Nur hier in der verborgenen Tiefe konnte Amalaswinta ihre Kräfte zurückerlangen.

»Mutter?«, hauchte Welline, ganz vertieft in deren Anblick, aber die Angesprochene zeigte keine Regung. Welch einen Liebreiz die Schlafende verströmte. Erfüllt von Zärtlichkeit tastete Welline nach ihrer Hand. Warum sollte sie den Schlaf der Mutter stören? Es lag ein Frieden über ihr, den zu trüben, einer Missachtung gleichkam. Ruhe und Liebe durchströmten Welline. Sie fühlte sich geborgen. Sie vergaß ihre Schwestern und alle Mapas. In der Einsamkeit der Tiefe neben ihrer wunderschönen Mutter verloren die Sorgen in der Ferne an Bedeutung. Die Kräfte der Elemente durchdrangen die junge Magierin, umnebelten ihre Sinne. Niemals zuvor war ihr so deutlich bewusst, welche mächtigen Kräfte in ihr schlummerten.

Sandessa, Flamina und Windröschen hatten unterdessen in ihren Gefängnissen festgestellt, dass sie in der Lage waren, ihre Gedanken auszutauschen. Offensichtlich konnte der Zauber ihres Onkels Ramos diese nicht einsperren. Flamina war wütend. Einst hatte Etug sie eingesperrt und nun sah sie sich wieder zur Hilflosigkeit verdammt. Sosehr sie sich auch abmühte, ihre Kräfte reichten nicht aus, um sich zu befreien. Windröschen ergab sich ihrem Schicksal, während Sandessa unentwegt an Urso dachte. Die Angst, er und andere Mapas, die ihre Freunde waren, könnten getötet werden, quälte ihr Gemüt. Schließlich zwang sie sich zur Vernunft. Was hatte ihr Onkel gesagt? Magie ist vollkommen sinnlos, wenn sie nicht einem deutlichen Willen folgt.

»Schwestern«, rief Sandessa, »wir müssen unsere Kräfte bündeln. Dazu ist es wichtig, dass wir alle drei den gleichen deutlichen Willen haben.«

»Das ist einfach«, erklärte Flamina. »Wir wollen wieder frei sein.«

»Gut«, antwortete Sandessa, »dann lasst uns gemeinsam diesen Willen in magische Kraft umsetzen.«

»Windröschen!«, rief Flamina ärgerlich, denn von ihrer ständig träumenden Schwester kam keine Erwiderung. »Träume nicht, sondern reiß dich bitte zusammen und folge unserem Plan.«

Doch Windröschens Gedanken kreisten um die Erinnerung an die Insel mit den vielen Vögeln. Wie schön musste es sein, diese Erfahrung mit Tore zu teilen. In ihren Ohren klang liebliche Musik und fröhliche Mapas tanzten dazu. Als diese Bilder zu ihren Schwestern flogen, begannen auch sie von einer Zukunft mit ihren Liebsten zu träumen. Sandessa sah sich umgeben von ihren Kindern in einer Mapasiedlung alltägliche Arbeiten verrichten und die Früchte der Erde ernten. Flamina schritt in einem prachtvollen Kleid mit glitzernden Steinen an der Seite von Kerdo durch die große Siedlung, in der überall kleine Feuer loderten, auf denen köstliche Mahlzeiten zubereitet wurden. So verlor sich der Plan der drei Magierinnen in ihren Träumen.

Die Nacht war hereingebrochen und Etug hatte alle Ugs zum Bergvolk geschickt. Sie sollten die Männer anstacheln, am nächsten Tag voller Überzeugung zu kämpfen. Ihnen wurde eingeflüstert, dass ihre Frauen und Kinder verhungern müssten, wenn sie nicht siegten. Jeder, der nicht sein Bestes gab, wäre ein Verräter und Feigling. Gleichzeitig wurde der Hass auf die Bewohner der großen Siedlung geschürt, indem diese als gemein, grausam und gnadenlos dargestellt wurden. Auch die Verheißungen auf ein Leben in Wärme und Wohlstand für das ganze Bergvolk fehlten nicht. Noch in dieser Nacht sollte ein erster Angriff den Weg für einen glorreichen Sieg und eine sorglose Zukunft ebnen.

Da die Bewohner der großen Siedlung ihre Schutzmauer für

uneinnehmbar hielten, waren nur wenige Krieger abgestellt, um dort zu wachen. Im schalen Licht der beiden Monde spähte der Anführer der Kletterer nun eine Stelle aus, an der seine Männer ungesehen die Mauer erklimmen konnten. Auf ihre Rücken waren Keulen geschnallt, um die wenigen Wächter niederzustrecken. Außerdem führten sie Seile mit sich, an denen weitere Krieger hinaufklettern konnten.

In den Bergen hatten diese Mapas gelernt, selbst beinahe glatte Felswände nur mit der Kraft und dem Geschick ihrer Hände und Füße zu bezwingen. Sie nutzten jeden noch so kleinen Steinvorsprung. Mit nur einem Finger konnten sie sich kurzzeitig vor einem Absturz bewahren. Dabei gingen sie lautlos vor, verständigten sich nur mit Zeichen und leisem Zischen. Oben auf der Mauer angekommen, verteilten sie sich blitzschnell und schlugen die überraschten Wächter nieder.

Nun hätten die Krieger des Bergvolkes über die Siedlung herfallen und etliche Mapas im Schlaf ermorden können. Aber Etug hatte Ramos eine Schlacht versprochen. Also war den Anführern von den Ugs eingeflüstert worden, dass nur ein offener Kampf sie zu Helden machen würde. Deswegen lautete die Anweisung an die Krieger, das große Tor nicht nur zu öffnen, sondern es aus den Angeln zu heben und fortzutragen.

Ramos war in diesen Plan eingeweiht. Da das Stehlen des Tores aber mit einigem Lärm verbunden sein würde, bestand die Gefahr, dass die Bewohner der Siedlung erwachten und sich wehrten. Besonders gute Ohren hatten die ehrbaren Krieger von der Insel. Einer von ihnen hielt auch stets Wache, wenn die anderen schliefen. Ungewohnte Geräusche würden sofort ihre Aufmerksamkeit erregen. Obwohl Ramos sich eigentlich aus dem Kampf heraushalten wollte, hielt er es für sicherer, diese Krieger durch einen Zauber in Tiefschlaf zu versetzen. Da sie alle zusammen in einem Zimmer auf dem Boden nächtigten, war das einfach. Schließlich hatte er keine Lust, noch weiter auf die große Schlacht zu warten.

Auch die anderen Krieger verbrachten die Nacht gemeinsam. Das förderte ihr Zusammengehörigkeitsgefühl. Sie alle schliefen unruhig, wälzten sich umher, schnarchten oder stöhnten gelegentlich. Von bösen Ahnungen geweckt, schauten sich Kerdo und Urso gelegentlich im Raum um und lauschten in die Nacht. Doch beide zwangen sich wieder zur Ruhe, denn sie mussten ihre Kräfte für den Kampf schonen.

Über der gesamten Siedlung lag eine aufgewühlte Stimmung der Angst. Ab und zu schrien kleine Kinder, die sogleich von ihren Müttern beruhigt wurden. Niemand traute sich aus den Häusern. So konnten die Mapas des Bergvolkes ihren Plan ungestört umsetzen. Es war eine schwere Arbeit, das große Tor aus den Angeln zu heben und es möglichst lautlos zu Boden gleiten zu lassen. Fast wären zwei Krieger darunter begraben worden. Dann befestigten sie die Seile und andere besonders kräftige Männer zogen das Tor auf dem Boden schleifend fort. Im Licht der beiden Monde klaffte nun ein weites Loch in der Schutzmauer der Siedlung. Zufrieden erwartete das Bergvolk nun den Anbruch des Tages.

Cormo, Kerdo und ihre Krieger wurden kurz vor Sonnenaufgang von einem lauten Alarmsignal geweckt. Ein Bewohner, der keinen Schlaf mehr gefunden hatte, war hinausgegangen und hatte das Fehlen des Tores entdeckt. Aufgeregt rannten andere zur Mauer und trauten ihren Augen nicht. Hinter der Öffnung lag die dunkle Weite der Ebene. Urso entdeckte die erschlagenen Wächter auf der Mauer. Hastig wurde die Siedlung durchsucht, aber es war kein Angehöriger des Bergvolkes zu finden. Wieder im Schlafraum sprach Kerdo: »Männer, der Tag des Kampfes ist gekommen. Unser Schutzwall wurde letzte Nacht durchbrochen. Nun müssen wir uns vor der Siedlung dem offenen Kampf stellen. Das Bergvolk wird uns erwarten.

Nehmt eure Waffen und lasst uns die Herausforderung annehmen.«

Cormo sah ihn erschrocken an. Er fürchtete sich und hatte bis zuletzt geglaubt, dass es zu keinem Krieg kommen würde. »Die Angreifer sind in großer Überzahl«, flüsterte er zitternd.

Kerdo legte eine Hand auf seine Schulter. »Ich weiß, aber es gibt keinen anderen Ausweg«, sagte er tröstend und war sich dabei der Aussichtslosigkeit ihres Vorhabens bewusst.

Nun bereute er es, Windröschen und Flamina den Schwur, sich nicht einzumischen, abgenommen zu haben. Aber sie waren ja ohnehin verschwunden. Also konnten sich die Bewohner der Siedlung nur auf ihre eigene Kraft verlassen. Vielleicht hätte er mit den Anführern des Bergvolkes verhandeln sollen. Doch er war sich sicher, dass Etug Macht über sie gewonnen hatte und sie ständig antrieb. Kerdo konnte die Anwesenheit seines ehemaligen Ziehvaters spüren. Lieber wollte er sterben, als sich ihm zu ergeben. Aber war nicht jeder gewalttätige Kampf ein Sieg für Etug? Unwillig schüttelte er den Gedanken ab und gab, indem er sein Schwert in die Höhe reckte, das Zeichen zum Aufbruch.

Als die Krieger der Siedlung unter den Augen ihrer verängstigten Frauen und Kinder zur Öffnung in der Mauer schritten, stimmten sie unter Tores Leitung und unterstützt von Trommeln einen Gesang an. Leise, verzagte Stimmen wuchsen langsam zu einem lauten Chor mit Siegeswillen an, indem sie ihren Leitspruch sangen: »Als Helden geboren, in Treue verschworen, schreiten wir mutig von Sieg zu Sieg.«

Eine Welle der Zuversicht und des Selbstvertrauens erfasste die Truppe, die von Kerdo, Cormo und Urso angeführt wurde. Doch als alle gemeinsam im Gleichschritt vor die Mauern auf die große Ebene traten, verstummten sie. Auf der Ebene hatte sich das Bergvolk versammelt, noch außer Reichweite der Bogenschützen auf der Mauer der Siedlung. Ihre Anführer saßen auf den gehörnten Reittieren, genauso wie die Krieger an ihrer Seite und hinter ihnen. Diese sonst so ruhigen Wesen, die meistens als Fleischlieferanten dienten, schnaubten nun angriffslustig. Die Krieger mit Pfeil und Bogen schützten ihren Körper mit einem Wams aus dicken Lederschichten. Neben und hinter ihnen standen so viele Mapas mit Keulen oder Steinen in der Hand, dass sie die ganze Ebene auszufüllen schienen. Doch mehr noch als die Übermacht erschreckten die Krieger aus der Siedlung die hasserfüllten Mienen der Angreifer. Ihre Gesichter waren zu Furcht einflößenden Grimassen verzerrt. Etug hatte ganze Arbeit geleistet.

Beide Truppen standen sich regungslos gegenüber. Dabei entstand der Eindruck, als koste das Bergvolk seine zahlenmäßige Überlegenheit bewusst aus. Eine beinahe unerträgliche Spannung lag über der Ebene. Etwas abseits auf der Kuppe eines Felsens beobachtete Ramos das Geschehen voller Vorfreude.

Auch Balising, Emalia und Lirno beobachteten die Ereignisse. Sie standen am Fenster eines Hauses in der Siedlung, von wo aus sie auf die Ebene schauen konnten. »Es scheint so, als würden wir beide heute unsere Söhne verlieren«, sagte Lirno traurig zu Emalia. »Doch wir können stolz auf sie sein, dass sie sich in vorderster Reihe den Angreifern stellen. Wie gern hätte ich noch Zeit mit meinem so lange verschollenen Sohn Kerdo verbracht.«

Emalia rannen Tränen über das Gesicht. Lirno zog sie in seine Arme und streichelte ihr tröstend über das Haar.

»Das alles haben wir nicht nur Etug zu verdanken, sondern auch Ramos«, erklärte Balising.

Die beiden sahen ihn entsetzt an. Sie hatten schon von Ramos gehört, Amalaswintas verstoßenem Bruder, einem großen Magier, der die Mapas für dumme und überflüssige Wesen hielt.

Und Balising fuhr beunruhigt fort:»Vermutlich hat er Windröschen, Sandessa und Flamina gefangen genommen. Nun kann uns und unseren Freunden nur noch Amalaswinta helfen.« Er seufzte tief und voller Sorge.

Flamina und Sandessa wurden aus ihren Träumen gerissen, als Windröschen aufschrie:»Ich höre die Kriegsgesänge unserer Freunde. Die Schlacht beginnt.«
Alle drei hielten erschrocken inne in ihren Gedanken. Ihre Liebsten würden sterben und sie waren zur Untätigkeit verdammt.
»Ich wünsche mir so sehr, in Frieden zu leben«, wimmerte Windröschen.
»Ja, Frieden«, riefen ihre Schwestern wie aus einem Mund.
Im selben Augenblick zersprangen ihre Gefängnisse. Dabei wurden die drei Magierinnen auf den Boden geschleudert und wuchsen sogleich zu ihrer normalen Größe heran. Verwundert schauten sie sich an und erkannten dabei, dass sich ihre Kräfte in dem Wunsch nach Frieden zu großer Stärke vereinigt hatten. Freudig fielen sie sich in die Arme. Doch schon bald löste sich Sandessa und sagte:»Wir müssen sofort zu unseren Freunden eilen und ihnen helfen.«
Die Schwestern fassten sich an den Händen und ehe sie es recht begriffen, standen sie nicht weit von den Truppen auf der großen Ebene. Noch rührte sich keiner der Krieger.»Was sollen wir tun?«, fragte Sandessa voller Angst, als sie die Kämpfer beider Seiten sah.
»Ein Schwur verbietet Windröschen und mir, unsere magischen Kräfte einzusetzen«, erklärte Flamina ratlos.»Aber du bist frei von dieser Bindung.«
»Aber ich weiß nicht, was ich machen soll«, gestand Sandessa verzweifelt.
Und während die Schwestern hastig überlegten, wie Sandessa

ihre Kräfte einsetzen könnte, entdeckte Ramos aus der Ferne seine jungen Verwandten. Er wechselte rasch auf ein nicht sehr hohes Felsplateau, wo sie ihn gut sehen konnten.

»Meinen verflixten Nichten ist es doch tatsächlich gelungen, aus ihren Gefängnissen zu entkommen«, sprach er zu sich selbst. »Aber sie werden sehen, was sie davon haben. Nun werde ich sie zwingen, zuzuschauen, wie ihre geliebten Mapas im Kampf getötet werden.«

Mit einem hämischen Grinsen schickte er einen Zauber zu den drei Magierinnen. Ehe sie sichs versahen, waren sie unter einer von ihrer Seite durchsichtigen Kuppel gefangen. Und für die Augen der Mapas waren sie nun unsichtbar. Sie bemerkten ihre erneute missliche Lage allerdings erst, als Sandessa losgehen wollte und sich den Kopf stieß. Wütend hämmerten alle drei gegen die durchsichtige Wand. Dann erspähten sie Ramos, der ihnen fröhlich zuwinkte. Mutlos sackten Sandessa, Flamina und Windröschen zusammen.

Weder die Krieger noch die Magierinnen noch Ramos bemerkten bei alledem die dunkle Wolke, die sich über den Truppen des Bergvolkes zusammenzog. Und dann kam Bewegung in die Angreifer, allerdings auf eine ganz andere Art als erwartet, denn die Erde unter ihnen begann zu beben. Die Männer taumelten. Die Reittiere, ihres sicheren Standes beraubt, fingen an zu bocken und warfen ihre Reiter ab. Panisch traten sie die Flucht an und überrannten etliche Krieger. Dann setzte ein wirbelnder Wind ein, riss die Keulen aus den Händen der Fußtruppen. Grauer Staub flog auf und nahm allen die Sicht. Schon fielen riesige Hagelkörner vom Himmel und zwangen die Krieger, sich schützend auf den Boden zu werfen. Schließlich fuhren Blitze herab und setzten die auf den Rücken der Bogenschützen festgeschnallten Pfeile aus Holz in Brand. Die gerade noch so angriffslustigen Mapas schrien und liefen planlos umher. Haare fingen Feuer und Blut tropfte auf die Erde. Überall erklang das Gebrüll der Verletzten.

Erschrocken über diesen Anblick schauten Sandessa, Windröschen und Flamina zu der Truppe aus der großen Siedlung. Diese stand noch immer regungslos da. Kein Windhauch zerzauste die Haare der Krieger. Niemand wankte und auch kein Hagelkorn oder Blitz fiel auf die Männer. Nun verstanden die drei Schwestern. »Unsere Väter helfen den Bewohnern der Siedlung«, flüsterte Flamina bewegt.

Der Staub lichtete sich und alle konnten sehen, dass die Anführer des Bergvolkes auf die Knie gesunken waren. Nach und nach taten es ihnen die übrigen gleich. Als alle Angreifer auf dem Boden knieten, beruhigte sich die Erde. Hagel, Wind und Blitze verschwanden. Plötzlich herrschte eine unheimliche Stille auf der Ebene.

»Was hat das zu bedeuten?«, fragte Windröschen, erstaunt über diesen Anblick.

Sandessa lachte. »Erinnerst du dich nicht, dass wir einst von Balising gelernt haben, dass die Bergvölker die Geister der Luft, des Wassers, des Feuers und der Erde anbeten? Die Männer müssen erkannt haben, dass unsere Väter ihre Absichten nicht gutheißen. Vermutlich sind sie niemals zuvor den Mächten der Elemente so geballt begegnet. Nun zeigt das Bergvolk, dass es sich den Geistern demütig unterwirft.«

Die Truppen aus der Siedlung konnten nicht verstehen, was sich vor ihren Augen abgespielt hatte. Alles war sehr schnell gegangen. Und nun knieten die Gegner mit gesenktem Haupt im Sonnenschein, ohne dass es zu einem Kampf gekommen war. Etliche Verletzte lagen stöhnend auf dem Boden. War das eine Falle? Nur Kerdo und Cormo hörten die Stimme Etugs, die ihnen zuflüsterte: »Nehmt eure Schwerter und schlagt den Anführern den Kopf ab. Und dann schickt eure Krieger in den Kampf, damit sich nie wieder jemand von den Bergvölkern in die Nähe eurer Siedlung traut. Metzelt die verhassten Angreifer erbarmungslos nieder. Jagt die Feiglinge davon. Dieser Sieg wird euch zu großen Ehren gereichen.«

Schon wollte Cormo losstürmen, aber Kerdo hielt ihn zurück. »Befreie dich von Etugs Macht«, herrschte er ihn an. Cormo hielt inne und sah seinen Freund an, der ihn freundschaftlich und voller Verständnis anblickte. Kerdo legte eine Hand ermunternd auf seine Schulter. Da ließ Cormo sein Schwert sinken. Als sich seine Miene entspannte, wusste Kerdo, dass er Etug vertrieben hatte.

»Nun lass uns gemeinsam zu den Anführern des Bergvolkes gehen und ihnen die Hand zur Versöhnung reichen«, fuhr er fort. Dann drehte er sich zu den anderen Kriegern um und sprach: »Die Naturgewalten haben unsere Feinde in die Knie gezwungen. Nun ist es an uns, dem Bergvolk zu zeigen, dass Gnade und Vergebung keine hohlen Worte sind. Sie zu meucheln oder zu demütigen, wird keinen Frieden bringen. Seien wir dankbar, dass wir uns nicht im Kampf der Übermacht stellen mussten.« Ein unwilliges Murren ertönte. »Wollt ihr wirklich andere Mapas töten, die nun schon geschlagen knien?«, fragte er scharf.

Einige schüttelten jetzt den Kopf, erleichtert, dass es offensichtlich keinen Krieg mehr geben würde. Andere beäugten misstrauisch und kampfbereit die knienden Gegner. Viele waren unschlüssig, wie sie sich verhalten sollten. Schließlich gab Kerdo dem Häuptling einen Schubs in Richtung des Bergvolkes. Gemeinsam schritten sie zu deren Anführern. Diese schauten nun auf und ihre Blicke zeigten, dass sie mit ihrem Tod rechneten. Die Schwerter in den Händen der beiden Männer blitzten im Sonnenlicht. Doch bei den immer noch knienden Anführern angekommen, ließ Kerdo seines vor diesen in den Staub sinken. Cormo zögerte. Er blickte über die große Schar von Kriegern, die ihre Köpfe gesenkt hielten, sah auch jene, die sich mit Schmerzen am Boden wälzten. Andere zeigten keine Lebenszeichen mehr, waren von den Reittieren niedergetrampelt, von Hagelkörnern oder herumfliegenden Keulen erschlagen worden. Schließlich glitt auch sein Schwert zu Boden. »Nun kehrt heim in Frieden«, rief Kerdo laut.

Alle Knienden blickten ungläubig auf. Als Erster erhob sich zaghaft einer der Anführer. Nach der Wahrheit forschend blickte er in Kerdos Augen. Dann verneigte er sich vor den beiden Männern aus der Siedlung und sagte mit fester Stimme: »Die Geister der Luft, des Wassers, der Erde und des Feuers haben sich gegen uns gewandt. Es war Unrecht, eure Siedlung anzugreifen. Nun erkenne ich das. Die Naturgewalten, die wir verehren, haben uns bestraft. Wir werden euch ewig dankbar sein, dass ihr uns verschont.«

»Euer Volk wurde von einer dunklen, bösen Macht heimgesucht, die eure Sinne umnebelt und euch verführt hat«, erklärte Kerdo. »Wir nennen sie Etug. Ich selbst war jahrelang sein Handlanger und weiß um die Hinterhältigkeit seines Vorgehens.«

Beide Männer reichten sich die Hände. Nach und nach standen nun alle Krieger des Bergvolkes auf. Sie wirkten noch immer verängstigt. Langsam näherten sich auch die Bewohner der Siedlung. Sie erkannten in den haarigen Mapas ihresgleichen, Unsicherheit, Angst und Scham. Auf beiden Seiten verschwand der Kampfgeist. Und als die Unterlegenen damit begannen, sich um ihre Verletzten zu kümmern, bekamen sie unerwartet Hilfe von den Bewohnern der Siedlung. Wasser wurde herbeigetragen und Salben gegen die Verbrennungen. Ohne große Worte arbeiteten die einstigen Gegner nun Hand in Hand.

Ramos raste vor Wut. Zwar war es ihm gelungen, die Geister des Wassers, der Luft, des Feuers und der Erde zu vertreiben, aber zu spät. Da hatte das Bergvolk bereits aufgegeben. Als er nun auch noch sehen musste, wie die Bewohner der Siedlung sich um die Verletzten kümmerten, verlor er endgültig die Geduld. Dafür, dass es statt eines blutigen Kampfes mit vielen toten Mapas nun eine Versöhnung gab, musste ein Schuldiger her. Etug für seine nachlässige Arbeit zu bestrafen, würde aber bedeuten, es sich mit einem Verbündeten zu verscherzen. Und waren es nicht die Väter seiner Nichten gewesen, die den ganzen Plan kaputtgemacht und ihn seines Vergnügens beraubt hatten? Deshalb sollten nun also folgerichtig die Magierinnen seine Rache zu spüren bekommen. Niemand sollte sich mehr dem großen Ramos entgegenstellen. Sorgfältig dachte er darüber nach, wie er seine Nichten möglichst hart treffen könnte. Dabei wurden seine bösartigen Gedanken noch angestachelt dadurch, dass er beobachtete, wie sich Flamina, Sandessa und Windröschen über die neue Entwicklung freuten. Hand in Hand tanzten sie in ihrem Gefängnis im Kreis herum. Schließlich fielen ihm grausame Strafen ein: Flamina würde er für immer vom Feuer getrennt an den kältesten und von ewigem Eis bedeckten Teil von Giaium verbannen. Sandessa wollte er in einen Vogel verwandeln, der niemals auf der Erde landen konnte. Und Windröschen sollte in einem unterirdischen, engen Verlies gefangen sein, in das kein Laut von außen drang.

Welline erwachte aus ihren Träumen, als sich ihre Mutter plötzlich rührte. Sie griff nach der Hand ihrer Tochter, stand auf und zog sie dabei mit hoch. Die beiden Magierinnen standen sich gegenüber und schauten einander voller Liebe an. »Meine Tochter«, begann Amalaswinta, »wie sehr habe ich mich nach dir und deinen Schwestern gesehnt. Aber uns bleibt keine Zeit, das Wiedersehen zu feiern. Deine Schwestern sind in Gefahr. Wir müssen sofort aufbrechen.«

Ein Blick nach oben zeigte, dass der Ausgang der Felsspalte im Meer von Dragius' mächtigem Leib versperrt war. »Dragius, mein Freund und Beschützer«, sprach Amalaswinta. »Ich danke dir für deine Hilfe, doch nun ist deine Aufgabe erfüllt.« Der Drache schwamm davon. Plötzlich spürte Welline einen heftigen Wirbel, der sie erfasste. Im nächsten Augenblick stand sie auf dem kleinen Hügel in der großen Ebene. Die Kuppel, unter der Flamina, Windröschen und Sandessa gefangen waren, zerfiel zu Staub. Verwirrt standen sich die Schwestern gegenüber. Dann fielen sich alle vier erleichtert in die Arme. Sie umklammerten sich geradezu, denn das Erlebte hatte sie sehr aufgewühlt. Noch bevor Welline von Fragen bombardiert werden konnte, zeigte Sandessa mit erschrockenem Blick auf das Felsplateau in der Ferne. Dort stand nur wenig von dem Onkel entfernt eine Frau in einem hellen glitzernden Kleid, durchzogen von den Farben der Natur. Ihre machtvolle Ausstrahlung ließ alle Mapas bei ihrem Anblick erstarren. »Wer ist das?«, fragte Windröschen ehrfurchtsvoll.

»Das ist unsere Mutter Amalaswinta«, erklärte Welline voller Stolz. »Sie ist zurück.«

Ramos war erschrocken über das Erscheinen Amalaswintas, doch er beherrschte seinen Unmut. Betont freundlich begrüßte er sie. »Ich freue mich, dass wir uns endlich wiedersehen, geliebte Schwester«, log er und bewegte sich auf Amalaswinta zu.

Diese durchschaute ihren hinterhältigen Bruder und herrschte ihn an: »Wage es nicht, näher zu kommen!«

»Warum so abweisend?«, fragte Ramos mit gespielter Trauer. »Wir haben uns doch so lange nicht gesehen. Wie ist es dir in der Zwischenzeit ergangen?«

»Zwar hatte ich die Hoffnung«, antwortete die Magierin, »dass deine Verbannung von unserer Mutter Giaium dich geläutert hat, aber nun muss ich erkennen, dass deine Abneigung gegenüber den Mapas ungebrochen ist. Du trachtest nach ihrer Vernichtung. Noch immer ist Etug dein bester Freund.

Und nun richtet sich dein Hass auch gegen meine Töchter. Ich warne dich.«

Nur Sandessa, Windröschen, Flamina und Welline konnten aufgrund ihrer magischen Kräfte das Gespräch hören.

»Aber, aber, meine Liebe, du suchst doch nicht etwa Streit?«, grinste Ramos.

»Nein, ich schütze nur jene, die mir am Herzen liegen.«

»Gut, dann verschone ich deine Töchter«, lenkte Ramos nun betont lässig ein. »Aber halte dich aus meinen Spielchen mit den Mapas heraus.«

»Du weißt, das kann und darf ich nicht. Sie sind Geschöpfe Giaiums. Mapas zu quälen oder zu töten, ist ein Verrat an unserer Mutter.« Amalaswinta funkelte ihn zornig an.

»Und wie willst du mich daran hindern?«, fragte Ramos nun hinterhältig lächelnd.

Amalaswinta zögerte.

Ramos blickte sie triumphierend an. »Aha, du erinnerst dich, meine Liebe. Wir beide dürfen nicht gegeneinander kämpfen. Sollten wir es dennoch tun, wird Giaium vernichtet. Die Planetin wird zerspringen und ihre zahllosen Splitter werden sich in den Weiten des Weltalls verteilen. Willst du das wirklich?« Die Magierin versuchte zu verbergen, wie weh ihr diese Vorstellung tat. Genüsslich sprach Ramos weiter: »Deine Töchter hätten keine Heimat mehr und alle Mapas und Tiere wären tot. Also lege dich nicht mit mir an. Und schließlich habe ich schon gelernt, heimatlos in der Dunkelheit des Unendlichen zu bestehen. Aber dir und deinen Töchtern wird das sicher schwerfallen. Zwar gibt es noch andere Planeten, auf denen Wesen wie unsere Mapas leben, doch die sind schwer zu finden.«

Amalaswinta sah ein, dass sie keine Möglichkeit hatte, ihren Bruder in seine Schranken zu weisen. Seine Zerstörungswut und seine Macht waren von Hass geleitet. Wie sollte sie ihre

Töchter und die Mapas davor schützen, ohne gegen ihn zu kämpfen?

Das Licht ihrer Erscheinung strahlte hell. Da riss plötzlich über ihr der Himmel auf und es zeigte sich ein dunkles Loch. Ramos und seine Schwester schauten hinauf. Dann schrie Ramos plötzlich laut und voller Angst auf:»Nein!« Aus dem Loch erfasste ihn ein Sog. Verzweifelt versuchte er sich an den Boden zu klammern.»Mutter, hilf mir«, flehte er die Planetin Giaium an. Doch dann wurde er blitzschnell nach oben gerissen und verschwand in dem schwarzen Loch. Sofort schloss sich dieses wieder. Der Himmel zeigte sich in einem wolkenlosen Blau. Kein Lüftchen regte sich.

Amalaswinta reckte die Arme empor, legte den Kopf in den Nacken und rief:»Danke, Vater!«

Etug, der spürte, wie seine Kräfte schwanden, floh in die Einsamkeit seiner Festung.

Diesem Ereignis folgte eine ungläubige Stille. Selbst die Töchter der Elemente konnten kaum fassen, was sie gesehen hatten.»Sind wir und die Mapas nun gerettet?«, fragte Windröschen unsicher.

»Ich glaube ja«, sagte Sandessa und nahm die Schwester in den Arm.

»Zlemar, unser Großvater, hat seinen eigenen Sohn wieder in die Verbannung geschickt«, erklärte Flamina andächtig.

»Kommt, lasst uns zu unserer Mutter gehen«, schlug Welline vor. Die vier Magierinnen wurden unsichtbar und flogen davon.

25. Kapitel

Als die Töchter der Elemente vor ihrer Mutter standen, waren sie geblendet von ihrer Schönheit und ihrem Liebreiz. Sie wagten es nicht, näher an sie heranzutreten, sondern gaben sich ehrfurchtsvoll dem Anblick hin. Amalaswintas Augen leuchteten voller Liebe und Freude. Sie eilte zu ihren Töchtern, umarmte, herzte und küsste sie überschwänglich. So fiel die Erstarrung von ihnen ab und sie erwiderten die Begrüßung voller Inbrunst. Hatten sie jemals in der unterirdischen Höhle, wo sie ihre Jugend verbringen mussten, mit ihrer Mutter gehadert, war das nun vergessen. Stattdessen erfüllte ein Glücksgefühl die Luft, das bis in die Ebene strömte. Die Mapas aus der Siedlung und das Bergvolk beobachteten voller Mitgefühl und Zuversicht dieses Wiedersehen. Auch Kerdo, Urso, Jami und Tore wurden Zeugen. Dabei erfüllten besonders die Erleichterung und Freude darüber, ihre Liebsten unversehrt zu wissen, ihre Gemüter. Doch sie wagten es nicht, zu ihnen zu gehen. Die jüngsten Eindrücke und Erlebnisse lähmten sie. Deutlich war ihnen bewusst geworden, dass die Frauen ihres Herzens etwas ganz Besonderes und auf außergewöhnliche Art bezaubernd waren. Schließlich standen die fünf Magierinnen sich lächelnd gegenüber. Amalaswinta legte den Arm um Sandessa und sagte: »Schau auf die große Ebene. Sieht sie nicht, ihres Grüns beraubt, kahl und trostlos aus.«

»Ja«, gab die Tochter bedrückt zu.

»Dann ändere das!«

Unsicher schaute Sandessa ihre Mutter an, die ihren Blick ermunternd erwiderte. Die Tochter des Geistes der Erde sammelte also ihre Kräfte. Dann streckte sie ihre Arme mit geöffneten Händen nach vorn. Sogleich begann es auf der Ebene zu sprießen. Gräser, Büsche und Blumen wuchsen in ungeahnter

Geschwindigkeit aus dem Boden. Erschrocken sprangen noch liegende oder hockende Mapas auf. Nur die Schwerverletzten mussten benommen staunend mitansehen, wie sich plötzlich ein Meer aus Gräsern um sie herum erhob.

Amalaswinta ging zu Windröschen. »Siehst du die zusammengefallene Siedlung des Landvolkes mit den Ruinen der Häuser, Stallungen und Scheunen? Auch diese Mapas brauchen ein Zuhause.«

Beeindruckt von Sandessas magischer Handlung, wollte nun auch sie ihrer Mutter beweisen, wozu sie fähig war. Sie sammelte sich und wandte sich dann mit der gleichen Geste wie ihre Schwester der Siedlung des Landvolkes zu. Schon bewegten sich Steine und Holz, wirbelten von einem magischen Wind getrieben durch die Luft und fügten sich zusammen. Nur wenige Augenblicke später stand alles wieder an seinem Platz, genauso wie es einst erbaut worden war. Windröschen lächelte selig.

Dann sprach Amalaswinta zu Welline: »Sollten die Mapas, die an diesem Ort leben und hart arbeiten, nicht immer auch über genügend Wasser verfügen?«

Welline verstand sofort. Sie richtete ihren Blick auf den Teil der Siedlungsmauer, bei dem früher das Wasser in eine Rinne geflossen war. Wenig später sprudelte dort eine Quelle aus der Erde, füllte die Rinne und das Wasser rann gemächlich in Richtung der Siedlung des Landvolkes. Dort ergoss es sich in einen Brunnen. Zufrieden lächelnd sah Welline ihre Mutter an.

Diese schritt nun zu Flamina, die das wundersame Geschehen mit großen Augen verfolgt hatte. Amalaswinta legte den Arm um ihre vierte Tochter und sagte: »Bitte entzünde in den Verletzten das Feuer des Lebens neu.«

Flamina war voller Zweifel. Bisher hatte sie mit ihrer Gabe nur Angst verbreitet. Konnte sie die Fähigkeiten einer Heilerin haben? Doch sie wagte es nicht, den Wunsch ihrer Mutter abzulehnen. Zaghaft sammelte sie ihre Kräfte, sah hinüber zum Bergvolk, wo noch etliche stöhnend im Staub lagen, und streckte schließlich ihre Arme aus. Zum Erstaunen aller Beobachter verstummten die Töne der Qualen. Die Verletzten reckten sich und standen schließlich auf. Selbst verblüfft über ihre plötzliche Heilung, betasteten die Männer ihre Körper. Dann begannen sie unvermittelt ausgelassen zu tanzen und riefen dabei: »Wir sind geheilt!«

Flamina war so stolz auf ihre Tat, dass sie die Mutter spontan umarmte. Diese ließ sie lächelnd gewähren. Doch dann wurde Amalaswinta wieder ernst und erklärte: »Nun habt ihr gesehen, welche Fähigkeiten in euch stecken. Doch ich muss euch ermahnen, diese Kräfte nur in Notfällen einzusetzen. Magie und Zauber sind kein Spiel. Setzt beides nur zum Wohl von Giaium und den Mapas ein. Niemals dürft ihr Tote erwecken, denn sie haben die Planetin bereits verlassen. Hütet euch auch davor, die Schicksale der Mapas zu beeinflussen. Unsere Aufgabe ist es lediglich, unsere Heimat vor den Einflüssen des Bösen zu bewahren. Setzt also eure Kräfte sinnvoll und mit Bedacht ein.«

Immer noch bewegt von den eigenen Taten, lauschten die vier Schwestern andächtig diesen Worten. Nun wurden sie sich ganz und gar ihrer Verantwortung bewusst.

»Wollt ihr mir das versprechen?«, fragte Amalaswinta fürsorglich.

»Ja, Mutter, das wollen wir«, erklang es leise wie aus einem Mund.

»Gut, dann geht nun zu jenen, die ihr liebt und die schon ungeduldig auf euch warten. Ich begebe mich in das Haus des Häuptlings. Wir werden noch genug Zeit haben, miteinander zu sprechen.«

Betrübt über die erneute Trennung von der Mutter und doch auch froh, gehorchten die jungen Magierinnen.

Als sie bei Kerdo, Tore, Urso und Jami ankamen, bemerkten sie deren Scheu. Die Männer waren Zeugen der Zauberkraft ihrer Begleiterinnen geworden und konnten vor sich selbst deren Kräfte nun nicht mehr verleugnen. Doch als sie die strahlenden Gesichter sahen, die vor Liebe leuchtenden Augen, verflogen alles Misstrauen und jede Furcht. Glücklich sanken sich die Paare in die Arme. Schon bald gingen sie eng umschlungen in die große Siedlung und wurden von einer neuen Nachricht überrascht: »Unsere Speicher sind wieder randvoll«, riefen die Leute. Viele waren bereits bepackt mit Lebensmitteln. Die vier Magierinnen sahen sich an und wussten, dass dies wohl ihrer Mutter zu verdanken war.

Tore zog Windröschen mit sich.

»Komm, lass uns die Flöten holen und alles, was wir brauchen, um die Mapas mit Musik zu erfreuen. Dieser Tag muss gefeiert werden.«

Sandessa machte sich bald mit Urso auf in die Siedlung des Landvolkes, wo ihr Haus stand. Auch dort waren die Speicher gefüllt und es herrschte eine ausgelassene Stimmung. Immer noch Arm in Arm ließen sie sich auf ein Bett fallen. Sie küssten und streichelten sich, bis ihre Leidenschaft endlich Erfüllung fand. Voller seligen Glücks flüsterte Sandessa ihrem Liebsten ins Ohr: »Mit dir möchte ich den unauflöslichen Bund eingehen. Das Lachen von Kindern soll unser Heim erfüllen. Für dieses Geschenk verzichte ich gern auf meine magischen Kräfte.«

Urso war nicht erstaunt über dieses Ansinnen, denn er kannte seine Geliebte gut. Voller Zärtlichkeit fragte er: »Willst du für immer an meiner Seite sein, mein Leben mit mir teilen, durch Licht und Finsternis mit mir schreiten?«

»Ja«, hauchte Sandessa.

»Dann verspreche ich dir, stets dein Wohl und das unserer Familie zu schützen, treu für dich und unsere Kinder zu sorgen und dich niemals zu verlassen.«

Mit einem innigen Kuss besiegelten beide diesen Schwur.

Welline und Jami zog es an den Strand. Die großen, gefräßigen Fische waren verschwunden und das bunte Leben war in das Meer zurückgekehrt. Schon entdeckten sie die ersten Fischer, die munter ihre Angeln auswarfen. »Ich musste mein Schiff versenken«, gestand Jami traurig, um gleich kämpferisch fortzufahren, »aber ich werde ein neues bauen.«

»Und ich werde dir helfen, ganz ohne meine magischen Kräfte, aber mit meinem Wissen um das Wasser und das Meer«, sagte Welline sofort.

Beide schauten sich voller Zuneigung an.

»Und dann werden wir diese Planetin bereisen, neues Land entdecken und in den Wellen schaukeln«, bemerkte Jami träumerisch.

Welline nickte strahlend vor Freude.

Flamina und Kerdo gingen zu Cormos Zimmer im Häuptlingshaus. Cormo saß zusammengesunken auf einem Hocker und grübelte.

»Endlich herrscht Frieden«, begann Kerdo. »Auch die Speicher sind wieder gefüllt. Nun kann dein Volk ein sorgloses Leben führen.«

»Es ist nicht mein Volk«, antwortete Cormo leise und ohne ihn anzusehen. »Ohne deine Hilfe hätte ich mich wieder Etug ergeben. Ich fühle mich nicht stark genug für die Aufgaben des Häuptlings einer so großen Siedlung.«

»Aber du kannst es lernen«, versuchte Kerdo ihn zu ermutigen.

»Lass es gut sein, mein Freund. Ich habe eingesehen, dass ich nicht zum Anführer geboren bin. Ich sehne mich nach einem einfachen Leben mit eigener Familie und viel Ruhe.«

»Und wer soll diesen schwierigen Posten übernehmen?«, fragte Kerdo überrascht.

Nun sah Cormo auf und direkt in Kerdos Augen. »Natürlich du, Kerdo. Dir kann Etug nichts mehr anhaben. Du bist mutig und besonnen, weißt Gnade walten zu lassen und dich durchzusetzen. Ich wüsste niemanden, der ein besserer Häuptling sein könnte als du.«

Kerdo war erstaunt über diesen Vorschlag, doch erkannte auch dessen Weisheit. Flamina schaute ihn liebevoll an. »Cormo hat recht, mein Liebster. Die Mapas werden dich anerkennen, achten und verehren. Allein dein Wissen um das Gute und das Böse befähigt dich schon zum Häuptling. War es nicht einst Etugs Plan, dich an die Spitze dieses Volkes zu stellen? Nun kann dieser sich erfüllen, doch anders als die dunkle Macht es geplant hat.«

Kerdo nickte ernst und gedankenverloren. Er spürte plötzlich deutlich, dass Flamina und Cormo recht hatten. Es war für ihn an der Zeit, eine große Verantwortung zu übernehmen. So sagte er schließlich: »Dann werde ich mich dieser Herausforderung stellen.«

Vor dem Haus auf dem großen Platz erklang plötzlich Musik. Windröschens liebliche Stimme sang ein Lied der Freude. Zu den Flötentönen Tores zwitscherten Vögel. Die ersten Mapas begannen zu tanzen. An anderer Stelle wurden Feuer entzündet, von denen bald der Duft gebratenen Fleisches ausging. Das fröhliche Kreischen von Kindern mischte sich unter ausgelassenes Lachen. Die ehrbaren Krieger, befreit von Ramos' Zauber, taumelten schlaftrunken und verständnislos durch die heitere Menge.

Flamina und Kerdo standen Arm in Arm am Fenster und genossen dieses Bild. Dann bemerkten sie in der Ferne, dass die Tiere zurückkehrten. In Gruppen näherten sich die großen zottigen Morks, gefolgt von kleinen wolligen Begleitern. Die gehörnten Reittiere zog es zurück zum Bergvolk. Durch das üppige Gras fraßen sie sich alle langsam voran.

Einige Bewohner der Siedlung versorgten das Bergvolk mit Vorräten. Diese fingen ihre Reittiere ein und luden die Geschenke auf deren Rücken. Die von den Geistern der Natur Unterworfenen sehnten sich nach ihrer Bergwelt und machten sich bald auf den Heimweg. Zum Abschied gab es viele Umarmungen. Aus Feinden waren Freunde geworden.

Sandessa suchte als Erste ihre Mutter auf. Auch wenn sie sich im Grunde fremd waren, spürten beide doch eine tiefe innere Verbindung. Schließlich nannte Sandessa den Grund ihres Erscheinens. »Ich möchte mit Urso den unauflöslichen Bund eingehen und bitte dich um deinen Segen, Mutter«, erklärte sie.

Amalaswinta lächelte verständnisvoll und sagte: »Und ihr wollt bestimmt Kinder haben.«

Sandessa nickte glücklich. »Ja, das ist unser größter Wunsch.«

»Du weißt, dass du dadurch deine magischen Kräfte und deine Unsterblichkeit verlieren wirst«, entgegnete Amalaswinta mit einem prüfenden Blick.

»Das ist mir bekannt, doch ich scheue mich nicht vor einem Leben als Mapa«, sagte Sandessa schnell. »Meine Kinder werden mir auf andere Weise Unsterblichkeit verleihen.«

»Ich erkenne, dass wahre Liebe dich leitet«, sagte Amalaswinta nun. »Deshalb werde ich deinem Wunsch nicht entgegenstehen. Mein Segen sei dir gewiss.«

Glücklich umarmte Sandessa ihre Mutter und eilte fort, um Urso die gute Nachricht zu bringen. Amalaswinta lächelte, denn sie wusste, dass ihre Tochter bereits ein Kind unter dem Herzen trug.

Schon nach wenigen Tagen sollten Sandessa und Urso ein Paar werden. Doch da nur ein Häuptling den unauflöslichen Bund besiegeln durfte, musste Cormo zuerst von seinem Amt zurücktreten und Kerdo zum neuen Häuptling ernannt werden. Auch das erforderte einen festlichen Akt, sodass beschlossen wurde, beide Ereignisse an einem Tag zu feiern.

Die Bewohner der Siedlung und das Landvolk freuten sich auf diese Veranstaltung. Gemeinsam schmückten sie die Gassen und Häuser mit Blumen, die wieder eifrig in der Ebene sprossen. Windröschen und Tore versammelten eine Gruppe um sich, die alle Feierlichkeiten mit Musik untermalen sollte. Es herrschte eine fröhlich aufgeregte Stimmung unter den Mapas.

Flamina wollte ihre Schwester zu diesem besonderen Tag in ein prachtvolles Gewand hüllen, doch diese lehnte dankend ab. Sandessa zog es vor, nur ein spärlich bemaltes Kleid und etwas Haarschmuck zu tragen. Die Gäste sollten sehen, dass sie zukünftig nur eine gewöhnliche Mapa sein würde. Also musste auch Flamina schweren Herzens auf verschwenderische Kleidung verzichten, um ihre Schwester nicht zu überstrahlen. Balising lobte Flamina für diese Entscheidung. Sie hatte ihn gebeten, ihr Lehrer zu sein, denn sie wollte nun Wissen in der Heilkunst erlangen. »Eine Heilerin bedarf keiner besonderen äußerlichen Erscheinung«, erklärte er. »Sie ist eine Dienerin der Mapas und wird gerade deswegen hochgeachtet.«

Flamina nickte wenig überzeugt.

»Keine Sorge, mein Kind, die Heilkunst wird dich Bescheidenheit und Demut lehren«, fuhr Balising begütigend fort, schließlich kannte er seinen Schützling gut.

»Aber ich bin die Gefährtin des zukünftigen Häuptlings«, widersprach sie und klang trotzig, aber nur ein wenig.

»Kerdo wird verstehen, wenn du dich an Sandessas und Ursos Ehrentag im Hintergrund hältst«, entgegnete Balising mit einem Schmunzeln.

Kerdo, der seiner Ernennung mit gemischten Gefühlen entgegensah, fand in seinem Vater Lirno einen liebevollen Unterstützer. Dieser zeigte deutlich, wie stolz er auf seinen Sohn war. Und Cormos Mutter Emalia bestärkte ihren Sohn in seiner Entscheidung zurückzutreten. Sie verstand seine Sehnsucht nach einem Leben ohne den Zwang, dem Wohl vieler dienen zu müssen. Außerdem hatte er gerade eine Frau gefunden, die keine großen Taten von ihm erwartete.

Und während so die ganze Siedlung in Aufruhr war, bauten Welline, Jami und dessen Leute bereits an einem neuen Schiff. Es wurde ein ausgelassenes Fest mit einem sichtlich verliebten Paar und einem würdevollen neuen Häuptling. Etwas abseits von dem Trubel trafen sich die vier Schwestern und Sandessa eröffnete, dass sie mit Urso fortziehen werde.

»Wir möchten zurückkehren an den Ort der kleinen Siedlung, in der wir uns einst kennenlernten. Einige Mapas des Landvolkes werden uns in die alte Heimat folgen. Ich weiß, dass es anfangs schwer sein wird, alles wieder aufzubauen und die Felder neu zu bestellen. Doch wir alle scheuen keine Arbeit und träumen von einer kleinen, friedlichen Gemeinschaft«, erklärte sie ihren Schwestern.

Diese schauten sie nur traurig an. Das klang nach Abschied.

»Wir werden euch besuchen. Das ist der Vorteil, wenn man fliegen kann«, erklärte Windröschen schließlich munter.

»Das will ich doch hoffen«, lachte Sandessa.

»Wir waren so oft getrennt«, sagte Flamina, »und sind doch immer im Geiste verbunden geblieben. Wir werden immer füreinander da sein. Das wird sich nie ändern.«

Die vier Töchter der Elemente umarmten einander, unsichtbar beobachtet von ihrer Mutter Amalaswinta und ihren Vätern. Die Eltern wussten, dass ihre Töchter nun ihre eigenen Wege finden würden, doch sie wollten nie aufhören, diese im Auge zu behalten.

Als die Nacht hereinbrach, bemerkte Amalaswinta, dass nur noch ein Mond aufging. Zlemar hatte mit Ramos den zweiten in die Unendlichkeit seines Reiches verbannt. Damit setzte er für seine Planetin Giaium ein Zeichen der Fürsorge und Liebe. Trotzdem umfing die große Magierin leise Wehmut. Es hatte

Zeiten gegeben, da war sie mit ihrem Bruder sehr verbunden gewesen. Doch dann zauberten die Gedanken an ihre Töchter ein Lächeln auf ihr Gesicht. Sie waren trotz der Abwesenheit ihrer Mutter und ihrer Unterschiedlichkeit zu verantwortungsbewussten und liebevollen Frauen herangewachsen, die nun das Leben lehren würde, mit ihren magischen Kräften umzugehen.

Mit diesem Gedanken machte sich Amalaswinta auf den Weg, um ihrem treuen Freund Balising zu danken. Dort verabschiedete sich gerade die Seli, die nun zu ihrem Volk zurückkehren wollte. Vorher hatte sie den vier Töchtern der Elemente kostbare Stoffe in unterschiedlichen Farben geschenkt – einen blauen Stoff für die Tochter des Wassers, einen braunen für die Tochter der Erde, einen roten für die Tochter des Feuers und einen beinahe durchsichtig weißen für die Tochter der Luft.

Als die Seli fort war, wandte sich Balising mit einem Lächeln der großen Magierin Amalaswinta herzlich zu:

»Nun ist also wieder die Zeit des Abschieds gekommen, meine liebe Freundin. Doch wir beide wissen, dass jedem Ende ein Anfang innewohnt.«